龍谷大学
佛教文化研究所編

龍谷大学善本叢書

24

龍谷大学善本叢書 24

詞源要略・和歌会席

責任編集 大取一馬

思文閣出版

平成十五年度出版

共同研究員

木村初恵　日下幸男
小林　強　斉藤　勝
エカテリーナ・シモノバ　鈴木徳男
高田誠文　中條敦仁
辻野光昭　中西　潔
中村　元　西川美由紀
西山美香　平田厚志
三浦俊介　三ツ石友昭
宮川明子　安井重雄

一 蒼竹 雪 竹浮ヲ云

音節上ニ入ヘシ
○若菜 ナヘテハ野ニテツムヲ云又 垣ナドニシテモツム 一万ニ河上ニアラタ若菜トモ云リ 十二種ニ六
有松七種ハ皆若菜ナリ也 若菜トニ子日手之源氏四十賀其時ニ
ミエタリ 八上

音節ニアリ
○蕨 薇ノチリハツイサリ 下ノ蕨ヲハ折トヨメリ 但源氏早蕨ノ巻ニ
蕨ヲツムトモヨメリ 時ナラヌ蕨ヲハイハシロトモ読也 巳上六
采薇 伯夷叔斉

○荷 蓮葉 ハチスハ ハスノ浮葉 花ハ ハチス 濁ニシテ不染 心也 世間法ニ 蓮ノ糸 巳上六

○紫苑 シヲニノミコト草 ミユホトト 忘也 持平ノ云ニ 哥合 秋ノ野ニ色ナキ露ハヲキシ
アト ツカ 紫苑ニ花ハツミニテ 也トモ読ル心アルヘキ歟 巳上八

和歌會席事

和哥講師作法事

兼日題ニテアツクル人ハモヨホシニヨリテ石具所ニ参シ集ル
ニ和哥清書シテ懐中ニ落カシル マウニ可加用意也 主人客亭ニイツ主人命ニ
ヨリテ具所ニシタカヒ可然冥慮ニテモ文臺ヲ置ルム
ヘシ本儀硯ノ蓋（フタ）也アラハノケテ置ヘシ又内々ニハ倒式従ノ
付タル文臺ヲモ置ナリ本式ニハ講師ノ圓座ナトヲモシカ
ユルモ其後哥人下﨟ヨリモ各ミテ歌ヲ、ノ也是ハ本
式ニハ左右ノ手ニテ哥ヲ取テ右手ニ取順横ナルヤウニ是ヲ モツ左手所加末也
是ヲ置ヘシ但堅固内々ノ時ハ懐紙ヲ右ノ袖ニ入テ懐中シ
シツカニ参進シテ文臺ノ前ニ跪テイサヽカ膝行スヘシマウニ
シテ右ノ袖ノ下ヨリ歌ヲトリ出シテ所端ヲヒラキテ見テ
後本ムキノ能巻テ懐紙ノ上下ヲ能折付テ置也文臺
ノ上下アリ下ノ方ニ之置ヘシ 文臺ノ左ニ方上ナリ 但最末ノ下﨟ハ下
文臺ノキハ置ノ上ニ重ヌ事アリ人々ノ所存ニヨルヘシ
懐紙ノ下ノ方ヲ文臺ノムカヒヘナシテ置ヘシ右ノ哥ク

和歌会席（一オ）

まえがき

龍谷大学図書館所蔵の写字台文庫の中には舟橋家旧蔵本が含まれている。その数は多くはないが、漢籍や抄物、有職故実書、歌書等の分野の典籍が収められている。その中、本叢書には室町後期の清原宣賢自筆の『詞源要略』（孤本）と『和歌会席』の二点を収録した。

舟橋家は明経道を世襲の職とした清原氏の嫡流で、江戸時代初期の秀賢（一五七五―一六一四）の代に至って家名を清原から舟橋に改称している。周知のとおり、当流の中からは平安時代末の頼業や鎌倉時代の教隆（一一九九―一二六五）、室町時代の業忠・宣賢らのような名儒と称される人物も輩出している。業忠―宗賢―宣賢―良雄―枝賢―国賢―秀賢と続いて江戸時代に至るが、室町後期になって家業を継いだ宣賢（一四七五―一五五〇）は、清原家の家学の大成者であると共に古典学の方面にもしかるべき業績を残した人物である。神道家の吉田兼倶の三男として生まれた宣賢は、清原家の養子となり、清原家の家業である儒学を継承し、享禄二年（一五二九）に出家、法名を環翠軒宗尤と号している。晩年には若狭・能登・越前の各地に儒学や日本書紀等の学問を伝えている。この宣賢の自筆本を含む舟橋家旧蔵の典籍が、本願寺の歴代門主の文庫であった写字台文庫に入った時期は明確にはわからない。ただし、当代の本願寺門主と宣賢との接点はあったようで、当時の本願寺門主であった證如上人の『天文日記』（天文七年三月六日の条）には宣賢に関する次のような記事が見られる。

▽一自三好方返事候。又三人返状も候。

▽一従環翠軒申事ニハ就御料所儀能登へ下候。越前より加賀へとほり自其能登へ行候ハん程ニ路次無聊尓之様、加州へ可申付由候。

△一即返事ニ、此儀ハ縦申付候とも、越前より来候ハん者をハ加州にて可打留とのさだめにて候間、中々申下間敷候。御返事させ候。

環翠軒（宣賢）からの書状の内容は、京都から能登の禁裏御料所に使者を送るに関して、その途次の無事を保

障するよう依頼したもので、それに対して門主が返答した旨の記事である。役目上のことではあるが、宣賢と本願寺門主との直接の交流を窺うことができよう。この清原宣賢の自筆本を含む舟橋家旧蔵書は、本学図書館の他に、京都大学附属図書館や天理図書館等に収蔵されている。この中、京都大学附属図書館には「清家文庫」としてまとまって舟橋家の旧蔵書を有している。

この度、本叢書に収めた『詞源要略』は和歌に関する分類体辞書であり、もう一方の『和歌会席』は和歌作法書であって、儒学を家業とする清原家からすれば主たる学問とは異った和学（古典学）としての成果である。今後、この両資料を宣賢の学問や、大きくは歌学史・辞書史の研究に活用していただければ幸いである。

平成十六年二月

大取一馬

目次

詞源要略

詞源要略
写字台
021
344
1

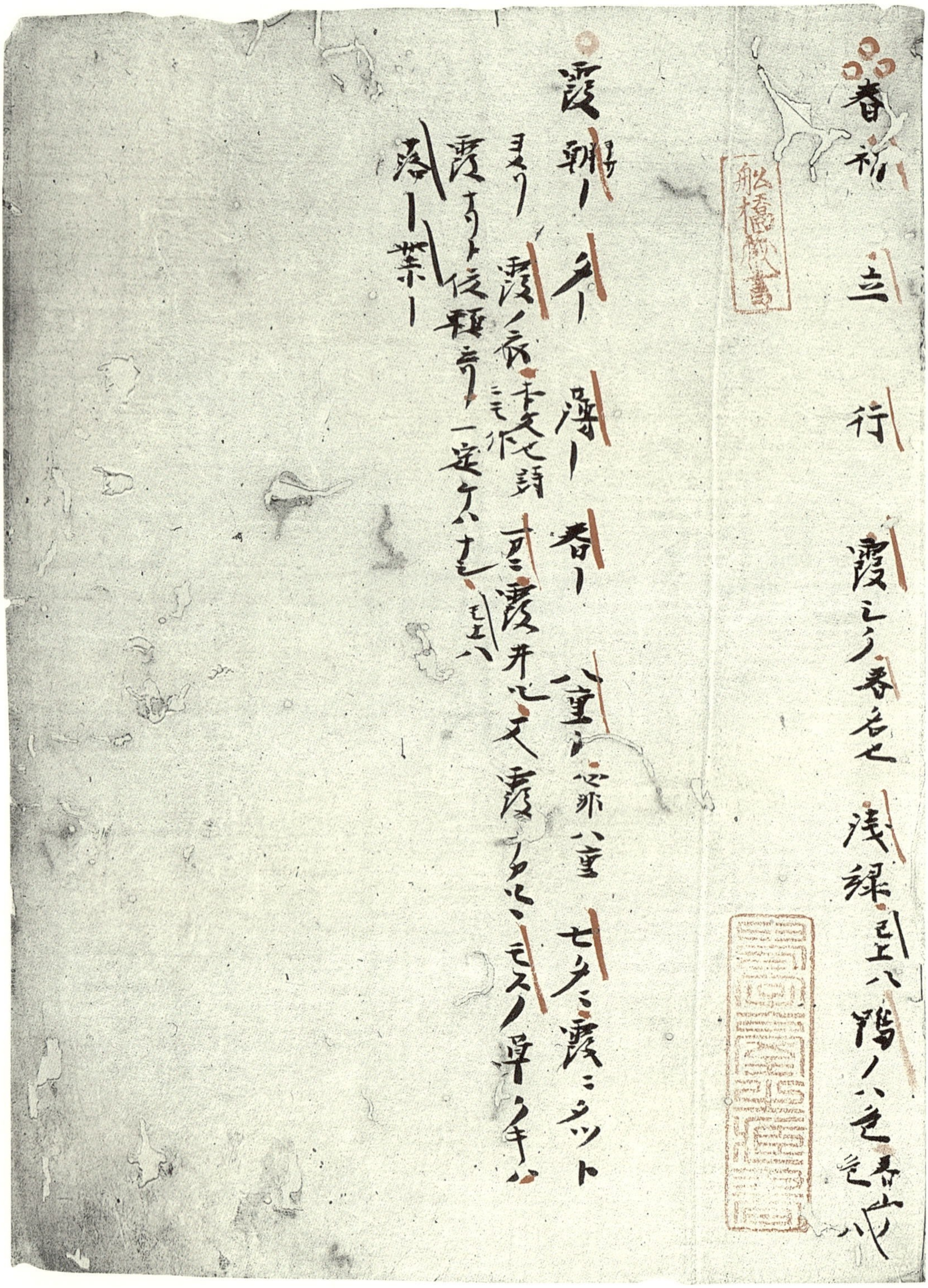
春部

三　行　霞ニノ春名也　浅緑トモ云ハ陽ノ八色 色春ニ也

霞　朝ノ　夕ノ　薄ノ　春ノ　八重ノ　心非八重　七タヘニ霞ニタツト

又リ　霞ノ衣　千文也 ニモ作　詩　裏ニ霞井也　又霞タナヒク　モスノ草クキハ

霞カリト佐題ニ一定ケスナシ　モ云ハ

春ノ　葉ノ

梅　五

花　冬木ノ梅　百木ノ　梅ノ花笠　千年ノカサシ　八重ノ

若木ノホツエ　古ヘ神ニヨキ入ヌ　又雨ヨリ雪ノ可　ナトヨメリ　含メル　ツホメル七

春雨ニモエシ　折ル梅ノ花　咲ニシ　色又幸ノ　万モ梅市　カモ

モ上ハ　香ニ宿ノ雅院ニテノ梅ノ花ニアハ水ニテリテトニリ　不限楚才数　同情ノモノ

梅ノ花其ハ

北人云知梅　堺雅

二
○櫻大ハ
八重ー山ー家ー庭ー西モトー姥ー深ー大ー
紅ー初ー櫻ヲワキテ寝クフトハセス海ホアラノリ辛ノ
櫻アリ已上八乃ー葉ハ巣ノハス源氏花ノ木トニ見
捻ノ名也櫻ニ宅ニヘニ源氏ニ面白キーアハ櫻ノワキ江色白トナリ白ハ
色ニモアル也実ハ櫻ノ其号城マタカヘノ植サキニナリ蔵田ノ里ニアル白
白櫻雲紫

○花二待花ニ 初ー トコー アソー カホー ウツシニキセ メー ヒトー

花カツミ 花アヤメ 花ススキ 花スリ 花カツラ 花色衣 花笠

ミナミ色 花名コノヘ又 花ノチリ アソヒ 又 櫻ー ウスー ーサアー ー其

ー野 已上八 花ノ香袖

花カタミ 籠

紅雨 落花ノ雨也

人老簪花不自羞花應羞上老人頭 坡詩

花奴

春コトニ心ヲシムル花ノ枝ニタカナヲサリノ袖カフレツル 古今

○柳　青ー（アヲヤギ）　アヲ柳トモ　玉ー　玉ノヲー　川ー　川ゾヒー　五本ー（イツモト）　シダリー
春ー　年ツー　霜枯ー　冬ノー　柳眉　柳ノ糸　稲楚　是ハ水ノ
稲ノ楚ニ似タル也　青柳ノ糸ヨリアケテシルハタクナツヽノ山ノ篤カ　ニアル株
キル　已上八柳
三條ー　濱花中　注ー　煙　柳ノ色ノ緑ニ　注ナス煙也　青糸　繹　五陌　門ー　一門柳　陶淵明カ
柳　柳曲　琴ー

○三 桃 三 三千年ノ一 王母桃川
桃居 花ノ赤ラ居ニ 猜根花 桃花居 碧一
仙せラニ

○三 藤
春日サノ藤ノ裏葉ノウラトケテ 後撰 春日 春日ニ同事ノ
フヂフノノ間ノ岸ニ立タテ今ノアヤヘヒ北ノ藤浪 新古 興福寺ノ南エン堂作始之 特春日エノモトノ明神ノヨミ給
緑ナル松ニカヽル藤ナレドヲノガ比トテ花ハサキケリ 新古
藤ノウラ葉 藤浪 藤ノミケミ 特ナラヌ一 家持 ナサケアル
人ミテカヘニ花ツナレナセリ 其花ノ中ニアヤシキ藤ノ花アリケリ 花ノシナヒ
三尺六寸バカリナン有ケル 伊勢物語 秋也 八

○三 款冬
岩根コス清瀧リノハヤケレハ浪ヲリアル花岸ノ山吹 新古 古今
蛙ナク神ナヒ川ニ影ミエテ今カサクラン山吹ノ花 新古 五千玉川

○躑躅　上ニモヨメリ　三上八
白ー　岩ー　映山紅　山躑躅　テトシツツノ濱ノ岩ツヽシ　沛ニヨセリ　又吉野ノ瀧ノ

○牡丹　フカミ草　限サカ咲　花ヽ　一說山橘トミハ牡丹也　名トリ草　三上八

○菫（スミレ）　ツム又ハスミレ野　キヽス鳴イワタノ小野ノツホスミレ　スヘナサハ等
咲ミケヒアナ　千載

○若菜（正二）　ナヘテハ野ミニツム　又墻根ナトニモツム
若草トミナ子日草也

○蕨　早蕨　蕨ノチリ　折ー　サー　下ー　蕨ヲハ折トヨメリ　從海氏早蕨ノ
巻ミツムトイヘリ　時ナラヌ早蕨ヲハナハシトミ一說也　早蕨　伯夷叔齊

○野邊ノ下モエ　○荻ノ燒原　○野ノ青ム　○スクロノ薄　燒野ノ薄也

○雉　サツヲニ――　燈マシ　片山――　ヤマミ　峯――　ヤマ　鶯ノ――　荒野ノ――

無名――　ナミマニ　リ　千孔　ツマコフ　アサヒ――　已上六

○蛙　カハツトモ　或ヒトハ蝦蟇ナトノ外ハヨマス但後撰ニ[illegible]ヨメリ

蛙ハ朝夕ニ鳴トヨメリ　ツマコフ蛙　弘徽殿女御哥合ニ赤染朝

鳴ヨミヨカリ　義無難云蛙ハ夕ニ始テナク物也不可然ロ事

朝冬ニ鳴トヨメリ　已四首

○喚子鳥　ミトヽニスミテトモ云　人待ツヨミノナキヨメリ　鳴トモ眠ハヨフトモ云

已上八　古哥ニ子悲ノ思ハヨフコ鳥　夜ワアキ声

○雲雀　春野ニアヒ　ミリ――　已上八

○蟬　四下　春サテノ花サクヨリ　胡――　穴埋　胡蝶ニニ有ハ那蝶

虫　秋花サクテテノ物也　ト云　来トイフニ似テ

○鶯　初ハ古　山吹ノ三ケ之同名
鳴テ渡ル　鳴テウツロフ　浮　雲井ニツヒテ鳴声　後撰
尋声ニハ梅ニ巣クフ物也　浮　松ニモ巣クフ　作ル鶯ノ事ナレ
撰ニハヤトラス　巣ハテモ松　浮　鶯ハ鶯ノ巣ハ竹也　とも同事也　浮
ニ鶯ノ鳴テラス香ノ花　古今也　アツアナニ鳴　アツアナハ山谷ヨヱ
三ハ鳴　鳴也　鳴ニツ　ツテフモトム　古今已上　春山ノ霧ニマトマヘ鶯　戸トニ之　詩ニモ作
青柳ノ枝クヒモチテナサノ上ニ毛ハタチフヒニノ上ヘ　オクラハ梅竹也　撰ナリ
フチニノヨクラト云テモ　後撰　八
鶯雨ニ鶯ノ情特鶯琴ニ琴ヲ引之如也　踏花君　ニ鶯
フル雨也

梅ノ花チルニチクナヘニ春雨ノフリテツヽ鳴鶯ノ声スル　後撰　声アリテコソ鳴上之
オチテカノ夜来チハセシ鶯ノ鳴声ノキヽハアサ井セテムス　拾遺

○遊糸　アソフ糸　糸ナ　野ヘノ鶯
晴天ノモ之　非有情非非情数　八

○鳥ノ巣 春也水鳥巣ツクル也 ○歸鴈二 ○白毛鷹 ○若鮎

○継尾鷹 鶴巣ハ雑 ○遊糸

○氷ノ間 ○氷消正 ○残雪 ○雪消 ○氷解ヒノキエ 正月朔

○三年越 ○親月 ○改年アラタマ ○羊ノ習ヒ 正月朔 ○白馬アヲムマ 正月七日

○御薪ミカマキ 正月十五 ○踏歌アラレバシリ ○衣更衣キサラギ ○休生 ○巳日祓二 ○踏青三

○寒カヘリ二 ○東風春 ○耕二三月 ○涼寒口祓 ○春日祭二 ○南祭 ○石清水

○野遊ノ下モエ正 ○緑立 同若緑 ○桜花

陽春白雪 野客歌 和香ね人 梨雪 桃花 竹之秋 三月 紅梨 三月

ツクヽト春ノナカメノサヒシキハ忍ニツタフ軒ノ玉水　新古
霜マヨフ空ニシホレシ鴈金ノ帰ル翼ニ春雨ソフル　新古
聞人ソ涙ハオツル帰ルカリ鳴テ行ナル明ホノヽソラ　新古
初春ノハツ音ノ今日ノ玉ハヽキ手ニトルカラニユラク玉ノヲ　万

夏　カハツヒコノ夏名　一夏嘉　万八　カケイワ　依抄

橘　花ノ　百枝サシツヽ　香ホツキ　橘ノ林ヲヘンヽ上ミ　是郭公ノ

ヌヌセ　橘ハミナヘ花サヘ其葉サヘ　天平八年左大弁葛城王ニ

給ニ橘姓之時　御製

卯花　四下七　郭公鳴峯ノ卯花　古

未開之古　白ク　後撰

卯花ノ多ミ　四上八　卯月ノ比ノ雨

卯花ノ垣子ナラネト時有ル　月ノカツラノ影ニ鳴也　郎下

卯花山　ウツキ　フヽミ多比　ト三ハ

卯花月夜　卯花ノ白ク　似月

○杜若　池ニヨメリ　アキツシマトニノ墻ニモヨロコフ見リ上八三
不離熟　巳上八一

○葵　モロカツラ　モロハ草　フタ葉　アフヒ　花サク節　巳上八

○百合　サ―　ヒメ―　草フカ―　ユリ花　サユリ花トモ　サユリノ花トモ　巳上八外―

○夕顔　タソカレニ花ノヘモハアリ花ハ

○瞿麦

チリヲダニスヱジト思フサキシヨリイモトワガヌルトコナツノ花　古　拾子ハ津散后

コスノトコナツ　注云ノコスモコスハ淀可トコナツハ兼将ノ花トアリ　サ名ベシ江亭ニ也

未ダヨマズ　後撰ニナデシコノ花チリカタトイヘリ　チルニアラズ　ミ土又ヒナリ　ミ上ハ　一夏秋ハ二季ニヨム　古今ハ

太和一　近風ノ古トサキシヲ　新古　白露ノ玉モテユヘルマセノ内ニ光

サヘソフ常夏ノ花　新古

○水鶏

源氏ニ水鶏ノウチナキタルヒトニ

○郭公

山一　時ノ鳥　ミテノタシサ　ツナヒヨ　三軍ニナル　妻コヒ　妻ヨブ

モト名鳴　我名ヲ唱也　古恋ノ鳥　古　橘ハアトリ也　故也

サ月ノ玉ニヌノノテテトクヘリ　一　郭公ヲクスクテミ　一コミ鳥ノ名ノ年ニ　且古ニトクヘルナリ

一アリドミ五有　父ハ郭公也　母ハ鶯也　ウツシテコ　子也　テコハ真　卯月ニ

タテハ夜コモリニ鳴　五月待　丁ハ丑思ヒ三青　イサリナクノ　夜鳴ヲ

ミツヽ　アミ鳥トニ八　郭公ヲ綱ニテトリナ明年ノ夏鳴アセントニ也

初音（ハツネ） 忍音（シノビネ） ハ五ハ シテキアリ 古ニハ百千返ト云 郭公樗ノ枝ニナク

テキヽトキリハ 朝霧ノ八重山コエテトニ ナリ 花 小倉山ニヨム 音羽山 信土 ト手山

青来稱井田門 叫川有杜鵑 東川無杜鵑 東ノ鳥ナキ明石 ニノミノ森

昔思フ草ノ庵ノ夜ノ雨ニ涙ナソヘソ山郭公 新古

聞テヽモ猶ソナタヲ又郭公 待ニシ夜コロノ心習ニ 新古

雨ソヽク花橘ニ風スキテ山郭公雲ニ鳴ナリ 新古

郭公ニ打山ヲ為ミシ入アヤノ声ヤ今日ハテサルト 後拾

夜ヤノフキ道ヤテトヘヽ郭公我宿ノニヽニ立アテヌニ鳴 古

思ニ出ヽトキハ山ノ郭公唐紅ニフリテソ鳴 古今 紅ニフリイテヽト云事ノシヽハヽニヽ有リ

鳴ヲ来ソエアハ思ハ又郭公ハツ汁ノ花ノ陰ニアソヽテ 新古

待ヲ乃遊ヲ行クホトハ午退ノ森ノミツノニ立マたヽ丁ヽ 新古

待ヲ遊ニ声鳴テ方エヽ夜ハ方アテア人ノナクマスノモ 新古

キカストモ此ヲノロニナシ待テ宿ノ庭ノ松ノ村立 新古

也 所ニ口ハキキト鳴ニセト 瀬ハハ女ヒト云丁

なり

○四
螢　夏虫トモ　　秋風吹トアリニ告コセトイフハ上
古今　是貞ノ皇

○六
蟬　ウツセミ　アラクノ云仙音ヨリ鳴上ニ　　夏蟬　サトラミ月物也秋近　夕影ニ
キサラ
来鳴日クラシ　云　只蟬ノ惣名也　カコトアアテシキ虫ノ声アナ　浮氏　是　日クラシ人　只虫ノ声トモ云リ　ハ上ハ
蟬ノ羽衣有玉文　古今　ナミキノモリ
蟬ノ林

○若葉四　○緑茂四　○樗五　○若竹五　○早苗五　○松ノ深ミトリ五　○撫子六

○ミケル五　○菖蒲五　○玉マクノ菖四

○モクカル鵜二　○トマノ鵜三　○鵑郭公三　○鮎アユコリハ二匕　松浦ノ鮎八

ムスヒ入　メツラシヨム

○蚊遣火　○涼六　○小雨降カサヌ月ニ　○ノメ立六　○アツキ日六　○秋近キ六　○秋ヲ隣六

○コヌ秋六　○五月雨五　○梅雨五　不好之詞

○清水ムスフ五六　○明ヤスキ夜四　○短夜涼三月ニ　○泉六　○神楽三四　○千野拿

○篁茂季四　○更衣卯月朔

早苗　六能ニ五月雨ニ苗引ツヽ又田子ヨリモアトニツレヽ五升苗ヽトニ名

朝凉　夏ソ引

盛夏取雪　唐高宗盛夏思雪宋最取　一雪以進之在陰山取之　六月霜　凉臺　泉臺

鵜飼舟　ヲカセカシコマス鵜ナレテムネヲ之抄カリ火ノアナ　許古

鵜飼舟　アハヒトノミモモノクフワマツ宇治川ノ又マミノツラ　許古

大井川ヤカリナシ之鵜飼舟イニ任ニ夏ノ夜ヲ　アヤスミ　許古

之前ノ中古川ノ鵜飼舟イナニ習テシノアミシテ詩モ　許古

月ヲ之前ニ毛之カレニ月トクハ考モサナ也川トアツラノナラヨリ

又マミノ打ツクハ鵜ミハ人ミハツハハ大路也

秋
初
行
ガケキノ　俊頼　ミ上六

一葉落而天下知秋ノ　淮南子

梧ナラフ文落　蕭梧　杜し

桐
桐ノ葉
桐ノ落葉　ミ上六

七
○女郎花　女ニ寄テヨム　フサラノ花　シツロフ　若アヒモノヲヨカリ
神ナヒノ浅小竹原ノヲミナヘシ　野山又沢ニ生セト　クヘ　八上

○萩　下ー　萩原　村ー　イトー　一村ー　一モト　ミ上八　萩ノ初風　七月

○萩　秋ー　イトーー　村ー　小ー　古ー　初ー　真ー　ワサー　ヨリ　白ト
モトアラ　下ノアラキ也
鹿鳴草　鹿ノツマハ萩也　花アフ鹿ノ妻
ナミ　住吉ノ岸ノー
人家山野水邊土歸之　ミ上八
ワ秋ノ花スリ　八

ハ萱草　大和物語ニハ萱、忘草同物也トテ有　但ワスレ〳〵トアルハ忘ル、葉ト言ヘリ

コハ萱ヲモトイヘルモ又別ノ物トモ心得ツヘシ　萱ハホソ長クテ四季ノ葉有

アラタナル也　右哥ニ慈シキマテイハテフルアノ萱草ニケサ丁サムハ

今ツノホニナツル　但ホニ出ル事如何　ワスレ〳〵トアル物ハホニイツ今ノ一ハホニ

出ヘキニアラス　摘可求　ヒ五八

ハ忘草　忘草普通ニハ野ニアリ　住吉ノ岸ニ年ハ識草　清輔抄ニ住吉ノ

忘草モ忘草ニアラスト云フ如何　或説萱也　刈置ト云　非正説　止

乙紅葉　初ー　下ー　深ー　石アキー　万ニ白ク紅葉トイヘリ

メテモナクノ又キモ定メズテ女子アシヒモ紅葉ニ霜ナフラテミツ一万

霜ノタニノ露ノヌキヌソ衣　松ハ下紅葉スモトクヘリ　ヒ五八

紅葉椌　紅葉ニ要詩ホニ流ナ並フ

椌トハ告文ニ

ヌ月ニ限
蜀　頭ノ　八重ノ　材ノ　ソアト　一モトノ　拾
後蜀ハ　チネ
スヘラキノ御代ニノミアカリ吾ヲタテヒミタチラノミヘミ蜀人寛平蜀合　右耳
アカリ草トミ仙星ト謹之魚蜀也　文澤沢　魚ノ澤沢
蜀名所　水無瀬　大澤ノ沢　菜野　大井ノトナセ　田蓑ノ嶋　サホ河
フケ井　堰工　逢坂関　伊勢ノアミロノ瀧　兼
ソアヨ蜀　一説泉和泉蜀也　侍成ハソアヒナトミ様之史那ニ泉和蜀一云
御説之来生部達ミ仙蜀ナレハ雕下流ニ千年ヲ不ヒモノ人ナハラ氣
千代ハヘヌヘシト謹ミ穐年ハ得エ壽ヽ人ミ人事ナレ号穐心也　玉上八

○八 薄テ乙　千花　花ー　糸ー　村ー　雨一もと　糸薄ハ俊頼髄脳ニ
ミハシ薄　サキノシー（開之）　又々ノー（星）　春焼也　スヽロノ薄　ミノー
ハ穂ノ名　ホニ出ヌトニ云正説也　ミノ薄ホニ出ヤトノ云　言ヲ同事也　佐ホニイテヌアホニクル
ウニ同事也　源氏ニモ　秋ノ末ニホニイツト云リ　又源氏ニホニクテ又
物思フラレ　ミノ薄
後撰ニス、キラノ穴ナラスト云リ　同集　花スヽキワヨトモスレハトニ云リ
源氏ニ穴花ノ物ヨリコトニ手ラ指キニノ下オクトニ云リ　大方招クトハ穂ナ
牛ニノ下オノ神ニ似タ名也　モ上八

○槿
朝ニサク花也　一乃花アサカホハ朝露ウキニノ咲云リ　又アサカホニコマク
サキ下サリナレトニ云　咲ニモ有ヘキアシモリ云　露ヨリキナル槿ノ花　新古
日ナトハメアラモ有ヘキア

○七 虫
松ー　鈴ー　クツワー　ミノー　ヒトリー　玉ー　夏虫　モミスリー
夏虫ハ惣名也　大ニ入ンテ云　後撰ニ夏虫青ヨリ外ニナトモ云リ　又蛍ヲ夏
虫トモ云　幸ノ事也　松虫ノ初コエトヨメリ　モ上八

○鹿　カ—　サシ—　秋—　清輔キ朱云シ千鳴ト云　キナシ　コヨヒハナカマイチ云

渉紅三月ヨ　ケラシナト云　斉アオスシ—　鞍人　鹿ノ角ノ異ヲ取テ装ヒモアラタム云　秋ロ秋ラ

鹿ノツテトモ云也　サラ花ノツテトハ云　又伯トモ云　スアヒ　異名　峰ク冬クツトモ云　アセキ

山下トモトヨミ　但此トヨミノ言ニテ会ニ　伯ニモ—　以鹿為上語　日本我方信濃山ニテノヒヒラ

秘笑ナ事ヘ　ナケアケ結ノ鹿ヘ　モ上八

白鹿　三勅与光渉後廣山養一白—　指—進—烏馬斑古　鹿ノミカラノミニト

明皇獲——　モ上八

秋ノ中ニ入キトヨムスホヽ乙元乙ハ　小倉山

○鴈 ツイヨフ 古 飛ツル 朝ニハ海辺ニアサリ夕サレハ山辺ヲ越テ アリト
ヨメル アサ鴈テ行キシアリカチ 古 来鳴初ノ 古 ハツ田アリカチ
具ハツアリノ使 古 初ノ字ニ九月トアリ九月ニ 初鴈ト云ヘシ 飛鴈ノ使ハ蘇武ガ事ヨリ起
又ウス墨ニカリノ玉章ニ似タルハ鴈ノ飛ルモ也 アリカチハ鴈ノ音
也只鴈ヲ云ニアラス 又天稚彦射殺サレタル 諸ノ鳥ヲ使トス鴈ニ
不限使也 ミ上八

吹ツイヨフ雲井ニソヨキ初鴈ノツハサニナラス四方ノ秋風 新古

○燕 ツハメ ツハクラメ アラヒ弁モ事ニヨムニリノ妻モ多林モヨミ有 古今
ギ之ニ祝言物也 ミ上八

八七

○露　朝ー　夕ー　ツマー　ミニー　白ー　岩ホノ去已　北ヨリ アカモ　後撰ニ野

ヘノ秋　秋ミカクノ月夜トヨミテ露をも　露ノカ下 カコツト云心也　露ケキ

ミヤキセ　ミケ玉モ　露霜フリナツム　古言

二
露甚

○七霧 朝ノ 夕ノ 海ノ 秋ノ アマノ 川ノ アサノ 旅 是ノ古
天ノサキリ 日本紀 万ミシナヒストヨアリ タチキノ 霧ハ病 古之 夏ノ古
秋霧ニ云ヒトハ 秋霧ニ云ヒミミ衣ホサスミテ 古語 ヒトハ

○擣衣 玉ノ声
ミテウツノ ミケノウツ也 砧ハ八月十
五夜ニ初テウツ也

○一葉ホチモ　七
○色花
○枯野露
○令鳥啼
○鶺
七　[illegible]之啼
○[illegible]寒ヤ　[illegible]
竹之春　八　八月

○一葉ナ衣　七
○モスノ早ニ手
○鵙
○色鳥
○鴫
○夜寒　八　七
北拿

○析モ　七
拉拘　九
○芭蕉　七
○日晩
○小鷹狩
○冷（[illegible]）　八九
○放生

○ソカ田ヨモ　七
○下葉カツチモ
○穂蓼作
○初鳥狩
○栗　八七　[illegible]
○相撲

○櫻ノ紅葉　八
○蚓ニチモ　九
○燈（トマヲ）
○鳥壹
○初嵐
○[illegible]（ツカサ[illegible]）　七
○京[illegible]

○草枯ニ花残
○星月夜
○[illegible]
○初塩

○野山ノ色付
○楸
○千鳥
○稲妻
○漸寒
○秋情雨　九

○藤袴　八
○シラ梧
○紅葉橋
雁ニ[illegible]入
○野分　一度吹　並秋
○[illegible]衣　[illegible]

又鶉ニ斗[illegible]鳴ノ日ノテモ云[illegible]カコトカテモキ虫ノ声[illegible]ノ浮退（日ソテモナリ）只虫ノ声トモ云リ

○月　久方トツヾクルハ一切天ノ物ヲツヾクル習也　天ニ在ル故ナリ　上古　マス鏡　ミソラユク　弓張　百ミソラ八

月読男　月人男　桂男　サヽラ男　佐々良　月ヨミ男　六帖ヨミ　此等皆月ノ名也

月弓　桂ノ花　ユミハリノ　楫ノ玉又クノ　弁一千　一方ニ弁一千月上云　又弁一千ノトモ

千一千　天一千　ササ月人　夜月　河内　月ノ孔

霜釜入　ユフツヽ　キヌ月　ミワノ　アヲヒ　在明ノ　アマヌイ　ヨヒノ

ユフツヽ　模ノヤミトニハ月ノ鏡模アミ

ミカヅキノ　ヨフノ月ノ　イサヨフ月　イザヨヒノ月ニアラ

夜ツフナニナル世非ナ　待ツラルニ　ミノヽメノ　ヒ上八　月ノ都　都ニ奇ル　ヨム又ル

望雨　望ニ月ハ照ニテ　一言　秋ノ月ニ八　ニ宿ル　新古

金波　月　月桂　月華

春霞タナビキニケリ久方ノ月ノ桂モ花ヤサクラン　河海　桂花秋白キ心ニテハ月ノ桂ハ秋カハルヘキニ此哥ノ心ニテハ春花サクト読ル也

久方ノ月ノ桂モ秋ハナホ紅葉スレバヤテリマサルラン　古今

○七夕　何ヲ一年ノ一トセニ一タヒアハヌ妻コヒニ物思ヘトイヘトモ　天川ニ其夜
二ノ鵲ハネテ橋トナセシ　又玉橋　手橋　打橋　サキ舟　ノ木舟　妻近ヘ舟
アサセフムテ　天ノ川宮遠キ渡ニアラスモ神ヘハミテアヨハニシヘク近キ
ヤトヨリ―　ハヤキ河ノカセ瀬フカキナトヨリ　此川ニハ河瀬ハナキリ
ヌサトリッセアトヨサノ　二ノ岸―　宇ノ川宮瀬アトニ森　一ヲヘニ舟ナキタ
ソノ手何セ
ヒトトヨリ　紅葉ノ橋　アコレニアフ　錆ハアフマテ　星合ハ月ヘテ後ト
云リ　但万葉七ノ家持哥ニ七夕ノ舟イリヲナス鏡ヲヨキ作夜ニ立ツ星ヘ
月ハフクス只雲ノアミリ―ヲリトイヘリ如何
万葉十七夕ノ仙陌イナオバシシラシラセ仰ノ秋サリ衣ニシアル取ミシ　又
キタル白妙衣テタテモユラミランヒハタナトヨスルハ神代ニセタニ和妙ハイト
二衣シソウニルセ　其古詩往還一　ミナシ川　岩ミノ横打ノ紀州ニ木
タナハタノ妻待トモヒコ星ノ妻トフトモ云之　ソニーツン夜ノ甦トイヘリヘ
二星ノアフハシセ　袖纒トモ云リ　ササ菜トモ云ツテ　一説付入会　伊那不可技
トワッテ　玉戸　年ノ恋　ツテトフ舟ノ引ツナ
天ノ川水陰草ノ秋風ニナヒクノミミシハ特ハキツラシ　神サ

サヒシサハ深山ノ秋ノ朝クモリ霧ニシホル丶真木ノ下露 新古

立田姫タムクル神ノアレハコソ秋ノ木ノ葉ノヌサトチルラメ 古

冬

三冬（ミフユ）　三冬尽テ春ハキヌレト梅花（トヨミリ　古）　凝露（コリ）ハ〓ト云也　云上

○千鳥

サヨー　トモー　村ー　川ー　浦ー　濱ー　冬ー　夕浪ー

友なしー　磯ー　川風ニモ雪ハフレトモ夫中ニ千鳥鳴之井し

洲ナミ　天平元年　風千鳥弄　延於内裏　聖才モ可詠也　上八　各所　玉江濱　鳴海

○鷗

アモメスミ　藻エノ浦

○鴨

アヒー　スヽー　ミー　シ鴨ノ羽カヒ　ハネカヒ也　鴨ノ八色　青山ノ色也

水鳥ノ鴨ノ子イロノ青山トモ　友チセス鴨ノウハ毛ノ　紛ノ鴨ニ似

○鳰　鳰毛衣之　ニトリノ　沈ミ公　夫婁婆　祝物人　ウキノ　七三八

○時雨　ナ　浅時雨

十一
○雪ミ〻　初〻　アハ　香雪ハ但万ニハ十二月ニアハ雪フルトイヘリ　印〻
友待〻　ハダレ〻　薄〻　何モ不可憚　シヅリ　木雪ノ　雪ケ　ナゴトノ雪ケトモ云又只
消トアテ〻　万葉ニ是トイヘリ　トホリ　アヒアルモ　薄ヘ　雪ノフルケトモ云　一万雪
素　雪ノクノケ　万ニ　ホドロヽヽ
サザラ〻　クホヘフル　久方ニ　ツキテ絶　カシヒ〻　種撰ニ　フリキ　雪ワ　云ハ
陸奥〻　越大路〻　翁大路日ヤ　背ヘ　咲ク
桜ノ雪　万ニアカナカス　桜ノ雪ト云ノ雪　野ヘリハ見スア君ノ袖フル　ヒノ
ノ上ニ薄ノフリ　雪ト云一義ニハ仙宮ノ雪也　万葉ニハ若菜野遊ト云　若菜野ヘ
年〻　ミ文野ヘ　ミノ

雪ノ玉水　新古　雪ゲニノヲモヘ　新古　風アモ三雪ハフリツヽ　新古

十
○霰　一万十一ハ是ヲミゾレトモ云リ　多キモ　仙三七　ナルヽモ　トハミゾレトクヘリ　上六

○凍　ウスラヒ　薄キ氷　氷ノ名也　凍ル　冬ノ　霜ノ　薄ノ　瀧ヲモ補
渉　冬三月　コホルトヨム　渉ハコホラヌ物也　上六

○霜　初ノ　朝ノ　冬ノ　置乙　薄立　ニフマリ　又凝　一万三　霜雪モ未シ
スキヌ又ミ梅ノ花ミツハ云リ　是ハ春霜也　後撰ニ　霜ヲハ又春ヨリ後
ト云リ　霜　コホリ　拾上六

十 ○紅葉チル 十 ○草カル丶 十 ○残菊 十一 ○朽葉 十二 ○冬ノ梅 十二 ○年ノ市 ○水鳥 ○枯野 月ニ渉 冬ニ三

○末枯 十 ○時雨 後時雨 ○凝露 十 ○霜寒 十 ○月ノ氷 十 ○冬ろカアこゑ ○神楽 十一

○北傘 時雪 負尽照 ○コシ丶鐘 十二 ○三十暮 ○冬日短 十三 ○春ノ隣 ○庭火 ○豊明 十一 ○小忌衣 祇神

○日蔭糸 祇神 ○年内立春

清カヘル岩間ニテヨフノ水ノ泡ノ丶ヽ宿カル丶浮氷カナ 新古

△天象

○天

天方 天ツ空 天ノ原 ミソラ 虚ノ海 大空 雲ノ多 天ノ浮橋

天ノ岩戸 アマツヒ 岩戸ノ開 天ノ八重雲

○日

アカ彦ノ異名 アカネサス アマツ日 ハシキヤ春日 朝日影 金ノ山

アサツク日 夕ツク日 朝日 夕日 春日

星

星ノ林 ーノヤトリ アマツー

風

神ー 伊勢ノ國 春ー 秋ー 初ー 夜ー 天ツー 冬ー 松ー

朝ー 野ー 浦ー 瀧ー 川ー 浪ー 山嶋ー 谷ー

嶺ー 嵐ー 上ー 下ー 横ー 湊ー 栗ー 清輔抄 南ー 雪消

天ー 科戸ー アリソー 時ツー 潮ー 簾ー 家ゝー 北ー

冬ー コチ 朝コチ 六ハコチ アナシー 乾 ニカタ 坤ノ風也 キキツー ハヤチ 吹ス風也

アユー 東ノ風 イカホ コカラシ 秋 山カセ 河カセ サ夜フケカセ 山ヨロシ

浦エ 野分 シノウ 草ノウラ ミナトノ 松風 アラシー

ハツセー サンフー 比良ヲロシ 山ヲロシフク 風上モ 風傘 吹カセ 一万葉ニ

浪ヲヨセ トカセ テモリトヨフ 是ハ 風ノ事也 木枯ハ秋冬ノ風木枯也低木

林ノ秋ノ初風トヨメリ　已上八　琴有二風入松曲一

○嵐

鞆ノ名ノ山ノ川ノ野河ナトニモ嵐ハ讀トモ山ヨリ吹之

寂蓮住吉ノ浦ノ松ニ山嵐ヲ是モ尤ハ依武是ヲ難ズルヘ山風ヲ吹モ

ヨリテ事トニテモアリ

賀茂社ニ哥海ニ嵐ノ面吹トイヘル海嵐ノ例也

已上八

○雨 春サメ コサメ 村ー ムラサメ ニハカ 夕立 依テカサー サトフル時ニ 頭ヲ笠ヲモ

横ー 時しく 渡氏日野今 五月雨 卯花クタシ 四五月 花ヲクタシトヨメリ 春サムハ雨 年之ー 時雨

名ー 村ー 初ー 伊キキ之トヨリ 古哥ニ 時雨トヨメリ

タツミトハ雨ノフリテアリノ水也 庭タツミナト云 頼政ノ哥ニ 時雨トヨミテ

信成ニ 初雑 老世ノ秋サメトクスル 難ニキカヒキ事也 ミツノミニ 雨衣 ミ上八

○雲 白ヲ

八重ノ 一八隠 イツ 村クモ 薄ノ 浮ノ カサ 天ー 浮雲

アメー 横ー 横雲 山ニ立 アサノ トヨハタ アフ ミネー 峯ニ立 ミチノ 天ノ白ー

雨ヲノ 紫ノ カツラキ アサクモ 夕カケ ツテレ 朝カケ 時ナノ カワヨフ

横ヲ 雲ノナミ ミ空行ク雲モ 使ト人ヘイヘトモ 白雲ノナホヘ 立居

ミネー 天ノ旗ニ似テ赤キ 雲ノ旗手 天トフ 八雲タツ 出雲ノ浦

タノ雲セ

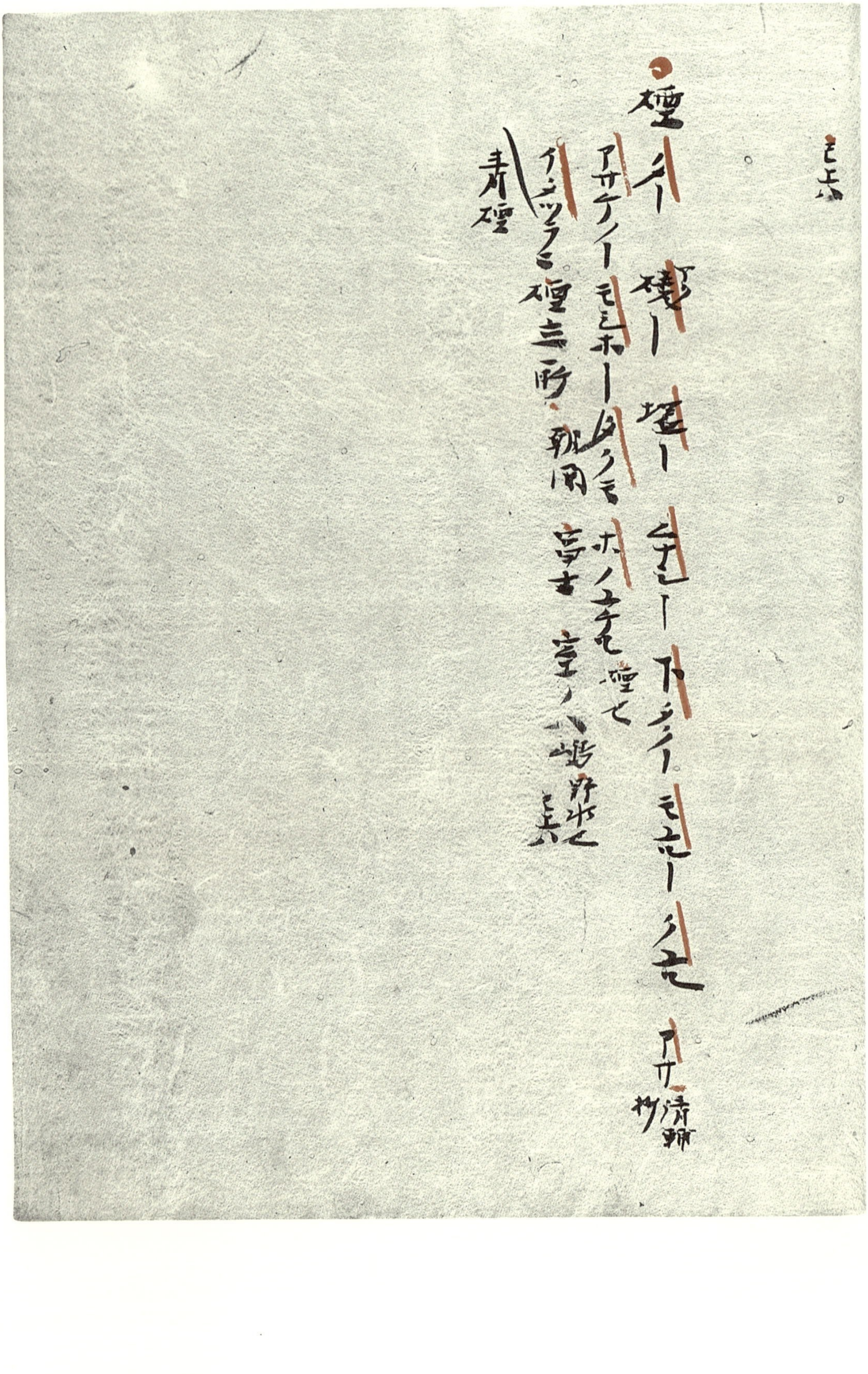

〇年　イマ年ハ　一時節　年キセ　イマ年サセ　アラ玉ノ年ナミ　年ノ分　已上八

〇暁　シノヽメ　山アツラ　暁天雲　暁ラハアカツキアア情トモ云ヘリ　玉クシゲ　暁名也

暁又テ　夜中ヲ云　同

イナノメ　稲目トアケリ在六帖　稲姫同事也　二イナヽメアケ行トモ云ヘリ　是暁也　已上八

〇朝　ミアヒコ　武ハ　玉ヒヽ　アサナケ　朝飯之事　朝アケ　晨ツトニ　アサマニキ　アサヒラキ　也

アケボノ　是ハ朝也　朝カム　上　朝日　朝霞　朝雲　朝露　朝露

朝嵐　朝霜　朝氷　朝水　朝川　朝塩　朝カリ　朝戸

朝菜　朝ミドリ　朝ケ之キ　朝影　朝ヲミ　朝タキ　朝政　朝ヨヨ人

朝モヨヒ　已上八

○タ　｜ヤミ　｜ケ　｜墨ソメ精キ也　｜テクヽ雲ノ旗手　タ日ノ｜ヨ　｜雲

タ日ノ影　タソカレ物ワ同解ニ　｜サレ　｜暮　シテヌタ也　雲ハ　句ヘニテ

ノタトモスクリ　ニハタテノ｜トモヨウ　｜日　｜霞　｜露　｜霊

｜露　｜霜　タ風　｜嵐　｜ツヨ　｜ツクヒ　｜星　｜ツヽ

｜煙　｜スヽミ　｜時雨　｜ナキ　｜塩　｜浪　｜川　タ江雁

｜アリ　｜ハヘ　｜凝　｜トニ　｜山　｜草八ッ　｜木

○夜　ニハタテ　ヌハタマトモ黒キニハ雨読也　｜ヨ　｜語ノ　酔｜　行｜　雪モヨ　アスノ｜　アス｜

明｜　霜｜　短｜　ナカクミキ｜　雪中　小夜中也　一夜十ニ

下夜　ニタヨノ色トコオリ　夜中也　｜比　｜數　海詞也　ヨヒアリ　アシラ　フクヒヘ也

旋ノ字 月 除 イサヨヒ ヽ風 ヽ川 ヽ舩 ヽ田 ヽ旋

ヽ青月 ヽ妻ツ ヽ牙 ヽ人 ヽサキ ヽカヒ ヽ来 ヽシテ

ヽ越 ヽ久 アスラノ 注例ニ記ス 巨ハ

○特 ツカイ 三八 アナリ 四時 四季 オドキ 八巨

○地 嶋ノ字ハ △地儀

○山 延喜 シアサヤ 又在名所 山ア 向之 還ヽ ヒラヽ 村ヽ 井ヽ

四方ヽ 岩ヽ 嶋ヽ 街ヽ 蹤跡 ホト 船ヽ 樹ヽ 野ヽ

奥ヽ ミチヽ 八重ノ 行ヘヽ 我ノ 山ヒラノ 寺ノ 遠ヽ

一日延成ノ嵐吹ヨトモ云リ　山ノ尾上ツヽく　山ノスソ野　山ノトカケ　岸影ト書又跡ト
陰ト書　山カメツキテ　山ノカタソハ　嶮トモ山ノスハフミミヱ山ト云ニ読也
山ノカタセ　日本紀山ノスソトニ云リ　山ノメウテンスハコヤノフモ仙トモ云一説未　岩タミミ
磐石巖ト　岩根フミ　石根路　イハカ子　石金トモ云　巖嶋ノトカヘヱ山ハ千丈
カソ　深キ山ニ　山河　丨井　丨岸　丨水　丨遠　丨畑
丨田　丨里　丨寺　山風　丨嵐　丨チヨミ　山云ミ　山下露
丨下風　丨櫻　丨梢　丨梨　丨アサ　山稿　山寺　丨鳥
丨郭公　丨雁　丨人　丨伏　山鳥　山スタツリ　丨アツ　丨跡
丨末ハ　丨下　丨口　丨陰　丨形ノ　丨廻　丨アツタ　丨スミ
丨コモリ　山カツ　丨ワテ長　丨ヒヨ　丨へ　丨中　八臣　山浮ミカ世　文証
万代ト云世ニ山ノヨハフナヽ作言

藪 ツハ子 又作沼形 アニノ八[巴上]

杣 ソマ 彫 ホノミナト 竹ノ| 鵜ノ 伊賀ノ[巴上]八

關 戸 |路 |寺 |臺 |山 |河 [巴上]

刹 呑刹|

野 アナ| 枯| アツマ| スソ| アナ| 野ノ路 |宮 クミノ野

淺茅 スソノミノアナトイヒ又ハ野ハ在ニ フセヤ 野ノミトモ 廣野 スミメミト

ミミ文字アツテ文字ノ重トミ説アリ 伊ネミ| 許ナリ 指テ其所トモナシ 時アル者事ミモ見ヘ

|風 |草 |山 |邊 |澤 |田 |木 |火

|萩 |中 |アミ |寺 |伏 |邑 八[巴上]

○京
都ノ　柳ノ　櫻ノ　梅ノ　杉ノ　竹ノ　葉ノ　野ノ
ミクサノ　ハソノ　浅茅ノ　花ノ　川ノ　國ノ　翁ノ　秋ノ
都ノ　宮ノ　錦ノ　里ノ　芝ノ　尾ノ　都ノヤマノイツノ
芝ノ　ミノスカ　六

○海
ワタツノ　或ワタツミ　ワタノソコ　ワタノ原　ウナハラ　青海原　ワタツ海ノ手引
ワタモモ玉ノ　八重ノ方　浦村ノ　湖七クノ　涛聊読　海ノミルメ　具依
河ニコソ　ヨト　難似在陰撰　朝ナキ　タナキ　大ノ　ミノ　四ノ　人　臣上
芳秋長

○河
ハヤカツ　玉水　川ソテ　山ノサナル河ニ備言ハ　関ノ　寛平元年会ニ　朝ノ
河上ノ清ノ々ニ始　遺抜ニヨリ
タノ　月ツノ　稚銅　山ノ　谷ノ　流ノ　ヤマノ　ミシキノ　ウノ
玉ノ　千花カモ　一眞ノ　紅ノ　鵜ハイツトモヨリ　一方ニサヒ　浪ヨキ
流ニハツノ七川ヨヘキ　藤ノナキアワモサ　キキトモヨリ　一方ニ吉野川

キキトモヨカリ古今ニモアリ　｜風　｜霜　｜オロシ　｜浪
｜水　｜淵　｜岸　｜竹　｜折　｜澤　｜社　｜草
｜舟　｜シサ　｜ミツ　｜ステ　｜遊　｜シト　｜口　｜上
｜渡　｜スヽミ　｜アリ　｜セキ　｜淀ハ已上

○湖　｜居ニモ佐抄　｜コロモナ　｜ニホモ　｜ニナモ　｜堀ナクテ又海已上

○池　｜向池ノナキカトテリ　｜向家持哥池白波議ニヨセテナトアリハ已上

○泥　｜泥ノミモ又平ニカクモ以スナトニテハ水ノテリ泥也已上

○江　｜入　玉｜泥也　ニマリ｜　住ナモ｜　海ニモ川ニモアリ已上

岸　川ノ　アテ　カミ山ノ右　タアテ岸ヲフハアテツキトミユ　已上八

渕　クハノ　クハアキノ　石ノ廻ル　カテノ　アソノ　已上八

瀬　アサノ　ウマノ　シタリ石　ホリノ　ヒラノ　石カミツノ　ヒトツノ石　ハテノ　已上八

礒　チリテニシ　ニ松ヲキナカ　依秒　コユルキ　是名所ナレトモ宗礒　ナシトミエモ礒也

今様ニヨコイソモアヲシトミユ　想名ニヨミ羽村　異説シノイソトミユ　其礒人　海川又湖ナツモニモヨリ次

水キハ也　已上八

瀧　白糸　依秒　アリホナトシテ様ニヨリテノ云ヘシ　正在紫式部有リ　能モ又ニ岩　ウツマスミレヤツメナシ有ナル　布引瀧ノ事也　伊勢物語

滑　サクシテノウナテ　日滑ナウナテトハ滑ノ名也

瀁　ヤホロエノ　エノ　八百日　能ノ　伊ノ　已上八

嶋　ヤツノ　モト　アソノ嶋ハカヒ所ノ名也　ハアクモ　ケノ　エノ　モツトモ　歌ノ　サノ　ナノ

キホノ　トハ嶋モ　ヨソヒ　浮ノ　ホキツノ　名所モ　ハナヒノ　已上八

石　国アモハ　ハトヨモハ　是ヲ行又字ツテクモクヲ精　サシ行石　アラノ　ヒラノ

柏ノ如ノアヲモ石也

ミツノ　チヒモノ云ト千代ニテ　ハナレ　ノテナレ　アトレ　トレ　抜レ
レ橋　キギノ白レ　右所　此ハ紫ノ色ヲミル　月　右ヨ　右ノ根　右ヒ
ドコノ水。石ノ色也但未詳　ミギノトコ。ナハミ吉野ニアリト云ヘドモ上ニ云ヘル八臣

○沙　ミサゴ　イサゴ　ミラスゴ　サヽ石　サヽ　沙石　玉ノ庭ナドヽヨメリ　沙
ハサゴ渡ノイサゴセリコ渡ノイサゴ八臣

○橋　八ツ手ノ　アテノ　タナノ　石ノ　カリヒトツ　竹ノ階　長月　金ノ
サノ川ニ　アスカ川ニ（橋）　ミヤノ口ノ　ノ坂ハ下宮ニ渡ス　浮ノ　ツナノ　吉ツノ
紅葉ノ　誠ニアルニアラズ　雲ノカケハシ　葦中　カサヽギノワタセル八臣　ネトヘヒ

○柵（ミカラミ） 井テノ― 木ノ― 鎖ミノ― 組ノ― 心ミカラミ 雲ノ― 心

○井堰 石― くハ― 板― 玉― ワラヒ― 心ミリ― アカ―

玉―成荊棘翠竿林

○水 竹― 斧― 川― 汀― 沼― 溝― 関― 玉―

下― 渾― 若― アハ― ミカハ― 呑宮ノ御殿ニテノ梅ノ花

不浪葉中於 フミノ末ヲミル ミソ木ミテリテト 幸ノ

アリ― 野ノ玉― ニコリ― ムヒ―

チトアル水上 ワラ― 留代― 心ノ― 法ノ― 水ノアヤハ浪ノ文人 庭ミツミ

庭ニミツリ ツシアシ アハセ 錦― 心ミリ井― 作リフヒ― 水ノ深ミ アメニ

花水七 ウテミ水トヨリ イサラ井 川アリ

泉― 見ヘノ― 在水知 ヤリ― 涇

水ナシ 雪ケノ― 雪ドケノ ミアカ ミコモリ 水ミアカ

水七

東路ノミテノ文ヲ草ミテリアヒテ跡ヲミミエヌ 水アナ

○凍　ウスラヒ　ウスキ・ツララ　タルヒ　ウスー　ウハアサ　冬ー　霜ー　霜ノ
　氷也　氷也
氷ノクサヒ　凍キ　川ー　池ー　瀬ー　瀧ラモ　結コホルトヨム　海ハ
　冬也　ノ
コホラスモノ也　三五六

○泡　タマハ　ウタカタ

○浪　沖ー　水ー　サヽー　近江ナラモ海ト詠湖ナルヘシ
海サヽ浪ヨメリ有難但今様之多放　冬ー
トー　年ー　年キツー　池ー　古　アシー　三　湖ー　濱ー　詞　立ナー
夏ー　瀬ー　浅セニ　タツ　八重ー　ヘー　舟人　アマー　白ー　サヽー　妊妥
石ー　カミー　墨ナヘー　近　千五百番　伊ホヘー　千重　千重也　アトナー　伊勢ナ白ー　磯ー　井
水ツタノ　キキツ白ー　イサー　浅瀬也　イサー　瀧津　イサ沙ノ心ノクチテア
トミラナ花ー　ミヨシー　綾ー　コスー　行ー　ツー　徳政アクヘ
スヘナコロトモ　伽ヌラー　アシノナキトミニ近日人片ア浪ト心得有之為是
堀ミチクレハ海ノアヤナリノ也ナ七
浪ハチモ　空　浪ノアケ衣　花ヽ衣　新古今
三上　鱗也　アリ

塩　シホ｜　塗ニアテヽノ　テシホ｜　月ノ入｜　朝｜　冬｜　浦｜　興津｜
名テ｜　初学モ　アラ｜　堅　行ホヒノ名残
｜路　｜ミチ　｜ヒル　｜ヒノ入　｜ア　｜風　｜煙
潟　ヒ｜
土　ア｜　ラアラ子トイフハ土也　泥　ヒヂ　テリヒヂ　土ヘ
田　秋｜　サア｜　山｜　ヲカ｜　穂｜　アラ｜　トモ代モ｜　君ヲ見也
停｜　饑｜　遠キ神ウツサハツノミ山　ミ山　澤｜　佐ナト｜　沼｜
野｜　ミシ門｜　イホシロ小田　立原　ヒツイ　文生也　澤｜　夜｜
水｜　ソア｜　仁井　刈｜　寿キ田　公子下ノ也　田稚苗　アミ　秋ノ田ノ主タノ
ア｜　八　是也　稲ノタヲヽス　イナンノ主トス　右諸抄廣　田モ　西也　ソホツ

ラリヤニ　ミトミロ歟　キシテノ　ランキロク　シミナキク　ラソワサ一　ク　伊ニハ　田ウヘハテノ

ヒ

モミス。サノ未免ト三　甲斐ハミメキモリ　其サノミマ　老　天ノタヒ一　ノ白

木ムテ　夫ノ同ヒ　稲塩ア三　井ワリ　キ未　ハツ未　イアホ　ハヤソ也

口田也　ドミ今ヲ　田花也　ユキアヒノソ也　戸ミサキミユキ　白ノハヤソ也

アアヒコノ稲ミハナミ。会今ヲ　移ヒキ　稲ヒ　万代アマコアワサト作ヒ　秋ノ田ノワヲ

キクミイワ一　ヤツアホノイナ　文九　稲ノアエ　アル也　日本紀之稲ノ也

○城　民方ノミマコトヨヲリ

△居所

王數

平城ハアラミヨミナクトイフヒアワミトヨハ　覆義　辞也

花ノ國ノ一　九十ノ作ノ一　月ノ一

○宴
シミテル｜（古 雄游） タハ｜ アム｜（神） ミ文ノ｜（後） アハチハラノ｜ イツ宴ノ｜
斎宮 斎院 野ノ｜（斎王） トコ｜ 斎宮也 アサ｜ ミテ｜（古） キホ｜（古） ユフ｜（古） 多
此外代々宮ハ斎名歌評ニ上ハ

○敷
キノ九敷 五月ノ名イリチルト天智ニ在所ノ後葉也 タテ｜ 停布 コノ｜ ツリ｜ 夜｜ 舞｜
△一町
右語拾遺ニ下トミキト云ハ神敷ノ注也ト見エ上

○棧
タカトノハ

○家　ソトモ　家刈也　万　鶉ナク〳〵ノ尺家トテ政所ノ心也　七上八

○窓　窓ニ差月ハテラシテトモ戸ハ　緑窓
右歌ニテケリ　夜寝ノ内ハ木吹ソテラテ風ノ入モ窓ノ月影

○戸　待ノ　石ノ　天ノ石ノ　山櫻ノ　櫻木ミテ造モセ　川ノ　荒ノ　槙ノ
松ノ　草ノ　柴ノ　関ノ　散リノ　村ノ　朝ノ　アミノ　竹ノ
斎　ノミカ　夜ハ　秋ノ　煙　墨ノ　月　竹ノ　百　玉ノ　妻ノ　葦垣ノ　妻　八上

○門　天ノ石ノ　板　テカル　衛ノ　石ノ　挟カ　関ノ　石アトハ非門　石ノアトヲフエ
ホフスセ　小金ノ　天ノ川ト　トコツミアト　寺ニ　往所　水門　ミアトナ葦ノ末葉ラ
坪ノ　押ノ　松ノ　竹ノ　板ノ　七上六　七ノアト手折リ

玉ー　龍ー

○卿　尚ー　寛平御宇　儆卿ヲ六鸚鵡ト云一万ニモ鸚鵡人ノ名ヲ家ト云文浅
异朝ニ鸚鵡ト云トナルナ　青命　給信ニ故卿トハフルクナル家ヲハイフ也
今ハ位下ス家ヲモ但故卿トフルキ家ヲヨスヘ哥多ニ禄ノ門●モサハニアリ
チリトスルモノノ爭世其外多　已上六

○桂　宮ー　社稷又諸官　テンー　テキー　只ノ桂ノ人物ノ名アリ本多
テキ　桂ニ　已上八

○臺　アツチー　テンー　カヤー　サンー　カリー　ハテー　疊ー　石ー
瓦ー　閣ー　テラー　ミゾー　テヤー　ケンー　讓ー　フセー
御紫　源周　ツチー　仁ノー　子ー　化タキー　壁ー　搖ー　ヒラー

二弁ノ　カヂノ　サラノ　賤ノフモノ　ズノミノノ　カンノ　アカシノ名ヤ
宿モ　床ナサカフキノ　皇木ミシノ作ヒ宿毛　アラノアカヤ　日ノ除トモ閑ニ名
異ノサカサテミフケモヒ
コナノ　ヘラ熊カナリ　ハミフノコア　峯　アマシキノ　アヒア　コカフ一所也　コシノヒモ千　三又輔三八

垣
神ノ　イノ　玉ノ　寔葉ノ　松ノ　竹ノ　アシノ　額　瑞ノ　華
ヨミ神楽モ　何ノ　トノ　中ノ　閑イアフノ　浮　手アラノノ
八重ノクミアキ　斯秋　并ミ　屋戸ノ　八重ノ　アケノ玉ノ　洲ノ　古　遠ノ　豊ノ
スドノ　竹ノ　瑞ノ玉ノ　神モ　アセノ　アノ　霧ノ　タアヒスノ
イヨノ　海仙ミリ　ヒホ■ロキノ　神籬　芝ノ
百　赤草アキモ　森　ミケミミキフヒトモ　馭　ハヒアハル　松ア十　八坦

路
玉桙　ナカチ　新ノ　チミチ　ニナカミチ　山ノ　家ノ　径ノ　アチノ　野ノ
関ノ　潮ノ　濱ノ　浪ノ　雲ノ　アイ　歩ノ　戀ノ　方ノ
川ノ　トシノ　カヨヒ　通ノ　更ノ　別ノ　フルノ　中ノ　浮　下ノ
上ノ　エ　塩ノ　細ノ　アツマノ　コシノ　筑紫ノ　山ドノ　太和ニモ筑紫ニモアマトハ有

備喜ー　信濃ー　近江ー　伊勢ー　奈良ー　奈良ノキキテ　難波ノ方

泊ー　川ー　宮ー　都ー　三コシ（越前　越中　越後）　トシノー　吉野ー

丹後ー　紀伊ー　伊賀ー　アヘノ市ー　雲丹千　ヒナノ中ー　アテフルー

七　折オトノ下　丹手中ー　兄ノ手オフルー　キホノー　大和く　ワホー

トヨハツセー　タツター　木曽ノフミー　三州　フスヤ　サナノ山下　ツンチテリ

紅ノスソヒシノ道　小野ノホソー　岩ノアテー　ハ上

○丹街ー　ツナー　ツジー　チナー　イナー　瓦ー　ハ上

△國名

○鄙（夷）　ヒナ　オサナキ　ワンアリノ　ヒナノ國ヘトヨリ　イナカキ（ヒナ上八）

○世界　ソウヒキ海ハ

○佛所　霊鷲山ヘウセヒ山　佛滅スハツヘノハヤニトニ　鶴林ハ林ガ日招ニ白ク成ニアリ鶴ニ似

名之 三上八

○眞詮 マノツノヨ 夷ナルイツミ ミテノ山 ミツセ川 ミホミノ山 海ハミホセ

ナホニ フタツノ海 オフクノツタ 地獄 ヨミト 日本紀モ上八 山ハカスル

○極樂 淨蓮ノ国 佐或 スミミキ道 名 煙氏ツテノ八宗ノ事ヲ云ス ミキ給ニモ ナキシ

菩提 三上八 三界ヘキトキリ 是極樂ニ成明趣ヨキ世界

○世 トコヨ 古事世人膳 アシフノ コロミ勢世 ヒトノ フシノ ミーカーセーナーアーノ。

ノ名ニアスム テーロー

シツセミノ 八上

△草

○草万葉秋七種花 萩ノ花 尾花 クズ花 撫子ニ カヤノ亡 サイシツイ

女郎花 藤袴 朝貌ノ花

草名也 萩蓮 説 アケロフ 是草ヲ云トイヘルハ異説也 雲ノフクメヤモテ

香草ニシ カケロフノモエルホドナリミシ物ヲトモ云

アケロフモ元トイヘル世ノ事ニハアラス アシミツモトモミリ 有枝

幾言ハモアレテモ二モト云 故人説

カ秋ナトハイヒケアリ其草ヲクワヘキナ 綫擬ニ草ノ系トイフモ

詩ニ草 織ト云モノ也 アツノシモ草ト云ハ 神代ニ出ノツモシ名

イ房音

ヲフ、シナフスラクヘリ、右語拾遺　香ー　一葉ー　餅ー　一百ー　チー
下ー　田ノ　水ー　ガウ初ー　ツカー　冬ー　仁井ー　方訪　フルー
芝ー　アラー　庭ー　にマー　若チ早花　ツンミとザリザリ　タカチー　水ー　マテー
カリー　ヒラー　小ー　夏ー　ミトー　ミテー　モミホー　又松枝ノ
タムケ　クサ　イツテテー　遠ー　非早斉　ヤ行　ハ行　ミナ　悪
言ツ頃長寿　コトナヒー　アツヒー　アコチー　一百アカツキノメツラシ草
トコヒウタニ是ツクイテミテ、ワヒラ、ミノアサ一草　是非　一百サチ父母ガアタトノ
ミモヘノモ、鈴ー　是母ノ　ヒヒ八ヒモ上六　國草ー　タケン晒　草ヘニノ草菌
竹
カハー　クヒー　村ー　イサー　サー　笛ノ　ヨリー　ナヨー
ナミー　ソカ浮　ミヘー　トヨー　テノー　八橋　ヤハミノミノ方カラハミ　竹右依抄
ユサヽー　千尋　チイロノ　イホツノタカ村　龍ノムスヒテツリ
アナサヨテ　是ハ竹葉ノ上ヘ　其右語拾遺　誤誤　不然歟　ハリ来ミ竹ヽ　綏氏ニムツカミキ　サ、ノ新
ア駒引ト云ナリ稲モナクトユリ　サノミ下ハ、ハ竹ノ年名　源氏ニ
呉竹ノウツサトナクノ風ニコホレテ名ヒ句ヲトミリ　所也　飛非ニ置香物ノ色ニ付テノ　包トモリ竹ニモミヘシヒ上六

ワカ
〇若竹　竹笋ヲ云

春部上ニ入ヘシ
〇若菜　ナヘテハ野ニテツムヲ云又垣ナトニテモツム　一月ニ河上ニアラフ若菜トモ云リ　十二種ニ六
春松七種ハ皆若菜ナリ之　若菜トモ云子日ニ千年之源氏四十賀其時云
ミエタリ　八上

春部ニアリ
〇蕨　紫ノチリハツイサル下　蕨ヲハ折トヨメリ　但輝早蕨ノ巻ニ
蕨ヲハツムトモヨメリ　時ナラヌ蕨ヲハイハヒトモ云ニ読也　七上六
采薇　伯夷叔斉

〇荷　ハチスハ
蓮葉　ハチスノ浮葉　花ハチスハ　濁ニシテ又　不染世間法　心々　蓮ノ糸　七上六

〇萩花　シニノミコ草　ニホヒトモ　三心七　特ニ千代ニ言合　秋ノ野ニ色ナキ露ハラキ之
アト[illegible]ワカ萩ニ花ハソミニモ
此花ハ讃岐ノ心アルヘキ也　七上八

○葛　アー　手ー　ノス花　ーカツラ　八三上

○菖　イハコー　イハホー　穂　白ー　川ー　小ー　アー　アリテー　ヒツー　百

日　フロゝ　水ノクサ　三吉野ゝ　ミゝテー　菅ゝ袖　チアハラマー　言出　タツミ八　神

古　フルサ　百　アサハ野　山ー　二生　ミカチ　石モトー　丘ツアノコー　ミハコー　スカノ子

長ヤ物ニイヘリ　ニアリ

一阿山ステセドミ　公任抄説　山城ノイツミノコー　百　アキツハタサカスノー

山ステ大和　富士ナラノストニー　花ノミサキテトニ　文　富士モ　トモクヘリー　八三上

○早　浅ー　浅芽チヒ花　チハラ　千花　八三上

○蓬　ヨモキカンテ　ソテノマウヒ　生モ　付テ草　戎那蓬似蓬トモ云リ　三十八

○芥　根ー　ファー　野ー　エノエリツム　又慈ノ心ニヨムハ有因縁

心ニ物ノアヤハスモ

○澤 サハノミヅ草トス 五月物狂但為ニハ三月ニ生ト注ス如何
オモモノ草 沢草挍 ミヅナヒトミリ 根ノミエヌモトミヘリ ハ 己上
可尋

○澤 オツモ 川上ノイツモノ花トミリ キキツノ河ノ 玉ノ カルノ 海士ノ也
シノ 只ハモラノ云也
ミツノモ生トミリ ツタノ 老ナルサノ スゾモ 是ハ那澤馬キノ カルノ 是文
髪ニヨル 食物也 術ニ
ノカツノ物 一人 己上六

○鴨草 鴨頭 ツキ草 ウツロフ 物トス 思ヒ草トモハ露草 只通具那説也

○吾子 餓ノ 惠ノ 垣ノ オカレノ 侍替ニハ濱ヽシ青トモ云 アミツヽ
賦工ノノ 玉独也那江但青 アミ草 一邊キトモ思乱 一夏アリ 一夏利 充也
トモ云
江多ク辞之
一説鴨トス 可笑ヽ 己上六

○サカ サアリノ 下ミ心ロハ 封指浩色毒ニ毒瘡ニ

○麻 アサテ アサフ サンアフアサ 麻ノ衣ヤ アサノ葉 有毅其 古麻 仮ノシヒクル 己上

〇綾ノ ヒカケノ アサノハノ アサキノ ノ文字ナリテモヨシ サナノ 山ノ 懐モノ百ハ 茜木根ノ

トミノ シスノ アテノ イハヒノ アサキノクロツラ幸 ユフアツラ 神社也邪鬘 云ノ 云々

アミニ云リ 朱ミツラ 玉ノ 花サキテ 已上八 ミナアスモ

〇紅 末ツム花トモ云 末摘ニハモ

〇褌 小蓮ノ 素襖 所物也 褌 白ラサニテトモ云リ 褌 白モ云上 用居人ハ

〇白頭花 オキナ草 老人ニ喩テヨミ

〇浜木綿 浦ノハテタ モヽヘトモ

〇栄木 議ノ 垣慢草 若ノ 呑松草 アサナ 糸ナ 洗ナ ナツナ

唐ナツナ

〇剥 シトロノ髪 シトロノ遊 古所生ル人 馬兒毛ヲ掛ニ

〇木 植ノ 若ノ 老ノ ノチ言ノ 造言ハ松木ノ狭衣物語ニ侍ルト又

言木トモ云リ是ハルヰ言ハテノ

庭ナル木ノ言サ 深山ノ 松ノ アロノ 岸堀ノ 堀ノ 錦ノ

シモテ習ノ

△木

アトリ｜ 木ミヤトリ花ニ多キニ似タル故 樹ノ立草ノアキ 十日段 天津彦ノ君
ケリ｜ 松ハツクノ紅葉ヨメリ 器行人ノ口将九百七十丈ノ邸不云 已上八 津ミ尼持物名
サフミ木 木ハアツノ山ノカシミケリ 是雑芸人

○松
玉ノ緒ニ云 ムスビ｜ 岩代 ヒトツ｜ 長濱ノ江 老｜ 北野 一夜ノ 村｜
岩代｜ ツナミ｜ 子｜ 浪｜ 浦｜ 入ナレツ 濱｜ 門｜ 姫｜
石根｜ 岩 松ノ門 深 アラ磯｜ 濱邊ノワシノカサ｜ 入海 フジキノ シチヲ下ノ 陸ノ国名所
フミツノ｜ 玉葉ノ｜ 百枝イ 神 一ト木松 桜ノカケヘ 葉 イクヨ｜
斉明紀ニ有間皇子ニ語 神ノ｜ 修巴 上栗 住吉論 交新云 アヒオヒ｜ 式ハ
也都云事何ゾヒトケス上
ヰヒアヒトモ 其特生アルベシ 已上八 琴声風入松曲

○榲 シツラシテモ ケヤキタツソモ ミキノ木ミジヨフタ真木也 巳上六

○橿 玉ハ 濱ノ 非此橿在 ヤツシノ 山谷ヘ ツラク ハシアテ アシモ

濱物也 白玉 清輝無穂是北辰搖章影舞陽上言文アリ

大ヘニトテ 君乃我ハ隠テアシハテツシキニモ久ハ復テ見ヨ

○杉 フルノ神 アマ 宮カミ井ノ村 神ノ フタモト 佐瀬 玉ノ 古巳上八

○柏アシハ ナラノ葉 アサ 玉 モト ナカメ 初二子杉 アカラ 古コノ手リ

奈良山 葉モリノ神 生此柏 ヤヒラテ イトド 紫重之 アキノ ヤシフ 巳上八

在言ニケリ見ル雲ノ アシハ木吹ワテテ風ノ入ルヲ見ル雲ノ月影

○楸 濱 ヒサキ トイフ ミチシノ アサテ 又ヒサキ

キワヒキヨキガウ 又片山アテイトモ 三ヲヒ小嶋ノ濱 又トミ 巳上六 湯深 那訖也

○桂戸 岩ネ 月ノ 桂ノ花ハ月ノ 先テ ユツ 又稚彦ノ 巳上八 荊桂

○楢 ナラノ葉 ナラノ葉アシハ 細染ノ葉物 巳上八

○柳 伊勢アニハ玉クシノハ上ハ 真サキ 日手永

○茉　タノ示ノ大學　ミ井ノ　イツノ方　下ノ季　クミノ　オフノ　テノ
行ノ　八[上]

○枝　下ノ　シツエハ木ヲ三ヨエニノシツエトハ又トモハ下枝ヲ云也　片ノ　玉ノ　立ノ　ミツノ　ホツエ　菊　リアノ
ホツエ　上秀枝　千ノ　百ノ　シゲミ　サキノ　サハ三枝也　是檜トモ云也　枝ノ　ホミテクミ
万ホツ枝　保都枝　ホトキ枝也　ミサエタ　清枝枝　可コホエメ　可モスエタ　蔽取枝　スエ
可久ニ我宿ノ梅ノシヅエトヨメリ　又源氏ニ梅ノシヅエにわテトまりハ[上]

○梢　ハツサ　コスエ　シ芝　未ヲ上上ハ末也

○葉　青ノ　紅葉ノ　上ノ下ノ　若ノ　モトツ手　キテノ　アヒノ　青
ヒトツノ　シラノ　モトノ　竹ノ　松ノ　草ノ　杉ノモトノ　陰
シキノ遅　蜀ノ　桜ノ　椎ノ　稲ノ　サノ　サユリノ　一ノ　四　ニノミノ
三ヘノ　ミホヒノ　ツヒノ　クテノ　メテノ　コツミノ　是ハ木ノクツ村
醤子ナトノツモヒ

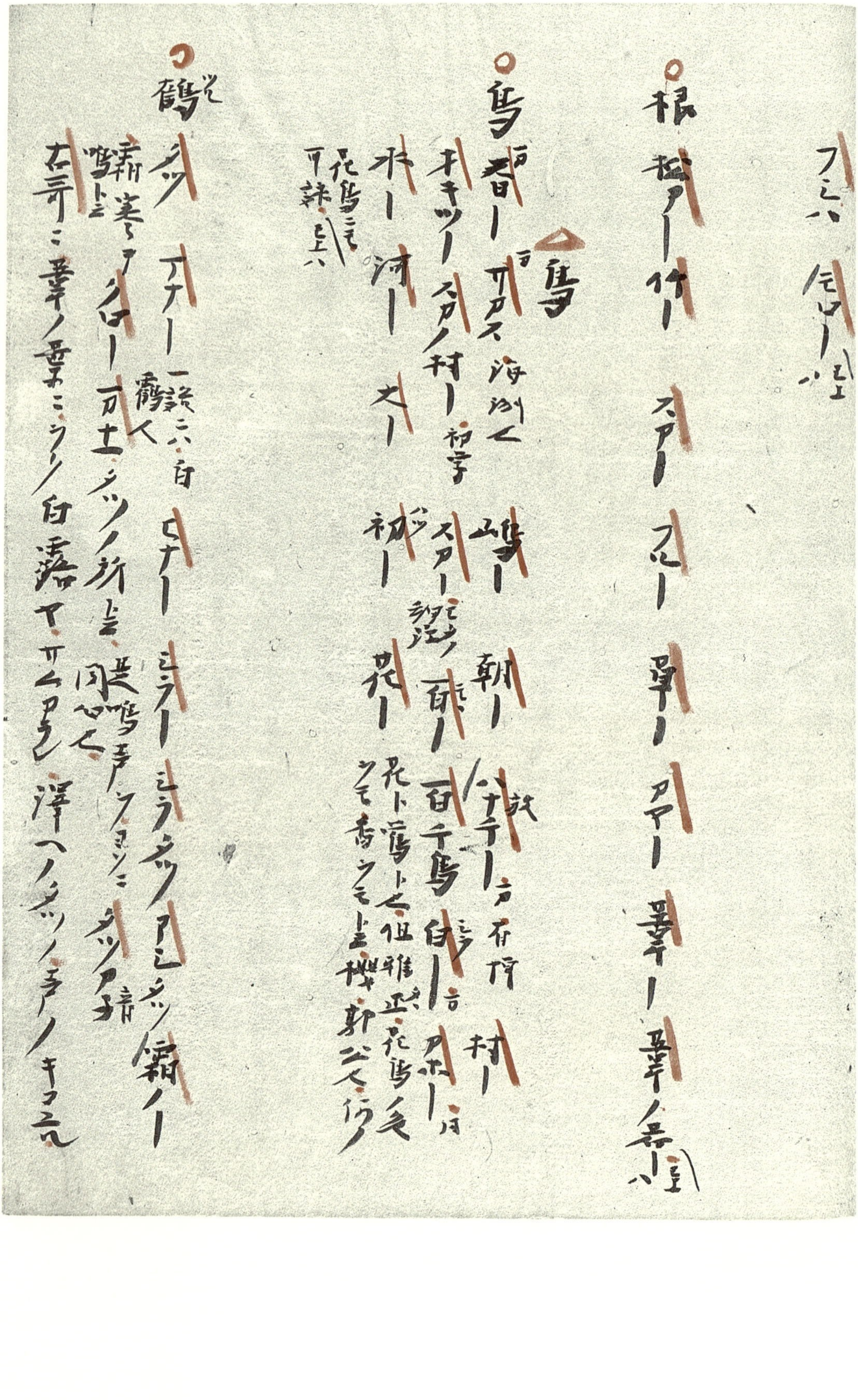

フミハ　它ロノハ上

○根　松アー　竹ー　スアー　フルー　草ー　アアー　菖ー　菖ノ吾ー　ハ上

○鳥　宿ー　サカス　海渕く　鳩ー　朝ー　ハナテー　試　戸存停　村ー

△鳥

ナキツー　スカノ村ー　初字　スアー　蕗江ノ　原ノ　百千鳥　白ー　言　アホー　月

ホー　河ー　大ー　初ー　花ー　花ト鳥ト七但雅正　花鳥ノ色

シテ香シテ上　樂　郭公ノ行

花鳥三　可詠上八

○鶴　タツ　アナー　一説二六日　ヒナー　ミラー　ミラタツ　アシタツ　霜ノー

雛　鳴ト上　寒ー　クロー　万土タツノ新上　鶴人　是鳴声ノヨシニ　同心く　タツ于辞

右哥ニ　草ノ要ニラノ白露ヤ　サムカラム　澤ヘノタツノ声ノキコユ

アケ　トブ　ハ上

○鶏　ユフツケ鳥 付木綿 稍拡ニ　庭ツトリ　一声ノ鳥　ノミアケ 伊勢物語 アケロ

アケノミモキノ乱レキトモ 稍拡セ　アケ鳥ノイツラ子　函谷関ニテ鳥ノ下チシニテ　人ニ夜アケヌト思ハセ事

アケツケ鳥 浄ケ御言　暁ニ鳴ユフツケノワヒ声 大和物語

嘘ヒヒハ鳥壷　一ニサハノミラクツノ妻ヨフ声ハミヤマトハ日ニ

○鳥　夏ー　友ー　ヤモメー　ニツー　白ー　コモチー　朝ー 朝子　夜ー

月夜ー　山ー　ミ白ー 稲負　アマー 祈言日役 在天　モリー 杜 江　所留　在社田人

鳥ノカヒノ白ニ　囀ニ 啼得 ヒ上八

○鷹　ハシー　ナシロノー　ナミラフノー　ミラフー　君ー　アダオノー 元七　色ノ今多

カノカヘリ　モロカヘリ　斯ハツムツ 羽ウツ ウヅヒ　トカヘリ　トヤカヘリ　山カヘリ　右ノ羽

鼻ヨリトモニ
エナ 味ニ同シ 上六

○山鳥 オロノハツヲ只ノ尾也 ハツヲノアハニ 在国録 ニトリスル 夫東山
尾也ヲヲ 蓋シ行合也
同 山鳥コソハ 不詳 ヲノ上ニツテモヒステノ 実朝 上六 尾ヲ備ナ

○鵜 鵜飼 下 鵜ツカリ 仏 鵜川ハタツイモニ 情夜ニツカフ事也
鵜川尾 行 多チテヒト 大井 桂 ウサ川 宇治 鵜ノ尾 岩トニハ海ナドニアリ 上六

○鸕 アミ アミスルモ也 海鳥 藤エノ浦 八上

○鴫 シギタツ沢 鴫ノハネガキ 羽ガキ 百ハガキ 暁方也 朝ナヒニハ 八上

鳰　浮巣ニウキスノ巣ヲクフ也　又モニテツク　水ノ底ヲクグル也
ニヘミ下須トミ　万ミ一鳥ノフミリナラビニハアシラヒミエハ　鳰鳥在ニテト
ナキ一　也撰

都鳥　スミダ川ナラテモ只京ノカモ川ニモアリハ

鳩　鳩フク　悲ノ心ニハ　テフヒサスミツノシツノ身ニモアヘテヰテトミ
哥ノ心也　ハ上

稲負鳥（今鳥）　イナオホセ鳥　異説アマタ稲ヲ負鳥ト云非説也　庭タヽキ
在ハ　イナオホセ鳥ノ鳴ナヘニケサ吹風ニ雁ハキニケリ　ツヽナ哉
鳥　ハヤ乳

貌鳥　春山ニヨメリ　アル意モテノ云リ　夜書ニエヌ庭ストミヘリ　何ナリトミハナリ　春ノ野トイヘリ
源氏ニモアリ　且ハ鳥ト云説　是家不知也　只ハウツクシキ鳥歟　但未決也

△獣

○馬 ジアヘモ霊 紫ノツムヤ 秋毛ノ駒 春駒 ハセ駒 ワカ駒

マー アミノムナミノ 月ケノ駒 アミテー アラ駒 黒駒 ミテ月駒

キリハラノムテノ アヰチ 道ミシモ 老馬ノ トラツヘハナ数ム 雲ノウ

祭ム

オキハ只ハ尭モ タツノ午 平ヤ 一アニツノムモ今ノテ王ニテシモア寿アリシ

心モ

奈良ノ都ニユキテノミシタヤ 駒ムヘテノセ ナムテノ アミアミハカリ

馬ノ嘶声トヨメリ ユフアニ 馬ノ髪ノハツナカ文駒 アレ花

白キモ　タム　三上六

○犬 数ノ雲ニ吠ヘ 獅子又犬ヘ准南王

ツナギ一万犬ヨヒコス 待人アトノ近シ

ヨヒコスヘ　三上八

星ノ一村一

○猪 ヰナアトリ 佐羅之雄略天皇井ナ野ニミノ狩リシ給ケルニ白鹿ノミアリ

テノ猪ノナアリ セミハニナアトリ井ナノトヨミリ ハス井 アレモウ

アキニノ冬也

○羊　羊ノアユミハ物ヲ待ネヘヒイカセドモ始終ハトミリハ云

○孤　老ノ　若ノ　忌ノ　非ノ　孤ノ　又キツトモニ　キツノニハ　ナドニ　モ云ハ　賊

○虫　松ノ　鈴ノ　ミツアノ　ミノノ　火トリノ　玉ノ　夏ノ　虎ニスムノ

△虫　我ヲ　秋ト　野ノ　螢ヲ夏虫トニ云ヘリノ第七　松虫ノ初声トヨヘリ　ハ此

○蜻蛉（アケロフ）　夕ニ新ナトニ乱飛物也　夕暮ニ命アル虫トニ　妙モ名ハ一ナトイフ
待人ノ名ニハ新ヨリサカリサノカニ重之ヲサノカニノ雲ノ旗
又哉ニカリナトニ
手ノ動アル風コソクモノ命ナリケレ　是ノクモノ衣ヲクモテ
トハ無風偽クモ手ニ似也
ツテクモ　手ヲヨメル　人ノ名也　身短足長

神武天皇御宇祓許八上

○蜴 イモリノミヽヽトニハ是ヲ女ニツケテ陰陽ノミヽヽトス是也ハ

○其 梅花ノ櫻ノツヽシノ山吹ノ卯ノ花ノフトノコロノナデアノ
ホラノミナヒノイソイ堤ノウツギノミヽテナキ津氏イツヒノ浦
ノシツロニカナミリタアツヒノスワノエロズノイロノ之上

○魚 水ノメニ イサマ 戸十七 イサマトモヒヽキノ也ハモノ 左手ニウアア身ノ義一ニノ
ナノニトミリハ古人 スメルハ影ニカクヽツクノ之上
御タノ魚ハ 日本紀 鯖ノ魚 鰭狭物 百 ツエフセキキテ 物取豆

△魚

○鯛 赤女 アカメ 鯛名人 日本紀 浦嶋ノ子モツルモノ人洞ニエテトニ 神功皇后ノ舟ニ前来 酒ヲノソキ給人

○鮎　ソアー　アユヲサハシヽモ　玉嶋川ノ濱磨ノ入江ナトニヨメリ　アユツラノ

アユハ神功皇后始テ釣給ヘルサテメツラシトモ今松浦人

○氷魚　ヒヲー　ナリノ比ノ景物也　宇治ノ網代田上ナトニヨム

△人倫

○人　アソウテ人ハ兵ノ人也　宇治ニハヨフ後撰ニモ源氏ニモ只ヨメリ

神ー　諸ー　宗ー　春ノ宮ー　秋ノ宮ー　ミコノ宮ー　大宮ー

里ー　浦ー　濱ー　山ー　海士ー　アリー　カテー　旅ー

道行人　雲ノ上ー　上ー　下ー　船人　アミー　嶋ー　アキ人　丘ー　津

カラー方　遠ツー　中ノー　ヨソー　アリソメートモー　ナニハー　アシロー　宇治

野宮ー　國ー　ソヒー　杣ー　荻ー　道人　アツテー　モトツー　市　津

アイー　千行ー　西ー方　スミー　カラー　カタミー　都ノ方人ト　ハヤー方

リテ人　天ノ丘ノ人　老ー　伊ー　ミヤアモリ　スナトリー　三河津　ソツヒー

源手習　神ノ津　ナヽノアシコキー　七賢人　スキニシー　遊士

シツ人

海ー　ミノコ　ツリスル　塩アマノ　塩ノム　アツチスル　アサリスル　イサリスル
ヤツカ　魚ノ　生モアル　アテラ文　アツチヤ　モハフ　武士　ウミカノタ　山伏ヒ　ツカヒ
手ニ　アツ
テツフハ

雄シ
ー　マスラフ　文夫トカテリ文健男トモ　ミツラ　ミツラトモ　ウハツク　サツラ　山ノ猟人
戸　男ラ　雄　アラフ　是ハミカノ海士ヒミアノアラフトモマスラ　アハミラ
淡荒ノ男海士ノ　仕丁男ヒ　マツノチヨ　是ハ巳ニ多ノ人
アラテンノスル物　アリトモ　ヤツノ伴トモ　男

雛シ

○ヲトコ
男　イサー　雛汲ー　アカー　チメノー　テメノテス　サヲー　是モテメノカコ　アヒ　新
セア　ミカミ　不可　山田　モルホ　山カツ　田夫　山又ヒ　山寺ノヤマツノ　者人

○翁
ヲトメ　アツイシトー　東国　常陸　行セノシトメ　ハツセメスハツセシトメ
ミツノメ　ヤオトメ　拾遺　ヤテトメ　和太セツチメ　河内ヒ　玉ヒメ　周防　松浦ヒ

アミノウナヒヒメ シトド テスノ　シシマメ 日本紀ワタ　コラ オサナキ　サラトメ　中ニ之ク

アヒメ 上ハアイコモ 女ヘ　ヨハヘ 弱女トアテリ キ女ヘ 女　イツラ サヨー　アニノカニメ

上古舟ノ女ヘ 命メ 極 チース女　ヲサメ 下女 月ヨメ 弦信 西行イ卆　ミトメラ 未通 女

シアヒメ 五月集　ミフマ 蔵葉ノ 女　上ニノ山嶋ツメ スミノ 伊勢ノ海 イモセ 夫ラモミ

ツア早 一説妻也　アツメ　イハヒツメ　タヘノイモ　伴モニ妻 之　トシラメ

メトア嬶 ツメ ワアセコ 男ガ共 ミヨ 男

ウ 夫ラモ 妻トニ ツメ 八雲垂載

○子

八音 アトセコ カ トモノ　フタノ　年ノ　素ノ　ミナミノ　イハヒノ　イマツヘノ

ミトリノ　白ラ玉ノ名アノ　世俗亦ノワノ子也　ミノフトモミリ　是ハ子ラ常テシニヘ

サラヒヲ　子ニヨヘ

○児弟

兄カミツ枝ノ ツラナモ枝　ナスメ枝　假アラ　兄ハイロヒト云 妹ハイロ子ト云

○寺 モリ

山崎ノ　カキノ　又カミモリ トモ　特ノ　アトノ 座　鼓ノシツ　橋ノ　ミアキノ　竹ノ　渡ミリ　ミカサノ　尾ノ　ミテノ　ト 間寺ノマラ　野ノ　関ノスキ

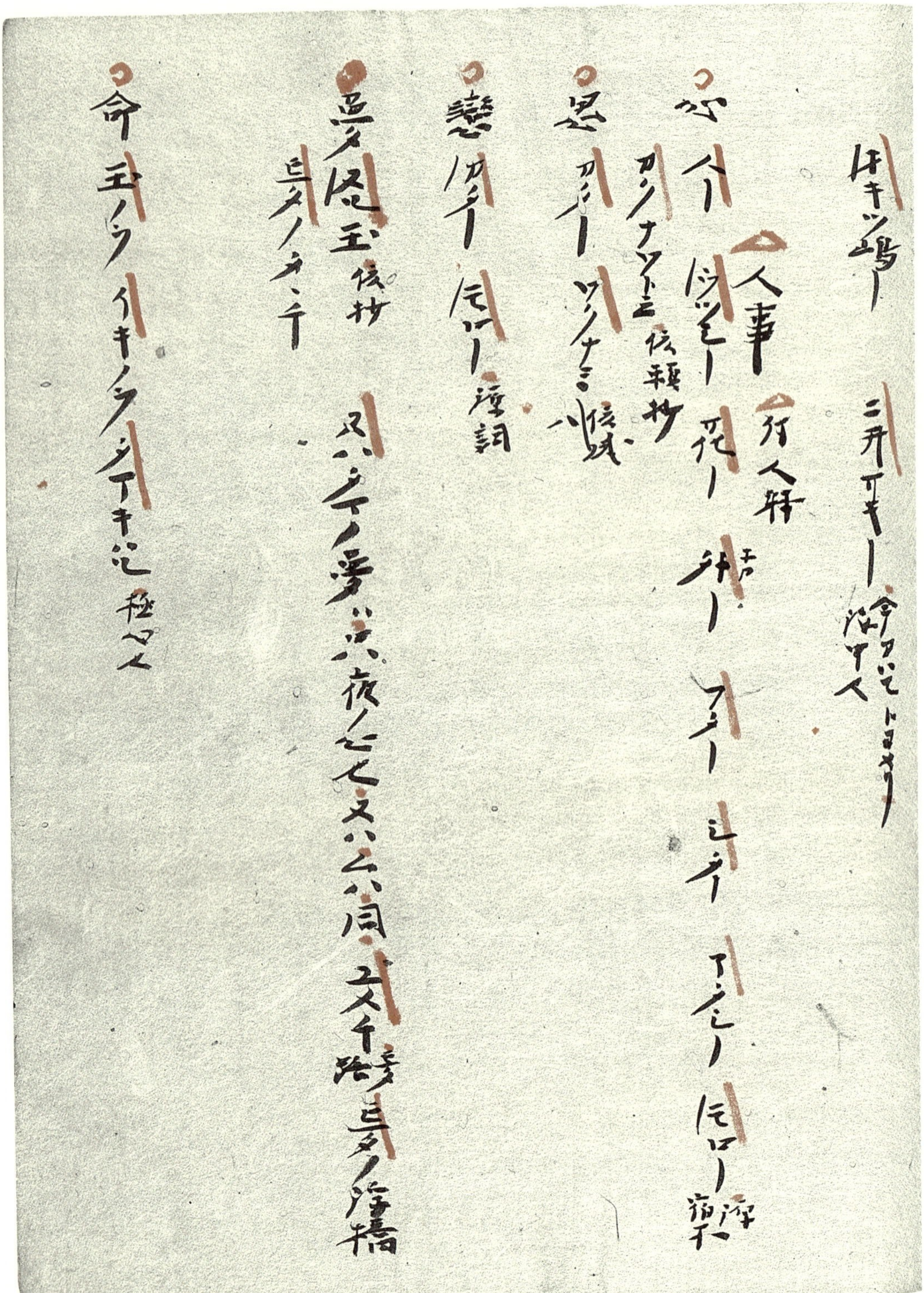

○旅 旅ノ アリノ 獨ノ アテ ウヘノ 晝ノ 下ノ 帶ト又

○待 旅子 待ノ 雛ノ 櫻ノ 鶯ノ 卜ノ 小鶯ノ 日ツキノミ日ナミ

立ニト云ハ待事也 ハツトノ 源輔抄 カ形フミチコニトヨカノ

万七 テスラ ラノ 弓ノ 来フリカテ アヒ ニアノ 野ヘ カヘキヨクノ テル 月夜カモ

○言 ミノ サカノ ナカ方 コトノ葉 ヨリノ方 調ノ又 朝ノ ヨコノ

言ニ 陸 アテノ ヒトノ モロノ

○立ニ日 ミコトノ テラスニアリ アミツ風 基俊説

○歌 袖ノ エニアノ 長ノ ミヒカノ カヘシノ 相撲ノ 陸奥ノ 常陸ノ

甲斐ノ 伊勢ノ 東ノ 田ノ

○学生 桂ノ 雪ノアツメ 窓ノアツメ 信ノ之 傳覧之

○遊 ツブモロトニ一説也

○舞 舞ノ 神モ 雪ノメクラス 此トツト大ニ上ハ

○無キ キノチクホハ 年重ノ神ニメテ下也

○祈 シノ祈 ミホキノ下 云 云ヘ チカノトモ云リ

○白 鶏ノ 白ノ ハフテトフ 公ノノ 歌ノ 岸ノ 竜ノノ

ハフテノ門ノ 辻ノ 道ノ 道ニキノ

○秡 ミソキノ 川ヨノミソキノ 大音含人 口移也 夏ハミ人 伝カノハミ人 名ヨミノハミ人

○人形 ヒミノガサ 撫物 ナデモノ 不祥物 ウシカラ 依物 ハラヘノガサハ 同上

○摺（スリ）
道ユキスリ―　アラ―　モテ―　ノ遠山―

○髪（カミ）
鬢―　チ―　ツクモ―（老）　ドチモヒ―　シテ―（後撰）　イツモ―　ノロ―　鈿―（ミラ）　トモ
蓬（ヨモギ）白髪（ミヒラカ）　ミラカ　ワリ　ワケテ―　アテ―　摩朝子―　イケテ―　イワ―　ミカフサ
ソクイ―　還ノ―　ミトリ　ミチタヘノ白髪ミキテアカミ―

○老
イソニサニ　翁サヒ　老ラク

○衣
蝉ノハ―　有平文アラハ―（倭文　シツ）　ハ―　サ―　モ―（僧ノ上衣　僧衣）

△衣食
笠―　ウス―　ヒトヘ―　夏―　秋カリ―　布七（セツ）　キヌ―
ミノミロ―　苧ノミノミロ衣　頭衣ノ言也　形辞ハ衣セヨ　是ヲ衣ニテ言
モモ　雪ノ袖　精ニキセトニセヘ　量（ハカリ）　夜露ニテ　夏ノ月ソヘ
花色―　議―　ミアヒ―　座方　ミシ―　裏―　麻―　カリ―
旅―　花スリ―（後撰　基伝　難之　但花スリ衣）　スリ―　ロタ―
（露ニ　又ルトモ　譲ニ昇）

花ノ　名ノ　浮ノ　海士ノ　塩ヤキノ　ナルコトヨメリ　一百首[illegible]ノ

言葉ヨリ事起レリ　塩モ　フモレテ　能アテノ塩ヤキ衣ナレトモ　ステノ　恋ノ

ナレハフモテヨミ人詞　ナレハヨミモ

カヒノ　ナリ　山モノ　露モノ　草カノ　袖ツノ

浪カテノ　葉ノ　思信之送　ミトリノ　六位　カテノ　スキノ　ヒノ

シミノモノ　カタミキノ　アテノ出ロ　キホヨソノ　古人　存読　キナミノ　之類ナリ

萬葉抄ナハ　初氷ノ衣ト

アサヘミノ　俳　存　後ノ　俳　存　ウツモノ　ソヌノ　伊　存　白妙ノ　ニキタヘ　和

ツヽモモ　一　乞ドリノ　アカイノ　コテノ　藤ノ　万カヘノ　山住ノ　ウスミノ

岩アキノ　コツヤノ　紅ノアミホノアフノ　アキノアミホノ　ミヲノ

黒子峰ノ　俳　宮之存　ミキタヘノ　鶉ノ

乞キモ物ヌミソトテ云　ミケレトモ云　ミムレトハ息モアテ色人ノ　衣ヌヘヌ

要スミシヌヌヘキヌスルトモヨメリ　キモ月ト云テ　葉ノ子スリノ衣ハ人トテテ

ウツリノモヒ

○新

新羅 ユフ｜ 蝉翁之 三井葉下モナノ｜ 訓翁 アカ｜ アラ｜

浅衣 衣女 アカノ 鮮 下ノ｜ 又ノ｜ 又ヒ｜ 辞 又ノアノ｜ 方 キソノ升

ノ信濃ミシラヘ アカサスノトモ ト井｜ 古 アラ｜ 源 瑤アキ｜ 衣七 ワカハ 老モノ 白キアサ｜

ソ衣ハミノ｜ 二音 有伊 田信ヒ上 アツ｜ 源果音 アヒ｜ 麻 捨 カヲ巴キ文

○袂

袂 衣ノ｜ 草ノ｜ 若ノ｜

○神

神 ムツ 源 ムツノハ 府 花ノ香ノ｜ アミ｜ 在 ツアヒヒト云 神之 ワスミノ｜ 墨染ノ｜

花染ノ｜ ミ井ミハノ｜ 山アヒノ｜ 白妙ノ｜ 老ノ｜

○帯

帯 カハノ 衣ノ 布ノ 倭文 仕才ノ｜ 中殺ノ事ヒ カテ｜ 言 女 下ノ｜ 下紐 迎ア已 テ結 ...

物ニ云ウ｜ ヒタテ｜ 長端ノ心 ヒツバ｜ 方 ヒトヘ ユフ｜ 帯ラ ミヘ二ヒ

名ニ云ヒキミ 在古 ... ヘ ヒ上八

イハタ帯 武云女ノ子ヒノハタニスル帯之 纐帯トカケリ

○錦

錦 ミテ｜ 古 唐ノ カク化テ 伊勢ノ白張 ミチノク 新ヒテ 旅ノ｜ 古 アカチ｜ 柏 ...

トコ｜ 花ノ 紅葉ノ｜ ヨヒノ｜ 正ヒキ 手束ヘ

○綫 雲鳥 文人・太平 クモハトリ 錦名

○絲 綸ノ 物語 ツヅラノ マヰノ ミチノ アヤノ 夏引ノ ミツノミケノ・命
水ヒキノ アテノ ハシリノ テンシノ 手引ノ 手染ノ ヲ 河白 ミドリノ
アサヒクノ ミナヒラノ・今様

○布 ケフノホソノ 信頼之鳥毛 ミテヅクリモヒトモツ 手ヅクリノ 隆国 草木
アサセバシキノ解アハ不ト云ヘリ
サラステヅクリノ 同 テユフノ サユ ワキ 和知 タツノ 孝教人

○緒 玉ノ 命 イキノ 同 草ノ アハヲノ 深 玉ノヲ、アハヲニヨリ テトラヲ
行 ミノヲ ミミノ シテノ アテノ

○滴 ミキノ 萱 トヨミキノ 流ルヽ露 竹ノ葉 カヘナシ 白キノ 黒キノ ミワミキ
クロミキ ミツスエ 一ツモトハ神ニ酒ヲスヽイラスル也 ワトハ酒ノ字也

日アヒノ洞 三只兵ケ、ナム三

紅又 酒右 七七 ミ三八

雑物

所 岩｜合 名方ノアラノサンノ々ア、岩所ノトメニ ヌアツ只

アヒニケヒアテトヨ丹｜ 国是モモ女々

イサリノ 友｜ 家｜ シキツ｜ 橋｜ アミ｜ 片ヒ｜ 舟｜ 鈎｜ アト｜

タヨ川所々 紫｜ 旋｜ 河｜ 浮｜ 川｜ 海｜

モアミリ｜ ツテ近｜ セノ 所ナミ｜ アテノツジ｜ 紫｜ 所板 ノホリ｜

ス 桜瀬｜ イナ｜ 川底 ホ｜ ヒ｜ 火ユア ヨ丹 ニト 渡｜ 擢｜ 橋｜

ハ｜ ソヒ｜ ヒキ｜ 戸｜ アサヨノ｜ キホ｜ アミカラ｜｜ 絶所 足洞

アミツテイホリ 筆剥 ホ｜ 筆剥 ホ｜ ヨアリ｜ ヨツノイ｜ 宰使 オケエ｜

揩｜ ツアヰ｜ モツアミ｜ 馬｜ アヤ｜ 文 ノツテ｜ 古 行茂ヨ｜ 所々 記 足｜ アホ｜

カモトチ 所カモ鰯似 キオキツ 馬モト ツテヨ 蔵奈｜ サクラカハ サキ元 出所々

所 揩ノ枝ツ 三所トミノ シホ｜ セノ 穂 トツモ｜ アミカラ｜ 馬｜ 所テトト

アキモモ々

三七々

○松楫　河シサ　停シサ　カコ　渡守　梶　真梶　マカテ　トリ梶

シモロテ　フナ　ミナ

○車　ヨツノ馬　ナヌ木　小ー　水ー　菜ー　力ー　菜ツミー　牛ノー

軒　大白牛　鹿ノー　羊ノー　アサリー　スキー　アサー　ヒナー　八鼠

楫角ー

○薫スゝ　玉ー　カヨー　ミス　王ヰー　諸波ノ外　コス　ミノー　コスノスゝ

玉スゝノアミメノアヨリ吹底

○停稲ノ 淀ノ アヤノ サノ 淀ノ ナカノ遊於 汝ノ 有停 流タメ
虚ノ スアノ

○遲且 八重ノ トフノスアコモ トフミアミニ 老人サヒト
遲且ミヨミモ言ヒラム

○橙 マノツノ枝

○豊 花ノ アラノ 松ノ ソテノ ヒテノ ヒラノ アミノ ハノ
キスノ スケノ スカノ ミミモノ 離別ノ スチノシノ 楠ノ 梅ノ花ノ
アヤ井ノ ホホノ 竹ノ アクノ ミハ

○宋 トエア ミキミヘ 想ミテ嫁アモ宋アモ ハトエア 朝トマ イハトマ 王エア
ミキミヘト云ヘ
アラトコ アラトコノミ ミツノエア 治中

○杙　ミキノヘコテキノタヘアメトニ。神ノ杙ニスヱトニ一説アリ　二井ノ
新杙　サヨノ　草ミノ　スアノ　議ノ　蹴ノ　アリノ　クイノ
ト毛ノ　サヘノ　ツテノ　和字抄　アテノ　ウチノ　フヒキノ　有偉
ミロスヘノ　ドヨサカノ　コスケノ　行ノ　六ノ
平杙ハ山野旅行ノミニアラス。ミキタヘハ杙ニアキラス。

○鈎
秋ノ霜　銀（シロカネ）ノタスキノカナノスヽタ疑　草木ノ鈎（ツルカリ）　ハヘキリノタチ
天（スメ）ノ十握（ツカ）ノタチ　アヘコテツルキ　タテツルキ

○刀
ヒミカタナ　金将石神ヒ入ニスヒコノ作トモ　アメヒコ　竹刀ヘホン　シ切也

○弓
チイワノユキアナシヒ　文武天神ノアマノカコ付　アツヒラノモタセル
梓（アツサ）ノ　アツサノ　アツサノ　トノ　ミテアノ　檀（マ）ユミ　タツカノ　一説タツカ弓ハ背
オアカリ　在トニ　イツノ和字　アツモノ　付　アノミラモトノ　陸奥　ミナノヘトノ　タツモ　弓

ゑア　アマノイハリ　アマツハ　ー人
桑弓蓬矢

○矢　トモヤ　タハサミト　ツルヤ　拾　百　ナルー　モロー　指　櫃　イルー　ハルー　アハチノ
ヤ　アハラノミノヤ　ニ　矢ニハノトニラ　アマノカゴヤ　矢　雉射　アマノヤサキ　矢ヘ　猿　靖天皇　イシヤ
クミー　矢セ　天稚彦ノ矢也　ヤツメノカブラ　アメツノ　アマノハー
也　矢ニ天稚彦ノ射也

○釣針　釣　ニ月ミキテ　釣ミキツリ　カリ人　ナテ　餌　テルミキ　ツリ　ツリテテ　悪　ウエフ　ナツリ

○鐘　霜ノカネ　霜ここ名　入合ノー　旅与歌　チヨトノー　花ノー　カモノー　野寺ノー

○網　ツナ　アミー　イハー　也大綱アミ　イハツナノ又カヒヘツ、アラブミ　李良ノ部ノ又ツ

ミシアモ 日ノミツナ 神影ニ引ヘ ヨツノ一

○縄 ミヌ一 イアリノ一 ツナテ一 ツリノ一 タクノ一 海人ニ之ヘ チイロノ タクノ一

○鏡 ナツコノ一（七子） 行潮ノ人ニミヌニ 馴りと鏡セ ヤタノ一（八咫） アトリ一 マスミノ一 山鳥ノハツヲノ一 ナスノ一 ヒロタノ一 神鏡ヘ ヒメ一 野モリノ一 戸ボヘ

○箱 玉クシゲノ一 カラクシゲノ一 お櫛 ニワキノ一 浅箱 浦嶋ノ子ガ 玉ノ一 海
手一

○櫛 竹ノ一 釣針ヲ以テ作 櫛ヲ成之ヲシテ シノ一 ア一 玉ノ一 アゼ一 ツゲ一
ツクシノ一 ツチノクシ一 ユツノ一 ユツノツマ一 稲名姫ヲ櫛ニナシテ頭ニサス

○鬘 手一 タマ一 折ノ一 葉ノ一 色ノ一 アフヒ一 花ノ一

○琵琶 ヨツノヲ ナカバナシ月 半月 トラ山 未詳 逢山人

○箏 手ナレノ一 コトノシラベ 松風 雪ノシラベ アキカゼ一

紫式部歌ニモヨモキカ中ノ虫ノ音トヨメリ琴ノ声ニ桂ノアトモ訴ム
岩コストモ云 隠士 絃ハ陶潜琴也アツラノコトイヘリ ハ上
無絃琴

和琴 アツマコト ヤマトコト 檉ノ桐 [illegible]
笛 羌笛 梅 笛竹 横ノ ミテノ竹 [illegible]武ニ秋ニアハス出ノ
声ノトイハ笛ノ声也 竹ノサノ声トヨメリ 横笛ノ

鼓 イサメノ 特モリアノ
幣 ミテグラ トヨミテグラ ミテ ユフ ヌサ 手向 タムケ 紙
木ニ懸ル花ニユナノ大ヌサ ミヌサ ユフキヌ アフノヘ木綿 ユフアサ
平トアナノ [illegible]
アソミキテ [illegible]

スルミユフ く

○珠

能｜ タケ｜ 衣ノウラノ｜ 法華経 何サヽノ｜ 露ノ｜ 湊ノ｜ アフマノ｜

塩ミツ｜ 塩ヒノ｜ アラ｜ 草ノ｜ 竹｜ クステ｜ ミチ｜ シヒ｜

ホマ｜ ウミ｜ クミテ｜

○火

イサリ｜ イサリタク スルトモ 蚊遣ノ｜ アヒとも アリ｜ トフ｜ 野焼 アフ｜ モク｜

トモシ｜ 庭｜ 神楽 篝｜ 旅泊 野ノ｜ アサモヒ 物を以て 衛士ノタク｜

スクモ｜ ウツミ｜ アソノ｜ ツラヒ ツテ｜ 切｜ イテ｜ 走｜

ツテ｜

○色

ナミシ｜ 紅葉 今アウ｜ アラツメ ウツシ｜ ニヒ｜ 新 アモノハ｜ ウチモ｜

橡｜ 花｜ 浅｜ 下｜ 紅ノ

○年 トシ 庚午 アナ ノ示 山アキ

○帝王 ハマスミこと 命 知 スヘラキ 皇 スヘラ トモ ミコト オホ君 大キミ ヒミリノ日世 ナ

○御所 九重 モゝシキ 百城 又百重 トモ 雲井 大宮 内裏ナラテ上皇ノ所 ノ大宮ノ内モトヨメリ 遠ツ詞 キン

大内山 玉シクノ庭 玉シキ 玉シキ 玉ノウテナ ソノ物ヲキモ心モシハ只ノ所 紫ノ庭 ノ水

○院 ムナモモ舟 延久 院ヲモ御門トモ 陸氏ニ此山ノミアト 又ハ御門トモアリ 此所ハハコヤノ山

○春宮 ハルノミヤ アラキ宮 ミコノ宮 ヒツキノ宮

○齋宮 野ノ宮 タケノ宮 伊勢ニ在 イツキノ宮 小宮

○斎院 イツキノ宮 附斎宮 アリスカハ 所 此所ヘ 斤院名 カモノイツキ

○后 紫ノ庭 ミリエノ宮 此内ナル宮ヲ秋ノ宮トモ云 但 治安大宮上東門

前裁弄精 能信所 義基 秋ノ宮トヨメリ 不限中宮后 族

○國母 ハゝキゝ 国

○親王 カリノ沢 ミコ〳〵ノ花 アツキ枝

○大臣 アケナヒノ オミノ階 オホヌミ ミカサ山 オホキ

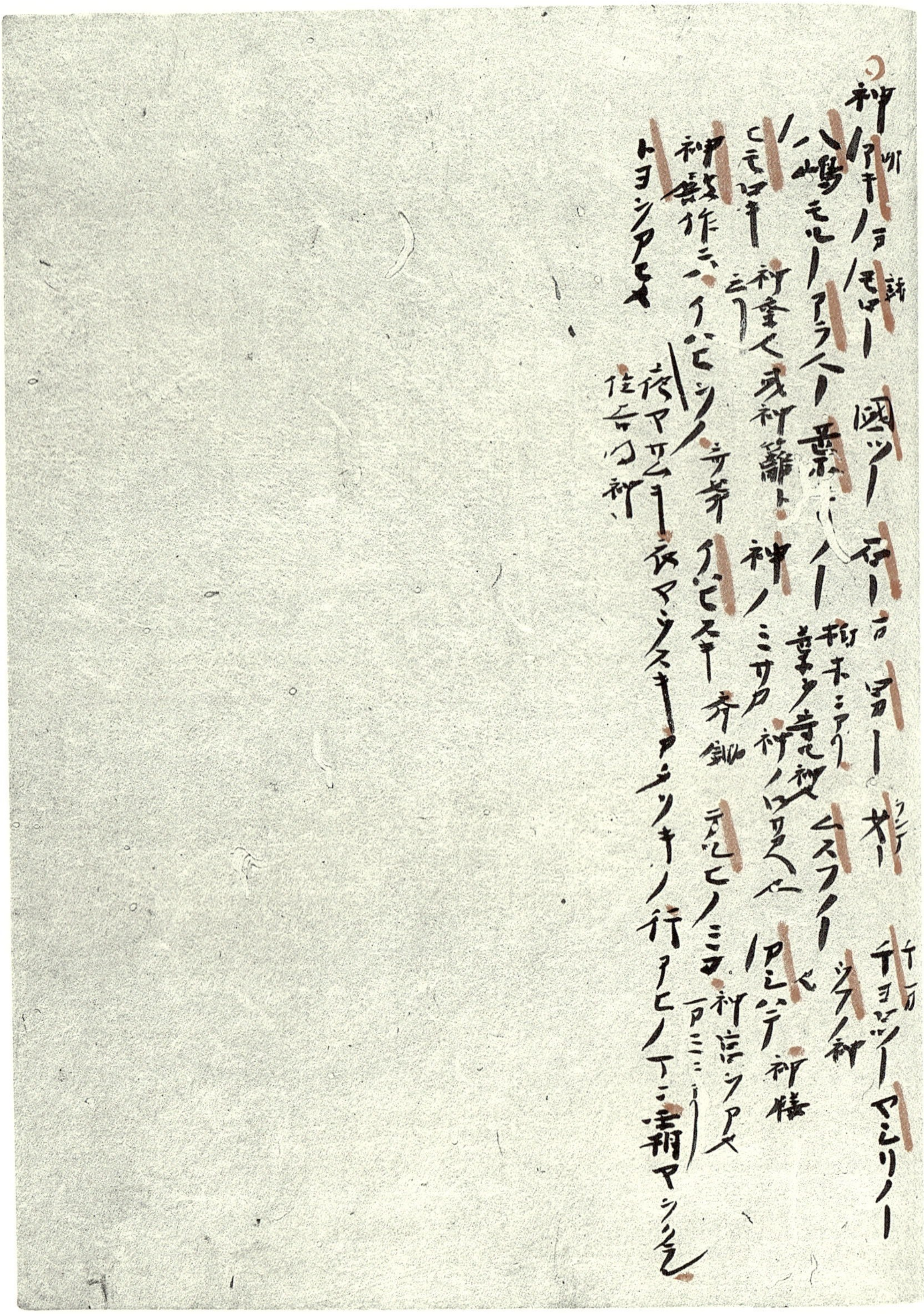

逢坂

駒ノ跡トモ未タフマヌ雪ニ松ノ葉白キ逢坂ノ山　新古
逢坂ヤ梢ノ花ヲ吹カラニ嵐ソ霞ム関ノ杉村　同
相坂ハ山郭公名ノミシテ関モル神ソ空ニトフラシ　千
逢坂ノ関シマサシキ物ナラハアカヌ別ルヽ君ヲトヽメヨ　古
カツ越テ別モ行カ逢坂ハ人タノメナル名ニコソ有ケレ　古

難波

難波カタ霞ヌ浪モ霞ミケリウツルモクモル朧月夜ニ　新古　具親
我恋ハイマ父ハアリシ難波ナル葦ノ角ノ下ニ朽ナ　月
千代フヘキ難波ノ葦ノヨシノカタナキ旅路ノフルハノ露ノ毛衣　新勅
難波人スクモタク火ノ下コカレ上ハツレナキ我身也ケリ　千
ツヽミモヒスコヽヤ難波ノ玉カシハモニアラハレテ長登カナ　如能
難波江ノモニウツモルヽ玉カシハアラハレテタニ人ヲ恋ハヤ　俊頼　金

フナキシフ塩江ノ川ノミナキハニキ井ノ嶋ハ都ニカモ　方

五月マツアミノ浦ノ郭公アマノシナハシリカヘミナケ　季通

難波カタ塩干ニアエルアミシツノ月カメムケハ声ノツラ無　新古

浪ヲヘル難波ノ里ノアミ枕月ミシトテヤムスヒソメケム

芳野　吉野山桜カ枝ニ雪チリテ花オソケナル年ニモ有哉　新古

三吉野ノオホ川ノヘノフル柳陰コソミエネ春メキニケリ　同

吉野山コソノシホリノ路カヘテマタミヌカタノ花ヲタツネム　同

チリチカフ花ノヨソメハ吉野山嵐ニサハク峯ノ白雲　同

芳野川岸ノ山吹サキニケリ峯ノ桜ハチリハテヌラム　同

吉野川岸ノ山吹サキヌレハ底ニソ深キ色ハミエケル　千

我恋ハ吉野ノ山ノ奥ナレヤ思ヒ入レトモアフ人モナシ　詞

故郷ハ吉野ノ山シ近ケレハヒトヒモミ雪フラヌ日ハナシ　同

白雲ニマカヒヤセマシ吉野山オチクル瀧ノオトセサリセハ　千

三吉野ノタカネノ桜チリニケリ嵐モ白キ春ノ曙　新古

三吉野ハ春ノケシキニ霞メトモムスホヽレタル雪ノ下草　紫式部

吉野山月ハ高子ニシアラムキテ嵐ニノコル鐘ノ一声　建仁元年合部本
昔見シ人ノ桜ノハナカクツヘテ吉野ノ春ノ山トナスヲ　新勅
冬コモリ吉野ノ山ノ岩室ニハ音ニノミコソ春ヲ知ラヌ　頼政

宇治

暮テ行春ノミナトハ知ラネトモ霞ニ落ル宇治ノ柴舟　新古
小筵ヤ待夜ノ秋ノ風フケテ月ヲカタシク宇治ノ橋姫　同
フモトヲハ宇治ノ川霧立コメテ雲井ニミユル朝日山カナ　同
アシロ木ニイサヨフ浪ノ音フケテ独ヤ子ヌル宇治ノ橋姫　同
橋姫ノカタシキ衣小筵ニマツ夜ムナシキ宇治ノ曙　同
秋フカキヌ宇治川ノフカキ瀬ニ紅葉ヲノメスアテソノツク舟　順徳院
チハヤフル宇治ノ橋守ナレヲシソアハレトハ思フ年ノヘヌレハ　読不知　古
打羽ニテリヤミエム山城ノ宇治ノ都ノ秋萩ノ花
朝日山フモトノ里ノ卯ノ花ヲサラセル布ト思ヒケルカナ　顕輔
氷花フノイクチリノ岳路マフカヽラレ宇治ノ都ニサワ衣ノ鴨　法性寺入道

泊瀬

泊瀬山雲井ニ花ノサキヌレハ天ノ川浪立トソミユル　勅会
石ハシルハツセノ川ノ浪枕早クモ年ノクレニケルカナ　新古
泊瀬山夕越クレテ宿トヘハ三輪ノヒハラニ秋風ソ吹
アクラクノトナセノ山ニ霞タチタナヒク雲ハイテヽニアテヽフレ　一九七
泊瀬山峯ノトキハ木吹シホリ嵐ニクモル雪ノ山寺　続古

須磨

播磨アカステノ関屋ノ梢ニサシ月モミトテヤハラナモ　詞

アカ方スヘノ月夜ニ空カエテ王ミテカ峰ニ雪フリ作　千

播磨方スヘノ精間ニ見ワタセハ浪ハ雲井ノ物ニソ有ケル　同

須磨ノ浦ニアマノツリツムモシホ木ノアラスモ下ニモエワタルヘキ詞花

清見

清見カタ月ハツレナキ天ノ戸ヲマタテモシラム浪ノ上哉　新古

契ラネト一夜ハスキヌ清見カタ波ニワカルヽ暁ノ雲　同

清見カタ関ニトヽマラテ行舟ハ嵐ノサソフ木葉ナリケリ　千

龍田　ハトア

紅葉ハスヽシ竜田山松ハ時雨ニヌレヌモノカハ　新古

龍田山松ノ村タチナカリセハイツクカ残ルミトリナラマシ　千

白雲ノタツ田ノ山ノ八重桜イツレヲ花トワキテ折ケン　新古

白雲ノ春ハ重テ立田山ヲクラノ峯ニ花匂フラシ　同

誰カミソキ木綿ツケ鳥カ唐衣龍田ノ山ニオリハヘテ鳴　古

花ノチル事ヤワヒシキ春霞竜田ノ山ノ鶯ノ声　古

夏衣三田ノ山ノ郭公袖アヲミモテ待ノ又日ワナリケリ　家良　玉

三田山木ノ葉色付程ハアリ時雨ニソメヌ松風モ吹ク　續拾

コレモ又神代ハミラヌ三田川月ノ氷ニ水クヽルトハ　後京極　新古今

神ナヒノ山ヲ過行秋ナレハ三田川ニソヌサハ手向ル　深養父

紅ノ八シホノ雨ソフリヌラシ三田山ノ色付ミユル

住吉

月ハナヲモラヌ木ノ間モ住吉ノ松ヲツクシテ秋風ソ吹　新古

住吉ノ恋忘草タネタエテナキ世ニアヘル我ソカナシキ　同

住江ノ濱ノ真砂ヲフムタツハ久キ跡ヲトムルナリケリ　同

我ミテラノ千モラハ君ヲノ千モヲナレヨハヒハユツレ住吉ノ松　同

宇津山　旅ヲスル道ノ路ハユルセ宇津ノ山ノ関トハキカスモル人モナシ　新古

都ニハ今ヤ衣ウツノ山夕霜ハラフツタノ下路　円

袖ニシモ月ヤトレトハ契ラネト涙ニヤトル宇津ノ山越　円

片野

又ヤミン片野ノミノヽ櫻カリ花ノ雪チル春ノ明ホノ　新古

逢コトハカタ野ノ里ノサヽノ庵シノニ露チル夜ハノ床哉　円

高砂ノアヲノ尾上ノ櫻サキニケリ外山ノ霞タヽスモアラナン　後拾

サラシナ月ミレハ遠ニ思フサラシナ山モ世ノハテニソ有ケル　千

タツマニモ月ハワカヌヲイカナレハサマムタルニサラシナノ里　同

サラシナヤヲハステ山ノ在明ノツキセスモ物ヲ思フ比哉　新古

サラシナノ山ヨリ外ニテル月モナクサメカネツ此比ノソラ　同

ツヽテ　行舟ノツヽヽテノアユノ文ヽ衣アリナ二手袖ニ浪マクノヽ　訶古

三輪

判ヽヽヽ人ハ文ヽアヤ三輪ノ山スキヽヽ言ンノ今ヽニナカハヤ　訶古

我庵ハ三輪ノ山モト恋ヽクバトフラヒキテセ杉タテル門　読人不知

霰千モ三輪ノ檜原ノ山風ニカヽヽノ玉ノ乱ルヽ　讃岐

ハツ瀬山タ越クレテ宿問ハ三輪ノ檜原ニ秋風ソ吹　訶古

五月雨ハフル野ノ小篠水越ニ人雲ニツヽナキ三輪ノ山本　慈鎮

伊スリトヽ三輪ノ祝アツヘヲキヽ不迎ヽヽヽノ白ク卯ノ花

井手ノ玉川

駒トメテ猶水カハン山吹ノ花ノ露ソフ井手ノ玉川　新古

春フカミ井手ノ川水影ソハヽ幾重カミエン山吹ノ花　千

水カハスヽロニスミノロハツノモロ声ニサハキツヽワカル井手ノ浮草　羅良　續拾

山城ノ井手ノ下ヒモイク代ヘテムスフ契ノアハレナルラム　現六

カヨヒコシ井手ノ岩橋タトリキテ心モサラスサテモ山吹

アテキナク井手ノ人モユヒモ此里モ八重ヤハサカヌ山吹ノ花　伊勢家

玉モ尤モ井手ノシカラミウスキカモ忘ノヨトメル我心哉

筑波山

ツクハ山ハ山シケ山シケヽレト思ヒ入ニハサハラサリケリ　新古

我ナラヌ人ニ心ヲツクハ山シタニカヨハン道タニモナキ　同

木幡

木幡山アルハカナヒスノチナシノ宿アルトシテコノヘマハセン 新和 重之 新六

我駒ヲシハシトヽメテアラハ山城ノ木幡ノ里ニアリト答ヘン 類従 下

青羽山
川

青羽山ノメクル雲ノ吹風ニサクキトミユル花桜カナ 石清水哥合

松虫ノ初音サソフ秋風ハ青羽山ヨリ吹ソメニケリ 讃岐 仙宗 古

青羽山瀧ノ水上雪消テ朝日ニ十セ水ノ白浪 夫木 寺名 續古

青羽川秋ノ水ノミドリニアセルモ山ノ木ノ葉モチリ 順徳院 續古

山風ノ吹スルフニ青羽川セキ入ル花モ瀧ノ白糸 雅経 千五百番

有ト見ノミ青ニ開ツル青羽川ツメタ神ニ影モミエセン 新古

大宰

アノニフク草ノイホリノアハレサニ袖モ露ケシ大宰ノ里

山風ニ峯ノサヽクリハラヽト庭ニオチテル大宰ノ里

大宰ノコノ市中業ノイツシカモ我思フ子モニココニアルカナ 日本天皇 万

大原アニシノ岸室モナフハ大宰我カ宿ノミシリノ煙ヘタツル 選良 詞古

小野

妻木こる小野ノ山路ハ霧こめて紫ツミ車ふみまよふらん 忠岑

初雪ハ真木ノ葉白ノフリこナリコヤ小野山ノ冬ノサヒしサ 経信 金

大原ヤ小野ノ炭竈雪フリテ心ホソクモ立煙カナ 師頼 後百

須磨ノ浦ニ塩ヤノアマノ煙ヨリ是テモ又見ル小野ノ炭竈 河内 後百

夕霧ニコアサノサ衣ツホテツヽ冬木コリキノ小野ノ山人 師俊

雪ノ色ヲシヲハテノサナル卯花ニ小野ノ里人冬コモリスル 公実 良玉 金

ヤミナレヤ月ノ光ノカこテ見ル卯花サナル小野ノキソ路 基俊 堀百

白露ニタヘ又秋ノ萩キリフレテ紫カルヽ小野ノ冬シこてナル 経信 夫木

夕カレハ霧立ツテニ鶉鳴テ秋風サムシ小野ノ篠原 讀人 拾

岩城

岩城ニ岩城ノ山ハ昔ニ見エニシ昔川ノ千代ノ名残ノ道跡ハ有ケリ 行平 後

小萩カノ秋ニテアラハ咲こモカヤ野ノヤキシ春ハ立ケリ 後撰

岩城ノ山雲井ノ春ニ乃ツヽノエスモ今日白雲ノ鳥 現六

大澤池

一本ト思ヒシ菊ヲ大澤ノ池ノ底ニモタレカウヘケン 友則 古

瀧ノ音ハ絶テ久シク成行ド名コソ流レテ尚聞ヘケレ　公任

廣澤池

サラシナモ明石モ此ニサソヒキテ月ノ光ハ廣澤ノ池　慈鎮

風吹バミダレ浮草アヲリテ月ニ成行廣澤ノ池　季業 新三 再合

秋ノ夜ノ月ヲミニコソ多人シニテ子又名ハシチ又廣澤ノ池　夫任 新六

大井河

大井川イク瀬鵜舟ノ過ヌランホノカニ成ヌカヽリ火ノ影　雅定

大井川セヽニヒマナキ五冊大ニミエシハタシノ篝ナリケリ　顕季

大井川風ノシガラミカケテケリ紅葉ノ筏行ヤラヌ行　後撰

水上ニ紅葉ナガレテ大井川ムラゴニミユル瀧ノ白糸　後拾

大井川イセキノ水ノ有リセバ紅葉ヲシテヽ渡トヤミシ　金

大井川下ヽノ岩草ニ与ヘヌト紅葉ノ淵ト跡ハ有ケリ　續後

臨ヲヘニ今ハト嵐ノハツシロスハ浪ノ花ニテ霜アランヽ　新古

大井川ノ多花ニシトロキテイセキニキヨモ千鳥鳴也　堀百

大井川アリサシヲカニ舟ナルノ世ニ夏ノ夜シノ月ヽ　新古

桂川　久方ノ月ノ桂ノ近ケレハ星トソミユル瀬々ノカヽリ火　良玉

桂野ヤ川瀬ノ浪アケテ梅津ハヤリノ音ナキニケリ　詩哥合

久方ノ桂ノ里ニハ夜衣オリシル月ノ光ニソアル　定家

嵐山　朝ホラケ嵐ノ山ハ峯ハレテ麓ヲクタル秋ノ川霧　為家

朝嵐ノ山ノ陰ナル川ノ瀬ニナミヨル葉ノ音ノサムケキ　後嵯峨院

冬ミヽ夏モノ嵐ノ山アケテ二松ノ色モ雪ノ中トアリスヽ　定家

小倉山　小倉山フモトヲコムル夕霧ニ立チモラサルヽサヲ鹿ノ声　西行　新勅

露霜ノ小倉ノ山ニ家ヰシテホサテモ袖ノクチヌヘキカナ　定家

イツニサモ小倉ノ山ノ郭公オホツカナシト音ヲノミソナク　三条右大臣

鳴ク鴈ノ音ヲノミソキク小倉山霧ノハレセヌ時シナケレハ　新古

ツヽシナク山ノ岩根ハ久ヘテ小倉ハヨソノ名ノミナリケリ　西行

石上

イソノカミフルキ都ヲキテ見レハ昔カサシヽ花サキニケリ　新古

イソノカミフル野ノ桜タレウヘテ春ハ忘レヌ形見ナルラン　新古

室ノ八嶋

朝霞フカクミユルヤ煙タツ室ノ八嶋ノワタリナルラン　新古

タエスタツ室ノ八嶋ノ煙カナイカニツキセヌ思ナルラン　千

ナコノ海

ナコノ海ノ霞ノ間ヨリナカムレハ入日ヲアラフ奥津白浪　新古

水無瀬

見ワタセハ山本カスム水無瀬川夕ハ秋ト何思ヒケン　新古

思ヒテヨタリ人ミトハナケレトモ水無瀬川ムスヘハ水ニ袖ハヌレ下　千

三嶋江

三嶋江ヤ霜モマタヒヌ葦ノ葉ニ角クム程ノ春風ソ吹　新古

三嶋江ノ入江ノマコモ雨フレハイトヽシホレテ刈人モナシ　新古

吉野

吉野山花ヤ盛ニ匂フラン古郷サラヌ峯ノ白雲　新古

ヲトニノミ有トキヽコシ三吉野ノ瀧ハケフコソ袖ニ落ケレ　新古

清瀧川　フリツミシ高峰ノミ雪トケニケリ清瀧川ノ水ノ白波　新古

岩根コス清瀧川ノハヤケレハ波ヲリカクル岸ノ山吹　新古

落タキツ清瀧川ニスム月ハ棹ニサハラヌ氷ナリケリ　千

末松山　霞タツ末ノ松山ホノ〲ト波ニハナルル横雲ノソラ　新古

神ナヒ川　蛙鳴神ナヒ河ニ影ミエテ今ヤサクラン山吹ノ花　新古

神ナヒノ三室ノ山ノ葛カツラウラ吹カヘス秋ハキニケリ　新古

ケしきノ杜　秋近キケしきノ杜ニ鳴蝉ノ涙ノ露ヤ下葉染ラン　新古
秋ノ色ハけしきノ森ノ下風ニ立ゾモノハアハレナリケリ　千

浮阜　浮阜ノ露ノ夜カラノ契ニテ果カハ只秋ハ来ニケリ　新古

水無瀬　水無瀬ノ遠ノ葛葉モ色付テ今朝ヲシラルル秋ノ初風　新古

伏見　鴈ノゐル伏見ノ小田ニ夢サメテ寝ヌ夜ノイホニ月ヲミルカナ　新古
衣ウツ音ハ枕ニスガハラヤ伏見ノ夢ヲイク夜残シツ　新古

スガハラ伏見　ナニトナク物ゾ悲シキ菅原ヤ伏見ノ里ノ秋ノ夕暮　千

鵲　カサヽキノ雲ノ梯秋クレテ夜ハニハ霜ヤサエワタルラン　新古

鈴鹿　鈴鹿川フカキ木ノ葉ニ日数ヘテ山田ノ原ノ時雨ヲソキク　新古

サホ山　入日サスサホノ山ヘノハヽソ原曇ラヌ雨ト木ノ葉フリツヽ　新古

泉川　時ワカヌ浪サヘ色ニ泉川ハヽソノ森ニ嵐吹ラシ　新古

飛鳥川　飛鳥川瀬ヽニ浪ヨル紅ヤ葛城山ノ木枯ノ風　新古

名取川　名取川ヤナセノ浪ゾサワグナル紅葉ヤイトヾヨリテセクラム　新古

野田ノ玉川　夕サレバ塩風コシテミチノクノ野田ノ玉川千鳥鳴也　新古

吹上濱　浦風ニ吹上ノ濱ノハマ千鳥浪立クラシ夜ハニ鳴ナリ　新古
月ゾスム誰カハコヽニ紀ノ國ヤ吹上ノ千鳥ヒトリ鳴也　新古

鳴海　サヨ千鳥聲コソ近クナルミカタ傾ク月ニ塩ヤミツラム　新古
風吹ハヨソニ鳴海ノ片思ヒ思ハヌ浪ニ鳴千鳥カナ　新古

天香山　雲ノヽハ峯ノトサワキナヒキテヤ月ニミカケル天ノカク山　新千

フル野　石上フル野ノヲサヽ霜ヲヘテ一夜ハカリニ残ル年カナ　新古

和哥松原　カモニコヽ和歌ノ松原ミツシホハ塩ヒノカタニタツ鳴クラン　新古

井ナ野　シナカ鳥井ナ野ヲユケハアリマ山夕霧立ヌ宿ハナクシテ　新古

松嶋　立歸リ又モキテミン松嶋ヤヲシマノトマヤ浪ニアラスナ　新古

ミカノ原　ミカノ原ワキテ流ルヽイツミ川イツミキトテカ恋シカルラン　新古

ノスチノ橋　イカニ立シノスチノ橋ノサツカニワタシテハテヽ年トヤ成ヒ　新古

北國
ユラノト　ユラノトヲトワタル舟人カチヲタヘ行末モシラヌ恋ノ道カモ　新古

アテラノタエユラノ湊ニヨル舟ノ便ニ知ラレ　興津塩風　新古

紀ノ國ノユラノ湊ニヒロフテフタマサカニタニ逢ミテシカナ　新古

名取川　アリトテモアタナタツナノ名取川朽ハテヌタエハ子瀬ニノ埋木　新古

ミナセ川　ワタラハニホトアハ人ノ國ハカハレミナセ川ニ作タナレトモ　新古

フケヰノ浦　アマツ風フケヰノ浦ニヰル鶴ノナトカ雲井ニ帰ラサルヘキ　新古
殿上ハナレテヨミ侍ケル　藤原清正

シノタノ森　思フ事チエニヤシケキ呼子鳥シノタノ森ノ方ニ鳴也　千
過ニケリシノタノ森ノ郭公タエヌシツクヲ袖ニ残シテ　新古

小野　今夜タニツミテ飯ラ重サク小野ノ芝生ハ露モテタクモ　千
（重ノ傍ニ「草イ」）

宮城　トモシスル宮城カ原ノ下露ニシノフモチスリカハク夜ソナキ　千

シカミノ嶋　シホツアナシカミノ嶋ノ人ナレド我コトノハゾ知ラズアリケル　千

生田川　急ツナ文チエノ下スラフナフアリノミ生田ノ川ニ身ヲ投ケニキ　千

ミカミノ寺　急クノミミカミノ寺ニカツ長ノ友文思ヒニ身ヲ尽シケリ　千

サノヽ中川　住ナミサノヽ中川瀬ヲ絶テ流ヒ人ハ渡ナリケリ　千

稲荷山　稲荷山ミヒミノ杉ノ年フリテミツノミ社神サビニケリ　千

菅原ノ里　イサリ火ノ音ノ老木ノミニモ人菅原ノ里ニ我住ヤナ　郭白

シミテ　冱アカシミテノ秋ノ月マトヒハ云ヘ物ソハ　新古

サノ渡　駒トメテ袖打ハラフカケモナシサノヽワタリノ雪ノ夕暮　新古

和歌ノ松原　イモニコヒ和哥ノ松原見ワタセハ塩ヒノカタニタツ鳴ワタル　新古

サヤノ中山　東路ノサヤノ中山サヤカニモミエヌ雲井ニ世ヲヤツクサン　新古

詞源要略　裏表紙

和歌会席

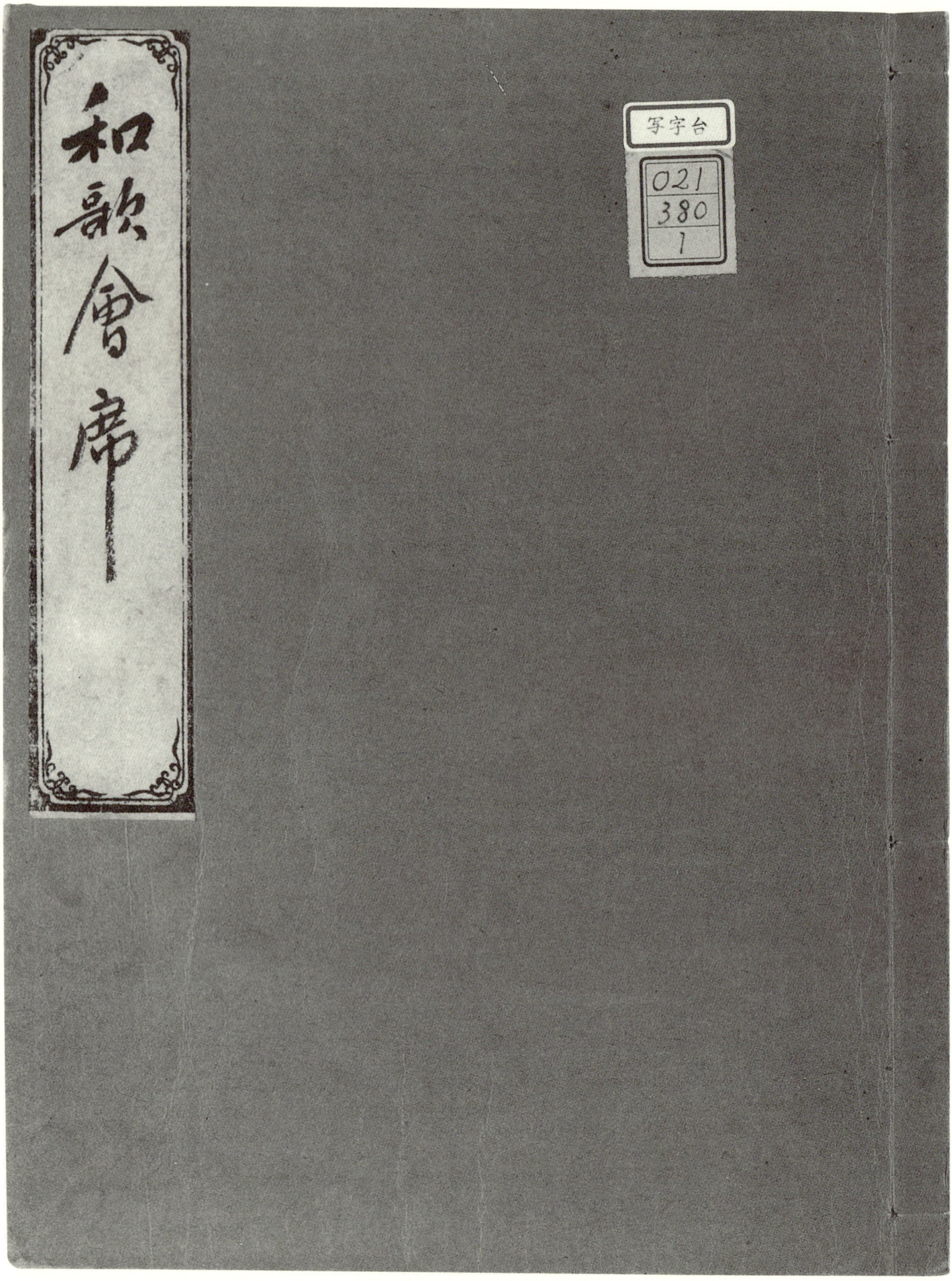

和歌会席　改表紙

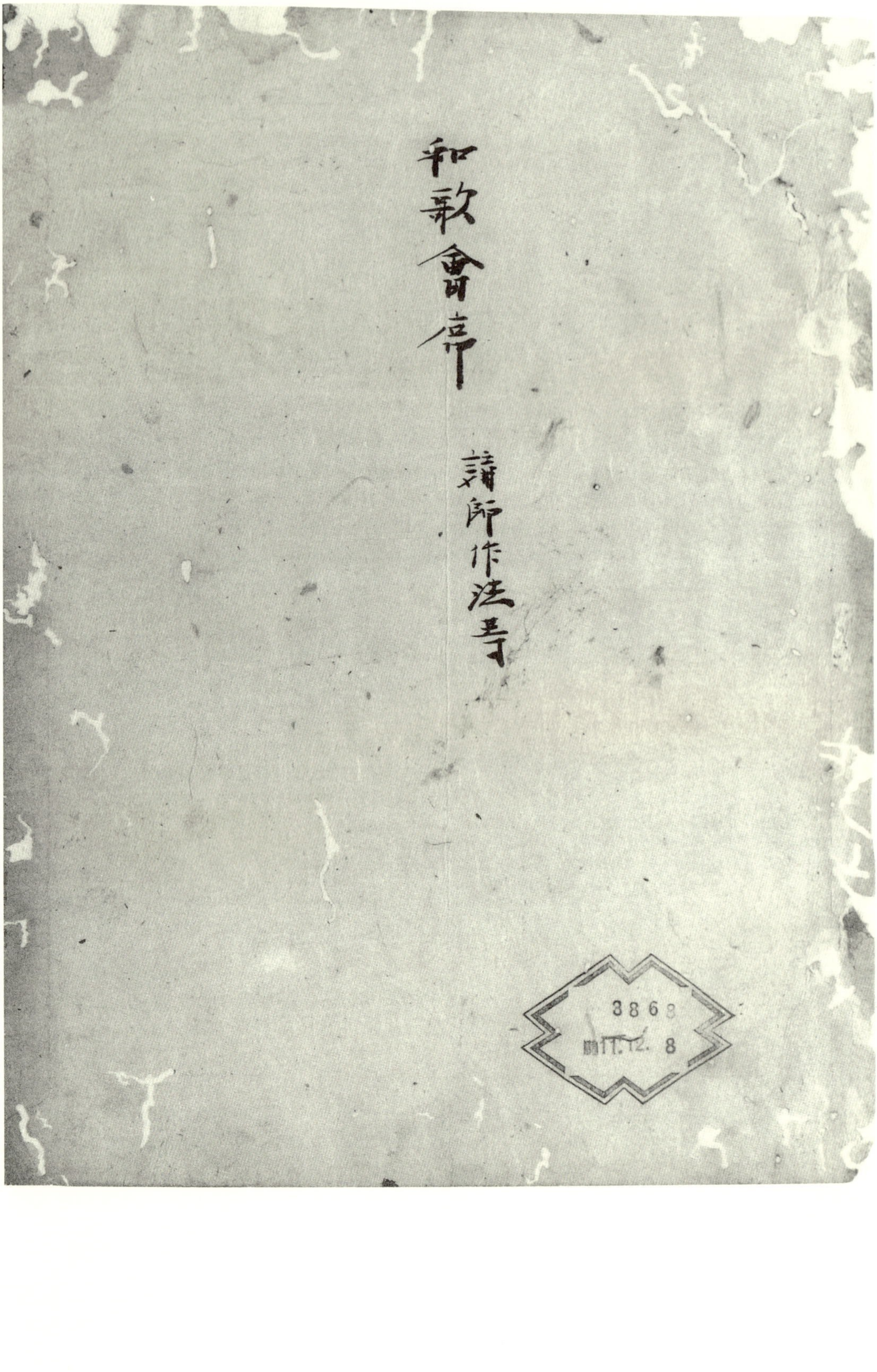

和歌会席　原表表紙

和歌会席事　　和哥講師作法等

兼日題ニテツクル人トモヨホシニヨリテ右具所ニ参シ集ル
又和哥清書シテ懐中ニ落カル　主人客亭ニイツ主人命ニ
マウニ可加用意也
ヨリテ其所ニシタカヒ可然宴席ニテモ又文台ヲ置シム
ヘシ亭儀硯ノ蓋也フタアラノナラ置ヘシ又内ミニハ例式廷ノ
付タル文台ヲモ置ナリ亭式ニハ講師ノ円座ナトヲモシカ
シムル也其後哥人下臈ヨリモスヽミテ哥ヲノヽ名也是ヲ亭
式ニハ左右ノ手ニテ哥ヲ取テノ右手取題横ナルヤウニ是ヲ
モツ左手所加末也
是ヲ置ヘシ但堅固内々ノ時ハ懐紙ヲ右ノ神ニ入テ懐中ニ
シツカニ参進シテノ文台ノ前ニ跪テイサヽア膝行スヘキヤウニ
シテ右ノ袖ノ下ヨリ哥ヲトリ出シテ所端ヲヒラキテ見テ
後亭ムキノ能巻テ懐紙ノ上下ヲ能折付テ置也文台
ノ上下アリ下ノ口ノ方ニ之置ヘシ上ナリ文台ノ左右但前末ノ下臈ナト
文台ノキハ硯ノ上ニ是ヲ置也アリ人ヽノ所存ニヨルヘシ
懐紙ノ下ノナメラ文台ノムカヒヘナシテ置ヘシ右ノ哥ク

至ナハリテ主人講師ニ氣色ス講師坐ニ寄テ當座才一人参勤之也
オニノ人ハシツツアラフ文臺ノ
右方ニ有ヘシヨリアル様文臺ノ上ナル懐紙ヲトリテ而然之
人ヲ召テ近代是ヲ下讀師ト号スルナリ其ヲ給テ其人次才ニ和哥ヲ
アワナムル也是モ下式ノ事也内ミノ時ハ讀師召講師其儀
例式内ミノ時ハ其人ニ目スルナリ是又並ナリ蓋テ其人ヲ講師参進本儀
圓座ヲ一ヲシク時ハ、ミノ圓座ノウヘニハ座セスチトヒサヲ
アケテ一居マウニスル也内ミノ時ハ文臺ノ前ニ跪テ一居寄
アラシニテ即穿座スル也文臺ニ遠ノハ座スヘカラス又シアニ
文字ヲミシカタメ也次ニ講師ノ氣色ヲ請テ一首ノ時ハ讀作
ヨリ作者歌ヲテンヲヨミ上也文字ヲミル時ハウツフキアラウ
ノクヘアラハス是ヲ顯爰講師トイヒテ見ヲルヽモキ事ニスル也
讀師懐紙ヲ取テ文臺ノ上ニヒロケテノシテ後氣色ヲ
請テ歌ヲハ講師工ル也先一首ヲ見渡シテ大方ノ哥ノ心ヲ
得テ後教ヲ出スヘキ也一句ツヽ切音ニコレヲ講アソノ次発声
ノ人音文字ヲ誦シ上ヒトキ讀師以下同音ニ詠吟スル也又

数ノ事ハ人ニヨリ時ニヨルヘキ也一度講之読又講師次ノ
懐紙ヲ取テ初ノ懐紙ノ上ニテヒロケテ並足講師ニ講
上ケヲル也講頌公講頌之儀前ノコトシ次才講之畢取末ノ懐紙
ヨミハテヽ講読師ハイツキ座ヲ立ヘキナリ牌息立コトヽクノ故實也
講之畢テ人ミ座ヲミレリツクノトクヘトモ讀師ハ相呑残テ懐
紙ヲ能トヽノヘテモトノコトクニ三ニ折テ文台ノ上ニ並テ置也
懐紙ヲ三ニ折テ並事アリ又ケ様ノ時ハ懐紙ヲ懐中
ニテ退ク事アリヨノツネ内々ノ時ハ文台ノ上ニモトノコトノ
キキテ退也是ハ先一首ノ懐紙ノ時ノ事也内々披講ノ
時ハ文台ノ右ノカタヘ進寄テ講之着座ノ後當座ノ
短冊アル時ハ先是ヲ取テ文台ノキハニスヘテサテ下ニ並テ
次ニ懐紙ヲ取テ右ノ膝ノアトニミニ折テ並テ上ヨリ取テ
文台ノ上ニヒロケテヨムヘキ也懐紙披講ハテヽ其懐紙
ヲトリノケテ初ノコトクニミニ折テ又膝ノキハニ並テ其後
短冊ヲトツテソハラ能ツキソロヘテ文台ノ上ニツキテ

ヨテスル也短冊ヲハ右手ニテ我前ノ方ヘ及ス也猶シ読後モテ
相居残テ懐紙ヲ文臺ノ上ニ並テ次ニ懐紙ノ上ニ短冊ヲ並テ
退出也尤讀師講師ノ作法口傳故實等アリトイヘトモワサト
委クハ注ニ及ハサル也

一和哥披講之座席事
人麿影供ナトノ事ハ久ク絶ニシテ今ノ世ニトリオコナフ事
稀也又公宴等ノ事ハ各別タル之間注シ付ルニ及ス私様内々
ハ人丸ノ影ナトアル事等ノ事也若両社明神尊号ナト
双テアル事アラハ座敷ノ右ノ方ニ明神ヲアケテ左ニ
人丸ヲアケヘシ其外高貴神号モシハ卅六人ノ影以下
也其官位ニ随テ左右ニ可掛也但明神ニテモ人丸ニテモ
一幅ノ時ハ例式ノ如ク中ニアケテ其前ニ香爐ヲ並ヘシ
花瓶ナトノ事ハ定タル法式有ヘカラスサル故幸ノ座敷ニ相
應ナルヘキ也アマタノ影ナトヲモアケハ押板ノ上ナト一對ノ花
瓶等特ニシアルヘシニマシテ板ナラスシテ本等ノ前ナトニ

文机ナトヲ置ハ其上ニ花瓶香爐等ノ有ヘキ也文臺講師ノ臺ハ本式講會ニハ圓座ヲナラフル事アレト常ニハ其儀ナシ只其臺ノホトラヒヲ能ハカラヒテ着ヘキナリ此外コトナル儀有ヘカラサル故

一 講頌人數事

會衆アマタアリトイヘトモコトヽヽシク文臺ノアタリニテアツカフ事ナシ其中ニテ可然人次第ニ撰テ講頌也公宴ナトモ講頌ノ人數ヲハ内々ヒソカニ定テ和哥奉行ノ人ヨリ其役ニ示テ置也　内々叙様ニ依其儀也
タクヒニモ卅人數規模ノ事ナレハ自由ニハ叶ヘキ也多ト
イフトモ十人アリニハ五人ヘアテラサル故人數ノ外ニモ哥ヲヨムキモノ或ニ其席ニ望事ハクルシカルヘカラス是又恒事也

一 文數事

公宴儀　御製七文　関白　五文
女房　四位以下或ハ上臈五文　大中納言二文　但一位大納言三度
上ノ渡ニアリ　手ノ下ヽ

参議以下殿上人〔四位五位〕ナトモハ皆一度也大概ノ儀如此　但
事ニヨリ時ニシタカヒテ若哥秀逸ナトノ上手ノ時ハアマタ
タヒニ及テ講スル事上古已来其例多シ宜テ相定カタ
キ事於況私様ナトニハ其人ニヨリ時ニ随テ数度モ
アルヘキニヤ将更児女ナトノ哥ハアナカチ秀逸ナ
ラストモ當座ノ會紙モ有ヘキニコソ注シ付ルニハ及マシキ
事ナルヘシ

一　発声事

是モ其座中可然アメ其仁ニアル也公宴或ハ晴ノ會ナト
ニハ平調ナトニアルヘシ内々無人数ノ時ナトハ一越調ノ下ナト
可宜ニヤ講師ノ声ヲウケテ発声スル事ナレト若其調
子ニノラサル事アラハ発声ノ人心中ニ能々吟味シテ頌シ
上ヘキ也甲乙三重ナルヘシ哥数ノ中程ヨリ乙ニナシテ漸々
情分ニハ三重ニナス也若其情ノ調子タカクテ三重ニハ声
ニハキアメキマウナフハ三重ニナサスシテモハメス也和哥

講シオサムル時最結句ニハ初甲ノ声ニナス也但又三重ノ時ハ
甲ニ返ス事也ナレトモ中音ニテモハタスヘキ也時ニヨルヘシ
甲乙三重ニ講スヘキ也ホトラヒノ事ハアナカチ定ルマシク有
ヘカラス懐紙短冊哥ノ数ヲハカラヒテ三段ニ講スヘキ也
凡哥数三十首ハアリアラス八十首ハアリハ中ニシテ十四五
首ハ乙ニテ残五六首ノホトラヒ三重ニナスヘシ三重ハ老人ノ
ワサナル事アレハ三刑ヨリハ其数スクナカルヘシ又甲ヨリ乙ニ
ウツリテヨリ三重ニナス所モ其中可然人ノ歌ヨリナスヘシ
カヨキ也但哥ノ残リアマタノホトラヒヲハアラフ事ナレハ其時ハ
カナラスシモ主人ノ哥又ハ秀逸ナラストモ調ナフ上ヘキ也
大方ハ甲乙三重ト次才シテモ其人ニヨリ或ハ名哥
ナトノ有時ハ甲ノウチニテモ中音三重ニモシテ又モトノ甲
ニ返シテ講スル事也乙音ニハセス事也一々口伝ニ有事ナル故
習テ注シ付ヘキ事ナラネトモサリカタキ所望ニヨリテ大
概ハ書載所也道ノ大事可憚事也又中音ノ時ハヲオニテ

句ヨリハリ上ヘアケニ講スル事ハ讃頌ノ曲ニテ知ニニハセヌ
事也自然ノニサカアナトニハメツラシカルヘシ此限リアルマシキモ隆ヨ
可秘事也努々外見有ヘカラス

一 懐紙端作讃様　内々私會等

春日同詠庭梅久芳和歌（ハルノヒ オナシク ヨメル ニハノムメノヒサシクカウハシトイヘルコトヲ ヤマトウタ）

官姓名

一 詠字讃アケノ説ニハヨムトヨミ例式ヨメルトヨム常用之也俊成
卿モ其ツノ中サセヽムチ定家卿ニヽヒシソアカヽヽ者也清輔朝
臣ナカメトヽ讃トミエ〳〵又ノ説ニイセルトヨム江帥之為旦
主ヽ彼是三説殊アマウノ事モテテヽタノ儀ソハ竟格エ又人人
此説ヲ用ヒ侍不審ノオモ事也

一 和哥二字之讃様

ヤハトウノ
ヤマトウタ

一一首懐紙ノ時三行三字ヲ立二字ニ是ヲアラハス事アリトイヘ　二條家説
ドモ此家ハ御式三字也凡一首ノ時ハ公私貴賤ヲ論セ　清輔朝臣説
ス三行三字ニカクノヨシニキ也但上古ハ此式ヲアナカラス詞
ノアヤ二首ノ時ニ書名懐紙ニアリ自然ハ相意得ヘキ也
一二首三首ノ懐紙大概同之儀也但此後代定事所ニ也
ツカル、合且又カクノコトシ是常説也
条字ハ其人其所ニヨリテ書トナレハ相定也トニモキモト

二首并常説
詠陽夜郭公和歌
官名

五　九　七
七　七

契不逢恋
五 七
五 七
七

詠二首和歌 信存
題
五 七 五
七 七
題

四五首以上ハ題懐紙二枚書之
前ニ注シ付ルコトノ無 書様定家卿所詠之三首ノ書ノ
三首ノハリ所常ニアヒアハリ元於謹枚ノ文リテ平ノコトノ人

シツシトヽムヽ心者也二万カアマウノ事ニ篇ニモナキ事オホシ様ヲ
守之事有ケレトモ何事モ識ミヲ眞ノ御ミテノ例式ハ
亭ノマウニシ名弁然ニヤ凡五首ノ懐紙ヲチテハ紙二枚ヲ
續テ三行七字ニ是ヲカノ七首ニ成スレハ三枚ヲツヽノトモ
イヘリ十首ノ懐紙ヨリハ紙数モカタニヲサルア哥ハ担二
行七字カルヘシトイヘリ二十首ニモ成スレハ三行ア于也百首
ヲツラヌルモ懐紙ノ心ナリ

一懐紙書様寸之事

端作ヲハ口六寸許ヲキテ書トモイヘリ或又手ノヒラヲ
アテヽ名ホトヒロサヲヲクトモイヘリ懐紙ハアマリホソク長
ナルヘシ但三行ツヽメテサノミ紙ノアマリタラヌモ見苦ル
ヘシ仍ニ下稿ノ懐紙ハ奥ヲツメテカク故ニ寛也トイヘリ是ハ
懐紙ノトテ紙ニオクヲキテトシノタメ也又二首三首ノ哥
詠ノ字ト題トノ間一寸也題ヲモ一字闕ニモテ詠ノ字ヨリ
一寸ハカリ引カナテ題ヲアツヘキ也哥ヲハ詠ノ字ト同シト

ヲリニ書トイヘリ但又是モ詠ノ字ヨリモ歌ハ歌今ハアリサ
ケテ書事アリ工右ニハ戸様ノ違リタル様ナレ
古キ懐紙トモクミルニ其程サマ〳〵也不審ニ及ヘカラス
一神社法楽并私之山寺等會ハ下懐紙書様之事
定家所被注置今少〻書之

春日陰　賀茂社。斎前同詠三首
和謌
侍従従五位下藤原朝臣定家

霞

秋日遊法輪寺同詠秋山日暮
和謌　付小序
左近衛中将定家

私山寺并毎人不書姓

右京極黄門定家卿注シアル、合アノノコトシ是ニ准拠シテ
自然神社法楽又ハ山寺等ニテノ会ナトニ端作等ノ儀アレ
ハカラスハルヘキ也凡神社法楽ニハ位署ナトハコトヘノ書載也
姓ノ又勿論也私山寺会ナトニハカナラスシモ毎人姓ヲ
ア、カルヨシ定家卿注シヲカレ侍レトソレモ人ヤフニヨリテ姓ヲ
ア、ハ猶更書ヘキ也山寺ノ会ニカキラス例式モ私様ノ会
ニモ貴人アルトキハ懇懃ヲ存シテ書載事是又毎々儀也
又端作ナトモ厳重ノ時ハ人ニヨリテカナラス姓ヲ之載ヘキ
歟但アテ載ルキトノ事ハ文台別ノ事也凡如此ノ儀ハ時ニ
ヨリ人ニヨリ時ニ随テ用捨アル事ナレハ此道ノナラヒニ口伝
ヲモトムル儀也アマツサヘ注シ付ルハトテ一端ヲ守ルヤウニテモ
中々失礼モ多カルヘキニコソ返々事ニヨリテ用意是有ヘシ
完賢〻〻

於中殿ニハミスヲ上テ宴ナトノ懐紙ノミヽメマク
應　製臣上之字ヲ下サマヽノ口伝故實際限ナキ事
ナルヘシ洞中并后宮親王家其外大臣家ニ至テモ或ハ
應令トアキ或應教ト書其アキヤウ一篇ナラス仍中し
是ヲ澄モ下畫斯アルヘクアラサル事也サレトモ凡儀　草案
仙洞ニハ應　製　女院后宮東宮内親王ニ准后ナトニハ
應令ト書也摂政関白又ハ大臣家ニ至テハ應教ト書之
去ナカラ大臣家モ又其仁ニヨリテ或ハ書或ハアニサル事其
アリ委注付ニ及ス將又其時ニ望テノ住所等之字ヲ
當作ニ書載事勿論也或ハ七夕トアキ或ハ重陽トアキ
又ハ春夜暮春夏夜秋夜初冬ナトモ書載ル也八月
十五夜等ノ事也
　初冬於大井河歌紅葉和哥
如此之類ナルヘシ或ハ其所ニ遊テナト書勿論也凡神社仏
寺或ハ勝地或ハ名所ナト於其所ト書事メツラシカラス

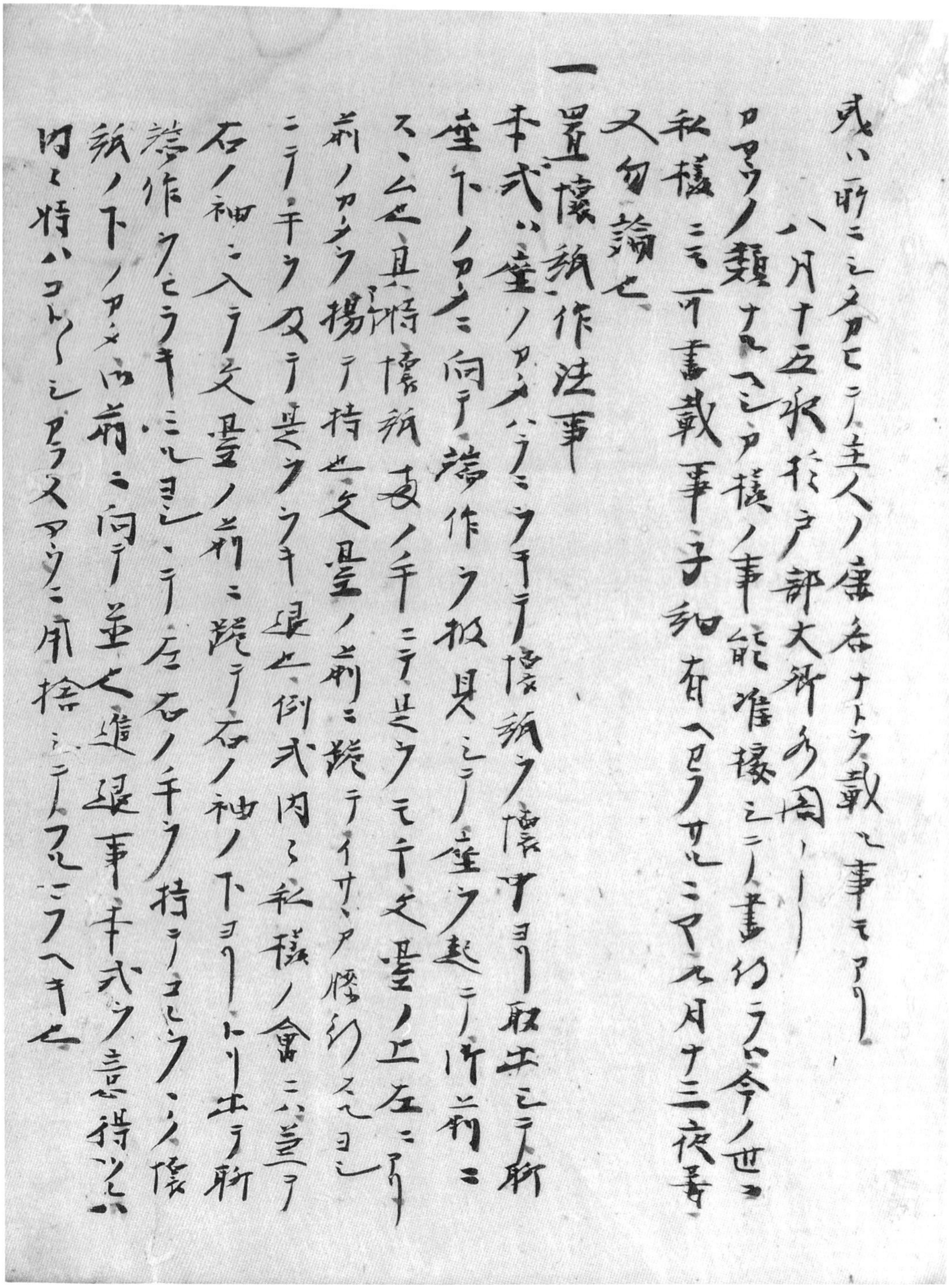

或ハ所ニヨリテ主人ノ実名ナトヲ載ル事モアリ
八月十五夜於戸部大輔第同――
カヤウノ類ナルヘシ此様ノ事能准擬シテ書付ラハ今ノ世ニ
私様ニテ可書載事子細有ヘカラサルニヤ九月十三夜等
又勿論也
一置懐紙作法事
本式ハ座ノカタハラニテ懐紙ヲ懐中ヨリ取出シテ所
座下ノカタニ向テ端作ヲ披見シテ座ヲ起テ所前ニ
ス丶ム也其時懐紙ヲ右ノ手ニテ是ヲモチテ文臺ノ上左ニアリ
前ノカタヘ捧テ持也文臺ノ前ニ跪テイサヽカ膝行スルヨシ
ニテ手ヲ及テ是ヲヲクヘキ退也例式内々私様ノ会ニハ並テ
右ノ袖ニ入テ文臺ノ前ニ跪テ右ノ袖ノ下ヨリトリ出テ所
端作ヲヒラキミルヨシニテ左右ノ手ヲ持テコレヲヽノ懐
紙ノ下ノカタヲ前ニ向テ並也進退事本式ヲ意得ツヘシ
内々ノ時ハコレラニテアラヌヤウニ用捨シテノフルニヨルヘキ也

一僧俗ノ懐紙アサヌル時ハ各別也但人数アマタノ時法中三人
ハカリノ時ハ緇素混合ニテアサヌル事アリ内々ノ儀各別ノ
時ハ先法中次俗中ノ揃ヌル也
一歌不書時懐紙ノ様ニコシラヘニノ之白紙ヲミシノ作法
アリ古来ヨリノ儀也但俊成卿ノ儀ニハ許言ノ人数ニ接
スルキトノ事ハ何ノ善悪ヲ論セス書キサミラムニテモ歌
イラキスシテ剛如ニ及事ナラハ其亭ノアルシ出ヘキ也アナ
アニ白紙ヲ並致宜ニ及ヘカラサルヨシ是ヲ申サセトミく
一懐紙ノトチヤウノ事
凡懐紙ヲ法人ニヨル事ナレハ不同也然トイヘトモ懐紙ノキクケ
上ノカタシヲヨクソロヘテアサヌル也端トトノカタハソロヘテミセキ也
トツルアナスハ刀ヲメヲ竪ニアクル也トテ紙ヲスヘ亭ノ経シヲキトニ
川合ヲ切テオテサテニニヲリテ又三ニ折トテ紙ノワナヲ
上ニナシテ例式ヤヲムスヒニトツル也トテ紙ノワナサカリハカスノ
ウチニ有ヘキ也平式ノ時ハ藤花ノ下臈ノ懐紙ノキリヲキリ

トキ紙ニ風ニ也此故ニ其精ノ下局ノ懐紙ヲハ奥ヘツヽケテ
出故實也トイヘリ是キラヒシノ料也凡懐紙ノトテマラネト
ハ昔ヨリ口傳之事也ア様ニアキミヘヌ事ナレハ大概ヲ記
付之也外見有ヘキ也究賢ヽヽ

一 重式ニ持公宴下ノ懐紙ニハ題者續所論ノ月次ナトニハ
只今号月日月次會トハ可書之下局ノ懐紙ノ端ノハ之ニ
アル懐紙ノタテノアル勿論也

一 短冊トテマツノ事
ムカシハ上ノ一首ノカトヲ中スミニ切合テツノアトノアマルホトニ定
ヲアケテツヽキノ也但定ナルハ題ノ中程ニ定ノアリテノアマリサカ
リ気アツノニテ切テミニツキマツノ右程ニ只一寸ハアリツキテ
定ヲアケテアトツクル也紙捻ハフトケレハ一スチ細ケレハ二スチハアリ
ニテヨシ昔ハ三スチ五スチ式ハ十筋ハアリニテモトテ右事
アリ今ノ世ニハ寸様ノ儀不可然十四五首ナトハ一本ノタヽキ一
スチニテモ結シアラス廿首三十首ニ成ヌレハ二筋ハアリニテト定

右此外口傳在之事ナレハ書アラハシカタシ
一懐紙短冊掛テ並事并在儀有ヘカラサル歟先懐紙ノ例
式ノコトシノセテ綴テ其釘ニ當座ノ短冊ヲカケテ並之並ニ
懐紙ノ上ニ短冊ヲカケソフルナリカアツノ事ハアナアテニ定
在儀ニハアラス當座ニ人ノシナフハシ在アウタ其段テトモカノ人
スヘキ也是ナテ書載ルニ及ハス事ナレトモ同題ニツキテノイサヤ
シルシ付也
一兼日題ヲクハルヘキ事
是モ御式御遊ナトニハ御教書ナトニアラフレモヨホサルヽ也其時ノ
和哥奉行ノ人書クハル也

鶴別砌
右和歌題来何日可被披講凝風情可令豫參
給之由　天氣所候也仍言上如件
官右字平

進上　新大納言殿

或ハ殿中ノ晴ノ會ナトニハ殿下御氣色所作之
ト書テコレヨリ下ツカタノ親王大臣家ニイタリ合又文章所
ツクカハル也方平式ヲメニモ公得ツヘハツヒニヒカヒテ私様ニモ
アリアノミテ用捨スル事ノ有ニコソ坐固内々ノ事ニハ折紙
ノ端ニ題ヲカキテ其何日ノ會ト其人數ヲコトワクカキ
タテ、相觸事アリアリシ又ナルマノナレトモ式ニカハル事ナレ
又兼日ノ題ヲタヒハル事常ノ事也例式ノ短冊ニ題ヲカキテ
合ニテモ探題ニテモ上ヲツヽミテ短尺ヲ以三ニ折テ折紙ニスエテ折紙
ヨリモ紙捨ヲスキトヲミテツヽミモ紙ノシクヲムスヒツクニ
紙ノ上ニ其人ノ稱号ヲカキテ下ニ我名字ヲ書事モアリ此
又消息ナトニツヽミテカヽル事モアリ時ニヨルヘシ凡兼日ノ題
ニハカキヲスヘ自然諸社法楽ナトノ題ヲタヒル時モ大略前ノ
コトクニシテツカハス也三首カキテ紙ハ三ニ折モ短冊ノ下ノ

アトメシスハ中ニナス也。是ハ我右京ノ題ノシヘニコサナルヲイサヽカ憚
心也。一切言葉ナトノ時モ同事也
一 歌ノ中書人ニ異ル事
是モアナカチ法式ナラネト並日ノ草ハ、八ツ合紙ニテ参ラ
紙ニシテ先題ヲアキテ其下ニ右京ヲアキテ哥ヲハ大概
二行ニ書也。哥ノ餘慶アラハ何首モアキツラヌヘシ。題二首三
首ニ及ハヽ懐紙ノコトク次才ニ書載ヘシ。右京ヲ哥ノ奥ニ
之事ハ已讀花後ノ人ノ爲事也。但我ヨリ下ナル人ニミセアハ
マシニハ奥ニ有モ苦シカルマシキ也。又言葉ノ詠草ニハ
料紙ニシテ書ノ爲也
歌ニハ尺ニ行七字ハカリニ書ナルアヨシ。但懐紙ナトノコトクニ
字数ヲ定ル事モナラス。只アキカキカウヤナルヘシ
一 歌ヨミテ題トル間事
哥数ハ五十首百首十首廿首モ時ニシタカフ事ナルヘシ。趣作ノ
アシハ章ノ懐紙ノコトク詠何首和哥トカキテ題者ノホトヲモ

ニヨリテ貴人ナトナレハ或ハ官姓名字ナテモノスル事有ヘシヨノ
ツネニハ只名字ハアリテモ別ニアツル事ニヨリ特宜ニシタヽメテ
用捨スヘキニヤ若又我名ヲアラハシテ題トル事アラハ名乗
沙汰ニ及ハス勿論ノ事也又歌合ニテ讀ル歌ニ題トル事アラハ
續十首和哥トカクヘシ凡一續ナトイフモ哥合ニ[illegible]ヨム事也
一五十首百首ナト哥ヨミテ奉ル事アルニ〆ノアツ有ヘキニヤ凡様
ナトノ時ハ百首トテ奉ルニモ懐紙ノ上ヘヲ紙ニテツヽミテ紙ヲ
別ニ細ク切テ一首ノ題對スルコトノ人ヨリノ對シアル名也對文ニハ
我名字ノ片字ヲ本トスヘキアルマウニアキテノ對スル也右京ノ
片字モ人ノ家ニヨリテノ或ハ上ノ一字ヲ書事モアリ又下ノ字ウス
ヲアソノ事モアリ[illegible]ミコレキオミ當家ナトニハ上ノ一字ヲカキ本
哥ノ懐紙ナラナトニ切物ヲヨリノ對スルニハ此式ノ時ニノ定ル
ヘシ或ハ文章ノ文ノコトノ對ノ一字ヲ云事モ有ヘシ内ニナトノ
特ニハ對字ヲ云メシ行然後ハ百首ノ認様トイヒテ多ク
其ハ家ニ口傳故實モ有事也口ワサトシハシ人是ヲシルサス

一木草ノ枝ニ短冊ヲムスヒ付ル事
当時宗匠家　飛鳥井折　二ツ先ヲテニ二ニヲリテ又三ニ折テ
次ニ横ニ三ニヲリテ短冊ノ切目ノアタマヲ上ノアタマニナスヤウニ
ムスヒ付ル也又冷泉家ナトニハ先横ニ折ニノ其後タテニ折テ
ムスヒ付ル也或又短冊オラスシテツノヒ、紙捻ニテツナリノアツメ
シテ木ノ枝ニ付ル事モアリ

一誹諧歌事
是ヲ滑稽ノコトヽイヘリ滑稽ハ康ニモ有事也名ハ尾名事ニテ
サルヒヲ又遠ニモ叶アラン儀也古今集ニ誹諧ノウタトテ
アマタ首アリ
梅花ミニコソキツレ鶯ノ人クヽトイトヒシモヲル
ナクノヲフツクヽハア郭公ニテノタラサラ初ナヽヨフ
以テモ誹諧ノ部ニ多ミ入ヘクヒルスニ及ハ
或説ニ誹諧有様ニ
一俳諧　二誹諧　三俳諧キヤウ　四滑稽　五誹譜

六綺語　七空戯　八誹謗　九狂言云々
綺語子細未詳ニ申、頌徳段竹抄ニモノ也ニモ有ネマスノ
人ノワキエヘ知ヘキニアラサルニア然トイヘトモアマツノ名目アル
事ソミラ大ハ精ニトリテハハイヘラノ事アルニヨリテ人イサヽア事
次ニミルミツテ後ル也ヘシ大アノ両ノ道ノ名目アナリトモエ人テ
シリ侍ラテハ其道ニシツサハリスル甲斐モ有ヘシキ欺キシト言
此道ニシキテモ更ニアキリ有ヘシキ事ナルヘキニヤ世間流布
エセ諸抄ノ々ニモ是ヲシサテ人哥道ノ本職アルマツニ申後ル事
後ミ宜鑑哥アルヘシサリアニキ一時哥ニヨリテノ事ノハシテヲ
心得ラ不ニ業ヽニテアセ後ル事ヽ学類キハ只リナキ子細ニテ
候哉ミ侍リヌ

一　狂哥事
是ハ誠ノ人ハフル事ナルハ種ヲツナトヽテ先達ノミルミシラキ名
物ナレ但戯咲ノ哥トイフ事アリ奥義抄ナトニモノ比ニモ名

故アロヲナルヲ強哥トイフヘキニヤ

一無心所着哥

是ハ無心所、ニ、ツキテヨアヒメヒニシテスクロクノコトヒノウヲノ
ソラノシヘノカワ

一廻文歌

サカサマニヨムニモオナシ哥ナルヲイフゾ
ムラノサニノサノナハモミソナハラスハナツシテハナノサソムサソラム
此メノヒ集ナトニモアニメ入之哥アリ

一歌合事

内裏哥合天徳四年永承四年永承二年以此三ケ度為
例自余ハ菊合根合哥又ハ寺本歌儀之由順徳院御抄
ニモノセラレタリ故兼日ニ先左右ノ題ヲ定メ人番ノ事合手ハ
人キト哥ホトニ相應セシ事也アリカキヨシ左右ノ沙汰也
少々哥ハ堪淵ナリトクヘトモ左人稲ヲ思フヘキヨシ順徳院
御抄ニモ載之之哥ノ人得モアナカチ官位勝劣ニモヨラスヘキ

哥人ナトコソハシルヘキ人ニモ合スヘキヨシ沙汰アリケリ昔ヨリ合
手ヲ撰事也サリナカラ歌人ト非哥人ト番事左右ニモ天
德永承以来其例コレアリ又貴賤ト老若トヲスツヘカラ
事天德寛和以来ノ事モアルヨシ彼口抄ニモ載之タリコヽニアラ
諍ニ及ス又判者ノ事堪能宣代ノ人其仁ニアラスナリ但當時
重臣ナトハアナカチ其道ニ長セストイヘトモ判者ヲ兼ル事
其例モ侍ル也衆議判ノ詞ヲ加ル事是又判者ノナラヒ
也又ハ衆議判ハアリニテシタル事モアリ或又判者二人已
事モ是アリ又無判哥合モアリ又ハ諸社ニ奉ル法楽ナトノ
類アリ又作者ヲカクシテ當座衆議判ニテヨム事哥ノ
事也後日ニ定判者ヲ定テ左右ノ勝者ヲ付ル事是又
又メツラシカラヌ事ニテ撰哥合ニハ左右避遁両方講師各
判也但一人ノ外哥ヲ讀スル事ハ避遁ル事ニテ順徳院
ノ抄ニハ先左講師讀哥次ニハ先負方可讀假令左勝ハ
次番ニハ先右方カラヨムヘシ持 持ハ随前番勝負持負タリ見

アシヨリ綴ヘキ也惣方ニハヲフステアソノ負方ナリトニテ定置ヘク
又ヨノツネ衆議判ノ哥合トイフハ先並ハ左右ノ人数ヲカソヘ
ヘテヨミアキスヘキ人ヲ並テヨリ定並也サテ左右ノ人数毎
右ニ哥ハアリツアケテ左ハ左右ハ右下ニ記シ付テヒツアニヨセ
アキスヘキ人ニ渡シツアハ又特其人ノ合シテ三ハアリニ切テ
右ノ端ニ一字ホトサケテノ左トアケテノ其哥ヲノ二行ニアケテ
ツクノ也右又コレニ同シ中書ノ其人数サシツトヒテノ左右ノ哥
ヲ能ミ其ハアラヒテ大ヲノ歌ノホトラヒラトリ合書シ其後
中書ノ紙ノ端ニ例式一番二番ト次才ニ記シ付テノ題
ヲス一番ニトアヘ下ニアケテノ
一番　題
左
哥ハ二行ニアケテノ
二番　題同
右

哥二行ニアキテ
自余可准知之
アヲシテ次才ニ左右ノ番ヲ相定テトリアワセテ呈ヲ左右
ヲ合テ文臺ノ西方ニ居寄テ講師読師ヲメス講師
座ニ着テ打読師一番ノ左ノ哥ヨリ
文臺ノ上ニ左右ヲ相双テシツク特講師尼ノ哥ヲヨム次ニ
右ヲヨム左右ノ哥ヲ講シ右ノ方ノ最末ヨリ左ノ哥ノ善
悪ニツキテ次才ニ一所存ヲ申上也若哥ノ訛謬アル時ハ
左ノ最末ヨリ次才ニ或ハ陳申シ或ハ同心ニモ及也難陳事
読テ左右ニ右ノ哥ヲ左末ヨリ前ノコトク所存ヲ申テ
或衆儀トシテ左右ノ勝負ヲサタムル事アリ只衆議判
ハアリニテ次才ツキノヘテノチ清書シテ又判者詞ヲコフ
事モ時ニヨリ輩ニヨルヘシ又左右ニ業者ヲ定テ西方
ノ中ニ童ヲ召座ニ哥ノ奥ニモシツテヲ呈スツノモニ
判者ノ詞ヘツカハス事モ有ヘシ

十三
右一冊者亡父所新作也仍文雖不出閫外
類依或人所望早率馳筆訖非無用捨
莫及他見而已
鵜首南書藤原在判

立春　竪五寸七分二厘　横九分

堯孝法印以自筆写之畢

慈照院殿御時張行一續也

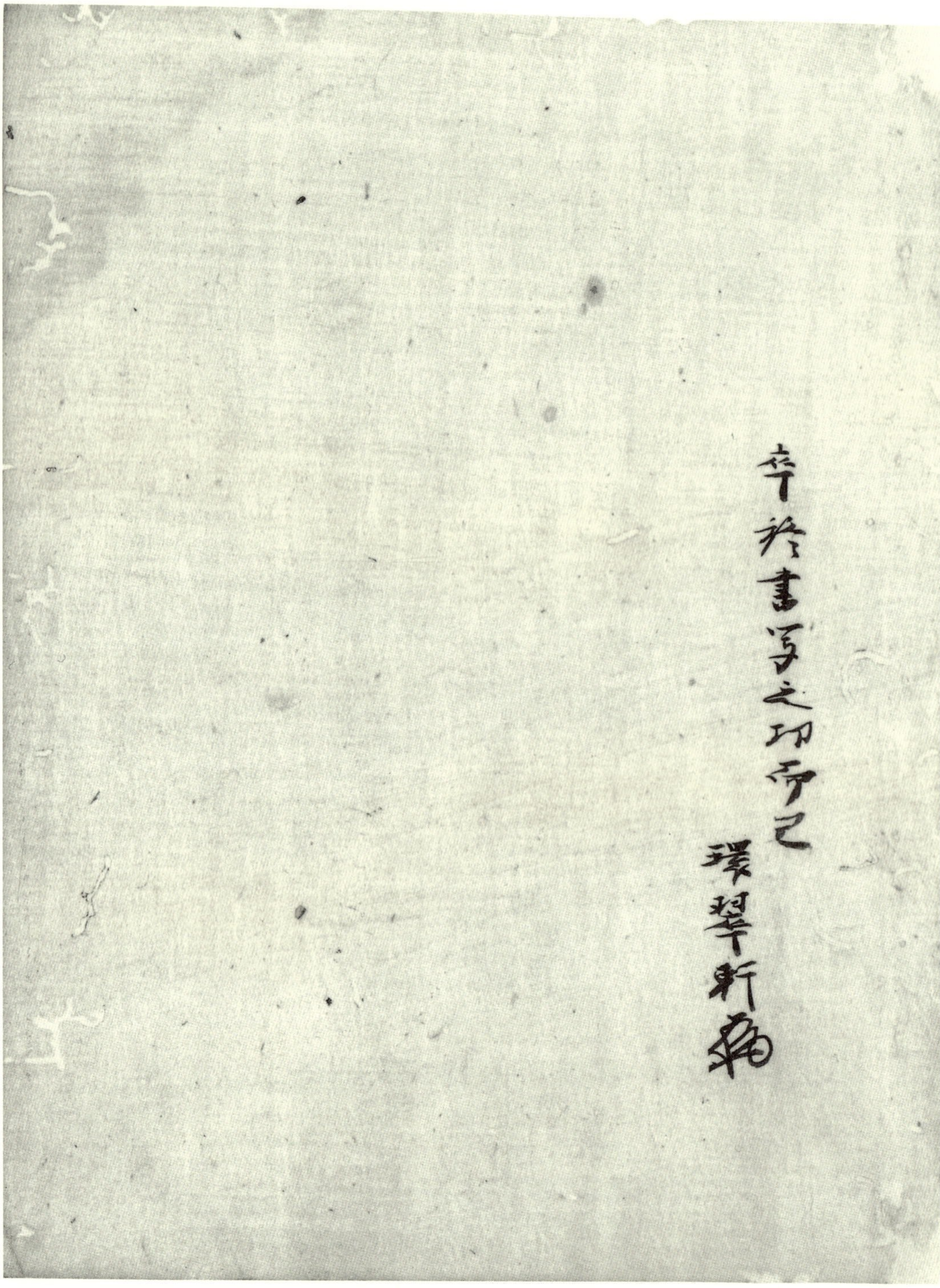
卒終書写之功而已
環翠軒

和歌会席　改裏表紙

翻刻——付『詞源要略』表出語句索引

〔凡例〕

一、漢字・仮名の別、仮名遣い、送り仮名などはすべて底本のままとしたが、漢字の字体、及び変体仮名は、通行の字体に改めた。

二、本文の語句や和歌に朱・墨で施された合点については、朱黒の区別をしなかった。

三、底本には行間に一行～数行のあきがまま見られるが、全て一行あけて、そこにあきがあることを示した。

四、墨消の場合はその位置を■で示した。

五、重ね書きをしている箇所については訂正後の本文に従った。

六、虫損等で判読不能の箇所は□で示した。

七、底本には部分的に朱で濁音を示す声点や読点・傍線などが施されているが、濁音を示す声点以外は翻刻しなかった。

八、底本に誤字等の明らかな間違いがあった場合で、翻刻ミスと見誤まる可能性が大きい場合は、（マヽ）と傍注を施した。

九、半丁分全てが白紙の場合は、（白紙）としてその現態を示した。

〔付記〕

龍谷大学図書館所蔵の舟橋家旧蔵本の研究は、平成四年度の龍谷大学仏教研究所の「共同研究」に採用されて二年間研究したが、平成十四年から三年間、「指定研究」に採用されて引続き研究を重ねることになった。

この度はその成果の一部を善本叢書として刊行することとした。本叢書に影印した清原宣賢自筆本二点の翻刻に当たっては、龍谷大学大学院文学研究科の院生、浜畑圭吾・増田美鈴・勝亦智之・酒主真希の各氏に原稿作成を依頼し、大学院生の忠住佳織と研究員の辻野光昭・安井重雄・大取一馬がその点検と校正に当たった。

また、「『詞源要略』表出語句索引」については、本学大学院生の万波寿子が作成した。

また本書を出版するに当たっては書類作成や貴重書の閲覧に関して龍谷大学仏教文化研究所の橋本巖氏、並びに本学図書館の青木正範氏の格別なご厚情を賜り、思文閣出版の林秀樹氏には本書の影印や編集に関して多大のご協力を賜った。あわせて深甚の謝意を表したい。

編集代表者

詞源要略

◎春　初〵　立〵　行〵　霞〵シク春名也　浅〵緑〵已上八　鴨〵ノ八色春山ノ色八

○霞　朝〵（アサ）—　夕〵—　薄〵—　春〵—　八重〵—必非八重　七〵夕ニ霞ニタツト
ヨメリ　霞ノ衣本文也詩ニモ作　万ニ霞ヰル又霞ナカル、　モスノ草クキハ
霞ナリト俊頼云リ一定ケハナシ〵已上八
落〵—　紫〵—

（1丁オ）

○梅正　此花〵　冬木ノ梅〵　百木（モヽノ）〵—　梅ノ花笠〵　千年ノカサシ〵　八重ノ〵
若木ノホツエ梢也　袖ニコキ入又雨ヨリ雪ノ万ナトヨメリ　含〵メルツホメル也
春雨ニモエシ柳カ梅ノ花共ニヲクレヌ常ノ　カモ万十七梅柳同時ノモノ
已上八　春宮ノ雅院ニテ梅ノ花ミカハ水ニチリテト云リ　不限二禁中一歟
梅ノ花見八〵
北人不知梅埤雅〵

（1丁ウ）

○桜二

\八重ー　\山ー　\家ー　\庭ー　\石モト(シ)ー　\遅(ヲソ)ー　\薄(ウス)ー　\犬ー

\紅ー　\初ー　桜ヲワキテ寝クラトハセヌ源　\本アラノー本ノアラキ也

\桜カリ已上八　カハー　鶯ハ巣クハス源氏　\花ノ木ト云是

惣ノ名也桜ヲモ云ヘシ　\源氏ニ面白キカハ桜ノサキ出タル匂トイヘリ匂ハ

\色ニモアル也以上八　\桜見　葛城ヤタカマノ桜サキニケリ龍田ノ奥ニカヽル白雲新古

白桜

○花二待花三

\初ー　\トコー　\アター　\カホーウツクシキ也　\夕ー　\ヒトー

\花カツミ　花カタミ　\花染(ソメ)　花スリ　花カツラ　花色衣　\花笠

\シメシ色花名　\コタヘヌ花ノチリカタ也　[redacted]　\桜ー　\ウスー　\ーサカリ　\ー見

\ー野已上八　\花ノ香袖

\花カタミ籠

紅雨落花ノ雨也　\人者簪レ花不ニ自羞一花応羞ニ上老人頭一坡詩　\花奴

\春コトニ心ヲシムル花ノ枝ニタカナヲサリノ袖カフレツル新古

(2丁オ)

○柳

\青(アヲヤキ)ーアヲ柳(ヤナキ)トモ　\玉ー　\玉ノヲー　\川ー　\川ソヒー　\五本(イツモト)ー　\シタリー

\春ー　\カキツー　\霜枯ノ冬ノー　\柳ノ眉　\柳ノ糸　\稲莚是ハ水ノ底ニアル枝

稲ノ莚ニ似タル也　\青柳ノ糸ヨリカケテヲルハタヲイツレノ山ノ鶯カ

\キル已上八　\川

\三眠ー浜死中　\染レー煙柳ノ色ヲ緑ニ染ナス煙也　\青糸繰ニ出陶門ー一陶淵明カ門柳

(2丁ウ)

＼折柳曲琴

○桃三 ＼三千年ノ(ミチトセ)──王母桃＼八＼

桃唇花ノ赤ヲ唇ニ似セテ云 ＼消限花桃花名 ＼碧──

（3丁オ）

＼春日サク藤ノ裏葉ノウラトケテ後撰 春日春辺同事也

＼フタラクノ南ノ岸ニ堂タテ、今ソサカヘン北ノ藤浪新古興福寺ノ南エン堂作始ケル時春日エノモトノ明神ノヨミ給

＼緑ナル松ニカ、レル藤ナレトヲノカ比トソ花ハサキケル新古

○藤三 ＼藤ノウラ葉 ＼藤浪 ＼藤ノシケミ ＼時ナラヌ──家持秋也八 ＼ナサケアル

人ニテカメニ花ヲナンサセリ其花ノ中(ナカ)ニアヤシキ藤ノ花アリケリ花ノシナヒ

三尺六寸ハカリナン有ケル伊勢物語

○款冬三 ＼岩根コス清滝川ノハヤケレハ浪ヲリカクル岸ノ山吹新古 ＼名所井手玉川

＼蛙なく神ナヒ川ニ影ミエテ今カサクラン山吹ノ花新古

○躑躅 ＼白── ＼岩── ＼山越テトヲツノ浜ノ岩ツ、シ浦ニヨメリ又吉野ノ滝ノ

上ニモヨメリ已上八 ＼映山紅躑躅

（3丁ウ）

○牡丹 ＼フカミ草限廿日咲花也 ＼一説山橘ト云ハ牡丹也 ＼名トリ草已上八

○菫(スミレ) ＼ツム又只スミレ野 ＼キ、ス鳴イワタノ小野ノツホスミレシメサスハカリ

成ニケルカナ千載

○若菜（正二） ナヘテハ野ニテツム又墻根ナトニモツム
若菜ト云子日本也

○蕨 紫ノチリ　初―　サ―　下―　蕨ヲハ折トヨメリ但源氏早蕨ノ
巻ニツムトイヘリ　時ナラヌ蕨ヲハイハシト云（ロ欤）一説也　采蕨伯夷叔斉

○野辺ノ下モエ（正）　○荻ノ焼原（正）　○野ノ青ム（二）　○スクロノ薄焼野ノ薄也（二）

○雉（二） サヲトル―躍ヨシ　片山―　八峯（ヤミネ）―　八嵩（タケ）ノ―　、荒（朝）野ノ―
無名（ナシキシ）―日本紀　ツマヨフ　アサル―已上八

○哇 カハツト云　カヘルトハ隠題ナトノ外ハヨマス但後撰哥ニヨメリ
哇ハ朝夕ニ鳴トヨメリ　ツマコフト云　弘徽殿女御哥合ニ赤染朝ニ
鳴ヨシヨメリ義忠難云哇ハ夕ニ始テナク物也不可然万葉
朝夕ニ鳴ト云リ　モロ声

○喚子鳥 シト、ニヌレテト云　人待ツヨヒノナトヨメリ　鳴トモ只ヨフトモ云
已上八　古哥ニネ覚ノ恋ハヨフコ鳥　夜フカキ声

○雲雀 春野ニアカル　ネリ―已上八

○蝶 春サマ〲ノ花サクヨリ秋花サクマテノ物也　胡―只蝶トモ　胡蝶ニニタリハ非蝶來トイフニ似也

○鶯 初（ハツ）―万　山吹ノシケミ問クル　雲井ニワヒテ鳴声後撰

（4丁オ）

（4丁ウ）

〱鳴テ渡ル　〱鳴テウツロフ源　〱松ニモ巣クフ作レル鶯ノ事ナレトモ同事也　源
尋常ニハ梅ニ巣クフ物也桜ニハヤトラス　〱巣タチシ松源○ナヘテハ竹也鶯ノ巣は
〱鶯ノ鳴チラス春ノ花万十七　〱ヤツカサニ鳴ヤツカサハ山谷コエテト云也
〱シハ鳴万シハ〱鳴也　〱ツマヲモトム万八已上　〱春山ノ霧ニマトヘル鶯詩ニモ作八
〱青柳ノ枝クヒモチテサヽノ上ニ尾ハウチフレテト云　〱ネクラハ梅竹也桜ヲ
ワキテネクラトハセス在源氏　八
〱鶯雨鶯ノ啼時フル雨也　〱鶯琴鶯ノ啼カ琴ヲ引ラ如也　〱踏花君鶯

〱梅ノ花チルテフナヘニ春雨ノフリテツヽ鳴鶯ノ声後撰注声フリ立テヽ鳴ト云也
〱タケチカク夜床ネハセシ鶯ノ鳴声キケハアサヰセラレス後撰注

○遊糸　〱アソフ糸　〱糸ユフ　〱野ヘノ馬晴天ノモノ也　非二有情一非二非情一歟八〱
○鳥ノ巣春也水鳥巣ハ夏也鶴巣ハ雑　○皈二雁　○白尾鷹　○若鮎
○綱尾鷹　○遊糸
○氷ノ間（ヒマ）　○氷消正　○残雪　○雪消　○氷様（ヒノタメシ）正月朔
○年越　○親月　○改年（アラタマ）ノ年　○星ヲ唱ル正月朔　○白馬（アヲウマ）正月七日
○御薪（ミカマキ）正月十六　○踏歌（アラレハシリ）　○衣更衣（キサラキ）　○弥生　○巳二日祓　○県召三
○寒（サヘ）二カヘル　○東風春三月　○耕二三　○須磨御祓　○春日祭二　○南祭〱石清水
○野辺ノ下モエ正　○緑立若緑　○松花

（5丁オ）」

〵陽春白雪郢客歌和者数十人｜｜｜｜　〵梨雪梨花ノ白ヲ云　〵竹之秋二月　〵紅梨三躰

（5丁ウ）」〵ツク〳〵ト春ノナカメノサヒシキハ忍ニツタフ軒ノ玉水新古

〵霜マヨフ空ニシホレシ雁金ノ皈ル翼ニ春雨ソフル新古

〵聞人ソ涙ハヲツル皈ルカリ鳴テ行ナル明ホノヽソラ新古

初春ノハツ[redacted]ネノ今日ノ玉ハヽキ手ニトルカラニユラク玉ノヲ万

（6丁オ）」（白紙）

（6丁ウ）」（白紙）

（7丁オ）」（白紙）

（7丁ウ）」◎夏　〵カハソヒク夏名　〵夏霧万八　〵カケロフ俊抄

○橘　花〵｜　〵百枝（モヽエ）サシソフ　香ホソキ　〵橘ノ林ヲカヘント云是郭公ノ

タメ也　橘ハミサヘ花サヘ其葉サヘ天平八年左大弁葛城王ニ給二橘姓一之時御製

○卯花四木也　〵郭公鳴峯ノ卯花万　〵卯花山　〵ウツキ　〵フヽミタルト云ハ

未開也万　〵匂フ後撰　〵卯花月夜卯花ノ白カ似月

〵卯花クタシ四五月ノ比ノ雨已上八

卯花ノ垣ネナラネト時鳥月ノカツラノ影ニ鳴也新古

（8丁オ）」○杜若四　〵池ニヨメリ　〵カキツハタトテ墻ニモヨセテヨメリ其モ

不離歟已上八

○葵[四] 〵モロカツラ 〵モロハ草 〵フタ葉 〵アフヒ花サク〵万已上八

○百合[五] 〵サ― 〵ヒメ― 〵草フカ― 〵ユリ花サユリ花トモ サユリノ花トモ 〵已上八 〵山―

○夕顔 〵タソカレニ光ソヘタルハカリナル八〵

（8丁ウ）

○瞿麦[五] 〵チリヲタニスエシト思フサキシヨリイモト我ヌルトコナツノ花古 撫子ハ染殿后 少名也御改常夏

〵コスノトコナツ住吉ノコス也コスハ浜 也 万 トコナツハ四時ノ花トカケリ 夏秋ハ哥ニヨム春冬ハ 未タヨマス 〵後撰ニナテシコノ花チリカタトイヘリチルニアラス シホメルナリ〵已上八

太和―足曳ノ山トナテシコ新古 〵白露ノ玉モテユヘルマセノ内ニ光

サヘソフ常夏ノ花新古

○水鶏 〵源氏ニ水鶏ノウチナキタルト云

○郭公[四五] 〵山― 〵時ノ鳥 〵シテノタヲサ 〵ウナヒコ童ニナル 故也 〵妻(ツマ)コヒ 〵妻ヨフ

〵モト名鳴我名ヲ 呼心也万 〵古恋フル鳥万 〵橘ハヤトリ也

〵サ月ノ玉ニヌクマテトイヘリ万 郭公ヲクスタマニ 具セントイヘルナリ 〵万ニ鶯ノ卵(カイコ)ノ中ニ

一アリトミエタリ父ハ郭公也母ハ鶯也 〵ウツシマコマコハ真 子也 〵卯月ニ

タテハ夜コモリニ鳴五月(サツキ)待マハ忍ヒ音(ネ) 〵イサリナク 〵夜鳴ヲ

シツ、 〵アミ鳥ト云ハ郭公ヲ綱ニテトリテ明年ノ夏鳴カセント云也

（9丁オ）

初音（ハツネ）〵　忍音（シノヒネ）〵以上八　ヲチカヘリ〵万ニハ百千返トカ ケリ花　郭公〵楉ノ枝ニナヘ

テヌルト云リ八　朝霧ノ八重山コエテト云〵　小倉山ニヨム〵　音羽山〵　石上〵　トキハ山〵

青糸繰出陶門　西川有杜鵑東川無杜鵑〵　古ヘ恋ル鳥ﾅ〵　明石　シノタノ森

昔思フ草ノ庵ノ夜ノ雨ニ涙ナソヘソ山郭公〵新古

聞テシモ猶ソネラレヌ郭公待シ夜コロノ心習ヒニ〵新古

雨ソヽク花橘ニ風スキテ山郭公雲ニ鳴ナリ〵新古

郭公二村山ヲ尋ミン入アヤノ声ヤ今日ハマサルト〵俊頼

夜ヤクラキ道ヤマトヘル郭公我宿ヲシモ過カテニ鳴〵古

思ヒ出ルトキハノ山ノ郭公唐紅ニフリテヽソ鳴〵古今　紅ニフリイテヽト云事ノアレハソレニソヘタリ

鳴声ヲエヤハ忍ハヌ郭公ハツ卯ノ花ノ陰ニカクレテ新古

時鳥声マツホトハ片岡ノ森ノシツクニ立ヤヌレマシ新古

時鳥[redacted]一聲鳴テイヌル夜ハイカテカ人ノイヲヤスクヌル新古

キカストモ此ヲセニセン時鳥山田ノ原ノ杉ノ村立　新古　瀬トハセハシト云事也所モセハキホト鳴ニセントナリ

○螢四　夏虫トモ〵　秋風吹トカリニ告コセトイヘリ〵已上八

名所葦屋ノ里〵

○蟬五六　ウツセミ〵カラヲ云但昔ヨリ鳴ト云 只蟬ノ惣名也　夏蟬〵日クラシ同物也秋近成テ鳴ハヒクラシ也　夕影ニ〵以上八

来鳴（キナク）日クラシ万　カコトカマシキ虫ノ声カナ〵源氏是日クラシ也只虫ノ音トモ云リ

蟬ノ羽衣（ハ）〵有本文　名所ケシキノモリ〵

蟬〵ノ林

○若葉四○藤茂四○樗五○若竹五○早苗五○松ノ深ミトリ五○撫子六
○シケル五○菖蒲（マヽ）五○玉マク葛四
○毛ヲカフル鷹二○トヤノ鷹三　○鶯郭公ニムスヒ入　○鮎アユコサハシル メツラシトヨム　松浦ノ鮎ハ
○蚊遣火　○涼六○小雨（コサメ）五月ニ限○夕立六○アツキ日六○秋近キ六○秋ヲ隣六
○コヌ秋六○五月雨五○梅雨五　不好之詞
○清水ムスフ五六○明ヤスキ夜四　○短夜三月ニ渉○泉六○神祭三四○平野祭
○賀茂祭四　○更衣四月朔

（10丁オ）

早苗〵　六帖ニ五月雨ニ苗引ウフル田子ヨリモナト云リ其外ウフルト云タソ

朝涼〵　夏ソ引

盛夏取レ雪〵　唐高宗盛夏思レ雪崇厳取レ雪以進之在二陰山一取之　六月霜〵　涼台〵　泉台〵

（10丁ウ）

鵜飼舟タカセサシコス程ナレヤムスホヽレ行カヽリ火ノカケ　新古
鵜飼舟アハレトソミルモノヽフノヤソ宇治川ノ夕ヤミノソラ　新古
大井川カヽリサシ行鵜飼舟イクセニ夏ノ夜ヲアカスラン　新古
久方ノ中ナル川ノ鵜飼舟イカニ契テヤミヲ待ラン　新古
　月ヲ久方トモ云サレハ月トイハネトモ中ナル川トカツラノ事ヲヨメリ
又ヤミヲマツトハ鵜ヲハ月ニハツカハヌ故也

（白紙）（11丁オ）

（白紙）（11丁ウ）

（白紙）（12丁オ）

○○○秋　初〱　行〱　サケキノ俊頼〱已上八（12丁ウ）

一〱葉落而天下知レ秋ヲ准南子

時〱ナラヌ藤家持秋也

○桐　桐ノ葉　桐〱ノ落葉已上八

○女郎花[七]　女〱ニ寄テヨム　フ〱サタヲル　ウ〱ツロフ　香〱アルモノニヨメリ（13丁オ）

神〱ナヒノ浅小竹原（アササヽ）ノヲミナメシ（少妻思）　野〱山又沢ニ生ルトイヘリ已上八

○荻　下〱―　荻〱原　村〱―　イ〱ト―　一〱村―　一〱モト已上八　〱荻ノ初風七月

○萩　秋〱―　イ〱ト―　村〱―　小〱―　白（シラ）〱―　初（ハツ）〱―　真（マ）〱―　ワ〱サ―匂トイヘリ

モ〱トアラ下ノアラキ也　鹿〱鳴（ナク）草鹿ノツマハ萩也　花〱ヤヲ鹿ノ妻

ナラン　住〱吉ノ岸ノ―　人〱家山野水辺等詠之已上八　萩〱カ花スリ八

○忍草[八]　太和物語ニハ忍忘草同物也ト云リ但ワラ〱〱トアルハ忘也業平カ（13丁ウ）

コハ忍フ也トイヘルモ又別ノ物トモ心得ツヘシ忍ハホソ長クテ星ノ

ヤウナル也　古哥云戀シキヲイハテフルヤノ忍草シケサマサレハ
今ソホニイツル　但ホニ出事如何ワラ〳〵トアル物ハホニイツ今一ハホニ
出ヘキニアラス猶可決已上八
○忘草八　忘草普通ニハ軒ニアリ住吉ノ岸ニ生ハ諠（クワン）草清輔抄ニ住吉ノ
忘草モ忘草ニアラストイヘリ如何　或説葦也茹萱ト云非正説已上八
○紅葉九　＼初―　＼下―　＼薄（ウス）―　＼石カキ―　＼万ニ匂フ紅葉トイヘリ
タテモナクヌキモ定メス乙女子カヲレル紅葉ニ霜ナフラシソ万
霜ノタテ露ノヌキコソ古　＼松ハ下紅葉スルトイヘリ已上八
＼紅葉媒紅葉ニ題レ詩水ニ流シテ是ヲ媒トシテ宮女ニ

(14丁オ)

○菊九月ニ限　＼白（シラ）―　＼八重―　＼村―　＼ソカ―　＼一モト―拾
残菊ハ十月　＼スヘラキノ万代マテニマサリ草タマヒシタネヲウヘシ菊也寛平菊合右哥
＼マサリ草ト云似星ト読也黄菊也　＼大沢池　＼広沢池
菊名所　水無瀬　大沢ノ池　紫野　大井ノトナセ　田蓑ノ嶋　サホ河　フケ井　吹上　逢坂ノ関　伊勢ノアシロノ浜
＼ソカ菊　一説承和黄菊也俊成ハソカヒナト云様也更非二承和菊■一云
両説也末生難定之仙菊ナレハ酌二下流一千年ヲフルモノ也打ハラフニモ
千代ハヘヌヘシト読モ触レ身ハ得二上壽一心也チル事ナシ旁祝心也＼已上八

(14丁ウ)

○薄九チル　＼オ花　＼花―　＼糸―　＼村―一村　一モト　＼糸薄ハ俊頼難之

シ＼ノ、ヲ薄　サ＼キノヲ―（開之）　ス＼クロノ―（黒）春焼タル也ス、ロノ薄同事也　シ＼ノ―
只薄ノ名也　ホニ出（イデ）ヌト云正説也シノ薄ホニ出ツトイヘル哥多但ホニイテヌカホニイヘルヲ云同事也源氏ニモ秋ノ末ニホニイツト云リ又源氏ニホニイテヌ
物思フラシシノ薄
後＼撰ニス、キヲ実（ミ）ナラヌト云リ　同＼集　花ス、キソヨトモスレハト云リ
源＼氏ニ尾花ノ物ヨリコトニ手ヲ指出テマネクト云リ大方招クトハ穂ニ
出テマネク袖ニ似タル也已上八＼
○槿　朝＼ニサク花也　万＼十アサカホハ朝露ヲキテ咲云リ　夕＼カケニコソ
サキマサリケレト云　夕ニモ有ヘキカクモリタル日ナトハ夕マテモ有ヘキカ　露＼ヨリケナル槿ノ花新古
○虫（七）（虫ヨハル九月）　松＼―　鈴＼―　ク＼ツワ―　ミ＼ノ―　ヒ＼トリ―　玉＼―　夏＼虫　モ＼ニスム―我カラ也
夏＼虫ハ惣名也火ニ入ヲモ云後撰ニ夏虫音ヨリ外ニナトモ云リ又螢ヲ夏
虫ト云常ノ事也　松＼虫ノ初コエトヨメリ已上八＼
○鹿（秋三月ニ渉）　ヲ＼―　サ＼ヲ―　秋＼―清抄　キ＼（来立）タチ鳴万　キ＼ナク　コ＼ヨヒハナカスイネニ
ケラシナ万　カ＼（肩）タヌク（抜歟）―鹿ノ肩ノ骨ヲ取テ夷（エビス）カフラヲスル也又占トモ云　秋＼萩ヲ
鹿ノツマト云也サテ花ノツマトハ云　ス＼カル異名蜂ヲモイヘトモ以レ鹿為正説　カ＼セキ
山＼下（シタ）トヨミ但此トヨミノ言哥合ニ被レ笑事也　白＼（シロ）―日本武尊信濃山ニテヒルヲナケカケ給フ鹿也　已上八
白＼鹿王勃与兄渉隠廬山養一白―明皇獲――已上八　指＼レ―為レ馬超高　鹿ノシカラミトハ
萩ノ中ニ入ホトニムスホ、レタル也八　小＼倉山

（15丁オ）

（15丁ウ）

○雁[八] 〵ツマヨフ万　〵フルツカヒ　〵朝ニハ海辺ニアサル夕サレハ山辺ヲ越ユルカリト
ヨメル　〵アサ鳴テ行キシカリカネ万　〵来鳴初―万　〵ハツ田カリカネ
〵其ハツカリノ使万初五字ニ九月トアリ九月ニモ初雁ト云ヘシ　〵凡雁ノ使ハ蘇武カ事ヨリ起
〵又ウス墨ニカク玉章ニ似ルハ雁ノ飛タル也　〵カリカネハ雁ノ音
也只雁ヲ云ニアラス　〵又天稚彦射殺サレタルヲリ諸ノ鳥ヲ使トス雁ニ
不レ限使也已上八

吹マヨフ雲井ニワタル初雁ノツハサニナラス四方ノ秋風新古

○燕 〵ツハメ　〵ツハクラメ　〵ナラヒヰタル事ニヨム二リノ妻モタサルヨシ有古哥
本文也祝言物也〵已上八

○露[八七] 〵朝―　〵夕―　〵ウハ―　〵シタ―　〵白(シラ)―　〵葉ノホル地ヨリアカル也　〵後撰ニ野
ヘノ秋萩ミカク月夜トヨメル露ノ心也　〵露ノカコトカコツト云心也　〵露ケキ
〵シケキ也　〵シケ玉トモ　〵露霜フリナツム万哥
〵露台[六]

（16丁オ）」

○霧[七] 〵朝―　〵夕―　〵薄―　〵秋―　〵アマ―　〵川―　〵アマツ―　〵ヨ(夜)ル―万
〵天ノサキリ日本紀　〵万ニタナヒクトヨメリ　〵ナケキノ―霧ハ病者也　〵夏―万

（16丁ウ）」

〵秋霧ニヌルトハ秋霧ニヌレニシ衣ホサスシテ〵古哥已上八

（17丁オ）

○擣衣　玉＼ノ声　シ＼テウツシケクウツ也砧八月十五夜ニ初テウツ也

○一葉チル七　○一葉衣七　○柳チル七　○ワサ田カル七　○桜ノ紅葉八　○野山ノ色付　○藤袴八

○尾花八　○モスノ草クキ植物也　○木葉カツチル九　○ヲシネモル九　○楸　○ウラ枯

○枯野露　○蔦　○芭蕉七　○穂屋作　○萱　○草枯ニ花残　○紅葉橋

○鴿吹　○色鳥　○日晩　○初鳥狩　○鳥屋出（トヤデ）　○千鳥雁ニ結入

○鶉　○鴫　○小鷹狩　○初嵐　○星月夜　○稲妻　○野分是秋一度吹

■大風也　○夜寒八九　○冷（スサマシ）八九　○身ニシム八九　○冬迎九 冬ヲ隣　○漸（ヤヽ）寒　○鶉衣非動物

○ハタ寒キ寒膚　○北祭　○放生　○相撲　○京官（ツカサメシ）　○初塩　○秋時雨九

竹＼之春八月

夕＼影ニ来鳴（キナク）ク日クラシ万カ＼コトカマシキ虫ノ声カナ源是日クラシナリ只虫ノ音トモ云リ

（17丁ウ）

○月　久方トツヽクルハ一切天ノ物ヲツヽクル習也　天（アマ）＼テル―　マ＼ス鏡　シ＼ラマ弓万シラマ弓張テカケタルト云リ

月＼人男　桂＼男　サ＼ヽラ男（佐良）　月＼ヨミ男只月ヨミトモ　此等皆月ノ名也

月＼弓　桂＼ノ花　ユ＼ミハリノ―　橘＼ノ玉ヌク―　ヰ＼マチ万ニヰマチ月ト云又ヰマチノトモ

ネ＼マチ　フ＼シマチ廿日月也見源氏若紫下　入＼キワノ月源氏　月＼ノカホ

霜雲入（シモクモリ）　ユ＼フツクヨ（夕月）　ミ＼カ―　モ＼チ―　カ＼タワレ―　在＼明ノ―　ア＼カネサス　ヨ＼ワタル―

ユ＼フツクヨ　暁＼ノヤミト云ハ月ノ比ハ暁ヤミ　イ＼サヨフ月イサヨヒノ月ニアラサル歟　万十七山ノ端

ニイサヨフ月ヲイテンカト待ツヽヲルニ夜ソフケニケル是非二十六日月ノ也　シ＼ノヽメノ―已上八　月＼ノ都都ニ寄テモヨム又月ヲモ

ヨム両説也　〵窓コシニ月ハ照シテ万　〵秋ノ月シノニ宿カル新古
〵金波月　〵月梯　〵月華

〵久方ノ月ノ桂モ秋ハナヲ紅葉スレハヤテリマサルラン古今
ノ桂ハ秋サクヘキニ此哥ノ心ニテハ春花サクトオホヘタリ
〵春霞タナヒキケリ久方ノ月ノ桂モ花ヤ花サクラン河海桂花秋白ト云心ニテハ月

〇七夕　〵イ(射)向(居)スエテ一トセニ二タヒアハヌ妻コヒニ物思ヘトハト云リ　〵天川ニ其夜（18丁オ）」
二ノ鵲(カサヽキ)来テ橋トナル也又玉橋タナ橋打橋　〵サホ舟　クホ舟　〵妻(ツマ)迎ヘ舟
アサセフムマ　天ノ川原遠キ渡ニアラス袖フラハミモカヨハシツヘク近キ
ナトヨメリ■　〵ハヤキ河ノワタル瀬フカキナトヨメリ　〵此川ニハ河瀬八十アリ
〵ヌサトリツルナトヨメリ二ノ岸■ヲ手向也安ノ川原瀬コトニ麻(ヌサ)　〵万八ニ朝ナキ夕
シホトヨメリ　〵紅葉ノ橋マコトニ(有ニ)・アラス譬ハアラマシニ云也、　〵星合ハ月入テ後ト
云リ但万十七ノ家持哥ニ七夕ノ舟(フナ)ノリ。マス(スヽシ)鏡キヨキ月夜〇(雲)立ワタル
月ハイラス只雲ノカヽリタリトイヘリ如何
〵万十七夕ノイホ(五百)ハタタテヽヲル布ノ秋サリ衣タレカ取ミン　〵又ヲリ
キタル白妙衣テタマモユラニヲルハタナトヨメルハ神代ニ七夕ニ和妙(ニキタヘ)ト
云衣ヲヲレル也見二古語拾遺一　〵ミナシ川若夕、ノ■打彼川ニ水ナキ歟
タナハタノ妻待トモヒコ星ノ妻マツトモ云　〵ソテツク夜(ヨル)ノ暁トイヘルハ
二星ノアフハシ也袖続トカケリ　〵七夕名　〵トモシツマ一説月入会但非灯歟
〵トヲツマ　〵玉ユカ　〵年ノ恋　〵ツマトフ舟ノ引ツナ

(18丁ウ) 天〵川水陰草ノ秋風ニナヒクヲミレハ時ハキツラシ 袖中
サ〵ヒシサハ深山ノ秋ノ朝クモリ霧ニシホル、真木ノ下露 新古
立〵田姫タムクル神ノアレハコソ秋ノ木ノ葉ノヌサトチルラメ　古

(19丁オ)（白紙）

(19丁ウ)（白紙）

(20丁オ)（白紙）

(20丁ウ) ○冬　三〵冬(ミフユ) 三冬盡キ春ハキタレト梅ノ花 トヨメリ万　凝露(コル) 冬名也 已〵上 八
○千(ト)鳥　サヨ〵｜　トモ〵｜　村〵｜　川〵｜　浦〵｜　浜〵｜　夕〵｜　夕波〵｜
友ナシ〵｜　礒〵｜　川〵辺ニモ雪ハフレトモ宮中ニ千鳥鳴ラシキン
所ナミ 天平五 正於内裏 聞千鳥哥 禁中ニモ可詠 已〵上 八　名〵所　吹上浜　鳴海
○鴎　カ〵モメヌル　藤〵エノ浦
(21丁オ) ○鴨　ア〵シ｜　ス〵、｜　ミ〵｜　ヲ〵鴨ノ羽カヒ ハネカヒ也　鴨〵ノハ色 春〵山ノ色也
水〵鳥ノ鴨ノネイロノ春山ト云　友〵ネセヌ鴨ノウハ毛ノ 舟ノ鴨ニ似也

○鴛　鴛〵ノ毛衣定　ヒトリネ〵　池ニスム〵夫妻憑祝物也　ウキネ〵已上八

○時雨十　涙時雨

○雪十二　ミ〵—　初〵—　ア〵(沫)ハ春雪也但万ニハ十二月ニアハ雪フルトイヘリ何モ不可違　白〵(シラ)—
友待〵—　ハ〵タレ—薄也　シ〵ツリ木雪ノ落也　雪〵ケマコトノ雪ケトモ云又只雪ノフルヲモ云万雪
消トカケリ　万〵十七ニ光(ヒカリ)トイヘリ万ヒカルトモ　雪〵ノクタケ万三　ホ〵トロ〱フル
打〵キラシ(霧)　イ〵ホヘフル五百重　ツ〵キテ継也　カ〵ヽレル—後撰ニ首入　フ〵ヽキ雪ヲ吹也　已〵上八
孫〵康映—　越〵犬吠レ—蜀犬吠日—レ—
紫〵ノ雪万云アカネサス紫ノ雪シメノ雪野モリハ見スヤ君ノ袖フル　ヒワタ
ノ上ニ薄クフリタル雪ト云一義ニハ仙宮ノ雪也万葉ニハ紫野逝ト書リ紫野ヘ
ユキシメ野ヘユク
雪〵ノ玉水新古　雪〵ケニクモル新古　風〵マセニ雪ハフリツヽ新古

○霰十二　万〵十一ハ是ヲミソレトモ云リ　タ〵マキル似レ玉也　タ〵ハシルトハシルトイヘリ已上八

○凍冬ニ渉二月ニ　ウ〵スラヒ薄キ氷也　氷〵ノクサヒ凍トチタル也　冬〵—　霜〵—　薄〵—　滝ヲモ猶
コホルトヨム海ハコホラヌ物也已上八

○霜　初〵—　朝〵—　夕〵—　ハ〵タレ薄垂　ユ〵フコリ夕凝　万〵ニ霜雪モ未タ

（21丁ウ）

（22丁オ）

スキヌニ梅ノ花ミツト云リ是ハ春霜也　後＼撰ニ霜ヲカヌ春ヨリ後
ト云リ　／霜コホリ＼以上八

(22丁ウ)

〇紅葉チル十　〇草カル、十　〇残菊十　〇朽葉十一　〇冬梅十二　〇年ノ木切十二　〇水鳥　〇枯野冬三月ニ渉

〇木枯十　〇時雨涙時雨　〇凝露十　〇霜寒　〇月ノ氷十　〇冬カマヘスル十　〇神楽十一

〇北祭賀茂臨時祭　〇コタフル鐘　〇年暮十二　〇春近　〇春ノ隣十二　〇庭火　〇豊明十一　〇小忌衣祇神

〇日蔭糸祇神　〇年内立春

消＼カヘル岩間ニマヨフ水ノ泡ノシハシ宿カル薄氷カナ新古

(23丁オ)

（白紙）

(23丁ウ)

（白紙）

(24丁オ)

（白紙）

(24丁ウ)

（白紙）

(25丁オ)

(25丁ウ)

△天象

〇天　久＼方（ク）久ト云也　天＼ツ空　天＼ノ原　ミ＼ソラ　空（ソラ）＼ノ海　大（ヲホ）＼空　／翠＼ノソラ　天＼ノ浮橋

天（アマ）＼ノ岩クラ　ア＼マツヒコ　／岩＼戸ノ関　天（アマ）ノ八チマタ＼空也　已上八

〇日　アサ＼彦異名　ア＼カネサス　ア＼アマツ舟　ワ＼タル春日万度トカケリ　朝＼日影　／ニ＼ホヘル山

ア＼サツクヒ　夕＼ツクヒ　朝＼日　夕＼日　春＼日　已上八

(26丁オ)

○星

〳星〵 星ノ林(ハヤシ)〵 ―ノヤトリ アマツ〵― 已上八〵

○風

神〵―伊勢ノ国 春〵― 秋〵― 初(ハツ)〵― 夜〵― 天ツ〵― 夕〵― 松〵―

朝〵― 野〵― 浦〵― 浜〵― 川〵― 浪〵― 嶋〵― 谷〵―

〳塩〵― 追〵― 上(ウハ)〵― 下(シタ)〵― 横(ヨコ)〵― 羽(ハ)〵― 葉〵―清輔抄 南〵―雲消ト云

天(アマ)〵― 科斗(シナト)〵― アリソ〵― 時ツ〵― 〳潮〵― 〳湊(ミナト)〵― 家(イヘ)〵(カセ)― 北〵―

冬〵― コチ〵朝コチ只コチトモ云リ アナシ〵―乾 ヒカタ〵―坤ノ風也 オキツ〵― 〳ハヤチ〵海神吹スル風也

アユ〵―東ノ風 イカホ〵 コカラシ〵秋冬 山ヲロシ〵 〳河オロシ(万)サ夜フケテトヨメリ 〳山コシ

〳浦コシ〵 野分(ワキ)〵 シノヽヲ〵 葛(クズ)ノウラ〵― シマナヒク〵 板間〵 アスカ〵―

ハッセ〵― サヲ〵―已上三八名所也万ヨメリ 山ヲロシフク〵風トモイハテ 風祭〵秋ナトニ風ナ吹カセソト申也 万葉ニ

浪ヲロシトカセマモリトヨメル是舟ノ事也 木枯ハ秋冬風木枯也但木

枯ノ秋ノ初風トヨメリ 已上八〵 琴有㆓風入松曲㆒

（26丁ウ）

○嵐

朝(アサ)〵― 夕〵― 山〵― 川〵― 野河ナトニモ嵐ハ読トモ山ヨリ吹心也

寂蓮カ住吉ノ浦ノ松ニ嵐ヲヨメルヲハ俊成是ヲ難スムヘ山風ヲ本ニ

引リマコトニイハレアリ 賀茂社哥海ニ嵐ノ西吹トイヘル 海嵐ノ例也

已上八〵

○雨

春サメ〵 コサメ〵 村〵― ナカメ〵 シハクリ〵 夕立〵 〳ヒチカサ〵―サトフルニ臂ヲ笠トスル也

横〵―源氏曰野分時也 五月雨〵 卯花クタシ〵四五月 春サレハ卯花クタシトヨメリ 〳身ヲシル〵― 時雨

（27丁オ）

夕—　村—　初—　カキキラシトヨメリ　古哥ニオツル時雨トヨメリ
夕ツミトハ雨ノフリタルカリ（マヽ）ノ水也庭夕ツミナト云　頼政カヨコ時雨トヨミテ
俊成ニ被レ難　光忠カ秋サメトイヘル類（タクイ）ハオカシキ事也　シツクシミ雨名也　已上八

○雲

白（シラ）　八重—　八（ヤクモ）—イツモ　村クモ　薄—　浮—　カサ—　天（アマ）—清輔抄
アタ—　横—暁山ニ立　アサ—　トヨハタ　アヲ　ニヌ—冬山ニアリ　アマ引—　天（アマ）ノ白（シラ）—
雨ハレノ—　紫ノ—　サワタル—　アサタツ　夕ヰル　朝ヰル　雪ケノ—　イサヨフ—
横キル—　雲ノナミ　ミ空行ク雲モ使（ツカイ）ト人ハイヘトモヨメリ白雲ノイホヘ五百重也
ハタ—大ナル旗ニ似テ赤キ夕ノ雲也　雲ノ旗手同　天（トマ）トフ—　八雲タツ出雲ノ浦
已上八

（27丁ウ）

○煙

夕—　焼（ヤク）—　塩—　ムナシ—　下タク—　モユル—　クユル　アサ清輔抄
アサケノ—　モシホ—　夕クモ—　ホノユケル煙也
イタツラニ煙立所　朝間　富士　室ノ八嶋野水也　已上八
青煙

（28丁オ）

△時節

○年

イヤ年ノハ　年キハル　イヤ年サカル　アラ玉ノ年ナミ　年ノヲ　已上八

○暁

シノヽメ　山カツラ暁天雲　暁ヲハ万ニアカ時トモ云リ　玉クシケ暁名也
暁コメテ夜中心也万　イナノメ稲目トカケリ在六帖　稲姫同事也万十ニイナヒメアケ行ト云リ是暁也　已上八

○朝

タマヒコ或ハ玉ヒメ　アサナケ朝飯ヲモ云　朝アケ　晨(ツト)万　アサマタキ　アサヒラキ朝也

アケタツ是モ朝也　朝(アサ)サム　朝日　朝霞　朝雲　朝霧　朝露

朝嵐　朝霜　朝氷　朝水　朝川　朝塩　朝カリ　朝戸

朝菜　朝シメリ　朝ケタキ　朝影　朝スヽミ　朝タチ　朝政　朝キヨメ

朝モヨヒ　已上八

(28丁ウ)

○夕

夕ヤミ　ーケ　墨ソメ暗キ心也　夕マクレ　雲ノ旗手夕日ノ雲也　トヨハタ雲

夕日ノ雲　夕ソカレ物ヲ問躰ニヨムヘシ　ーサレ　ー暮　ウラヒメ夕也　万八ニネテ

ノ夕トモヨメリ　ムハタマノートモヨメリ　ー日　ー霞　ー霧　ー雲

ー露　ー霜　夕風　ー嵐　ーツクヨ　ーツクヒ　ー星　ーツヽ

ー煙　ースヽミ　ー時雨　ーナキ　ー塩　ー浪　ー川　ー夕江蔭

ーカリ　ーハヘ　ー凝　ートヽロキ　ー山　ー草　已上八

[redacted]

○夜

ムハタマ　ヌバタマトモ云リ万ニハ両説也　サヨ　一ヨ　百(モヽ)ー　千(チ)ー　雪モヨ　アメー　アマー

月ー　霜ー　短(ミシカ)ー　ナカ〳〵シキー　サヨ中小夜中也　万十二

下夜　シタヨノ恋トヨメリ也夜中　ー比　ー数(カス)源氏詞也　ヨヒカリヤウ〳〵フクル心也

夜クタヾチ同源　イサヨヒ　ー風　ー川　ー船　ー田　ー遊

ー音　ー妻(ツマ)　ーヰ　ー人　ーサキ　ーカレ　ー床　ータチ

ー越　ータヾヽ　アタラー　注別ニ記之　已上八

(29丁オ)

○時　＼ツカノマ　＼シヽ四時トカケリ四季　＼タトキ＼已上八

△地儀

○地　＼嶋ノ子＼八

○山　＼足曳　＼タカサコ又在二名所一　＼山ノカヒ間也　＼岡―　＼ヒラ―　＼村―　＼中―
＼四方―　＼岩―　＼嶋―　＼御―熊野　＼小―　＼杣―　＼松―　＼野―
＼奥―　＼シケ―　＼八重―　＼モヽヘ―　＼我―ヒラノ山モ　＼片―　＼遠―
＼万足曳ノ嵐吹ヨトモ云リ　＼山ノ尾上（ヲノヘ）　＼山ノスソ野　＼山ノトカケ常影ト書又跡

（29丁ウ）

陰ト書山ノカケ也　＼山カタヅキテ山ノカタソハ也　＼薪トル山ヲハフミミル山ト云一説也
日本紀山ヲハムレト云リ　＼山ノタウケヲハコヤノフル道ト云一説未弁之　＼岩タヽミ
磐畳トカク　＼岩根フミ石根踏　＼イハカネ石金ト云　＼ハシ鷹ノトカヘル山ハキハメ
テ深キ山也　＼山河　＼―井　＼―岸　＼―水　＼―道　＼―畑
＼―田　＼―里　＼―寺　＼山嵐　＼―嵐　＼―オロシ　＼山コシ　＼山下露
＼―下風　＼―桜　＼―柿　＼―梨　＼―アヰ　＼山橘　＼山ユリ　＼―鳥
＼―郭公　＼―姫　＼―人　＼―伏　＼山鳥　＼山スケ　＼―カツ　＼―モリ守
＼―キハ　＼―モト　＼―口　＼―陰　＼―形　＼―廻（メクリ）　＼―カツラ　＼―スミ
＼―コモリ　＼山カヘリ　＼―ワケ衣　＼―ヒコ　＼―ヘ　＼―中＼已上八　＼山呼二万世一史記
万代ト三笠ノ山ヲヨハフナル拾哥

○嶺　＼ツクハネ又在二名所一　＼ヤタケ＼已上八

（30丁オ）

○林　＼ソマカタ（麻形）木ノシケキ　竹ノ—＼　鶴—＼仏滅所　已上八＼

○関　戸＼　—路（チ）＼　—守＼　—屋＼　—山＼　—河＼已上八

名＼利—

○野　ヤケ—＼　枯—＼　アツマ—＼　スソ—＼　カケ—＼　野路（ノチ）＼　—原＼　クタラノ＼冬野也

浅茅＼　ス、ノシノヤナトイヒツレハ野ハ在也　フセヤ野ヲ云ト云説アリ　／夏野ヲハシメシト

云シメチカ原モシメシノ原ト云説アリ　／アタシ—指テ其所トモナク只アタナル事ニモヨメリ

＼—風　＼—ワキ　＼—山　＼—辺　＼—沢　＼—田万　＼—木同　＼—火

＼—萩　＼—中　＼—カミ　＼—守　＼—伏　＼—カヒ已上八＼

○原　松＼—　柳＼—　檜＼—　杉＼—　木（コ）＼—　竹＼—　桑＼—　野＼—

／シノ、サ、—　＼ハ、ソ—　浅茅—　石—　川＼—　国＼—　ウ＼ナ—　萩＼—

荻＼—　葛＼—　管（スケ）＼—　萱（カヤ）＼—　芝＼—　フシ＼—　荻＼ノヤケ—　イ＼ツ—

芝＼—　コシノスカ—已上八

○海　ワ＼タツ—或ワタツミ　＼ワタノソコ　＼ワタノ原　＼ウナハラ　＼オシテル　＼ワタツ海ノ手（テ）ニ

マキモタル玉ト云リ　／八重ノクマ海神ノ居所　波セク＼—清輔説　海ノモクツ＼基俊

河ニコソヨメト難但在二後撰并狭衣一　朝ナキ＼　夕ナキ　大（オホ）＼—　コシノ＼—　西ノ—已上八＼

○河　ハヤタツ＼　玉水＼　川ウチ＼山ノ中ナル河也譬ハ河上ノ流イテ始也　関＼—寛平哥合ニ逢坂ニヨメリ　朝—

（30丁ウ）

夕〱―　/ヨツ〱―鵜飼也　山〱―　谷〱―　滝〱―　/ハヤ〱―　ミソキ〱―　ヲ〱―
玉〱―卯花サケル　夏〱―　/杣〱―　/鵜〱川イソトモヨメリ万ニサヽレ浪ヨキテ
流ル、ハツセ川ヨルヘキ礒ノナキカワヒシサ　〱オキトモヨメリ万ニ吉野川
オキトモヨメリ古今ニモアリ　〱―風　〱―霧　〱―オロシ　〱―浪
〱―水　〱―瀬　〱―岸　〱―竹　〱―柳　〱―藻　〱―社　〱―原
〱―舟　〱―ヲサ　〱―シツ　〱―スケ　〱―辺　〱―ヲト　〱―口　〱―上
〱―渡　〱―ス、ミ　〱―カリ　〱―セキ　〱―淀已上八

(31丁オ)

○湖　/コロシマ〱俊抄　コロヒナ〱　ニ〱ホテル　シナテル　/塩〱ナラヌ海已上八

○池　/万〱池ノナキサト云リ　/万〱家持哥池白波礒ニヨセテトイヘリ已上八

○沼　/カ〱クレヌ草ニカクレタル也　只〱ヌマト云ハ水ノタマリタル也已上八

○江　入〱―　玉〱―　ニ〱コリ―　/ミ〱サヒ―　海〱ニモ川ニモアリ已上八

○岸　川〱―　カ〱タ―　カ〱タ山―　万タ〱カキ岸ヲハアマソキト云已上八

○渕　/イ〱ハ―　/イ〱ハカキ―石ノ廻タル也　カ〱タ―　ア〱ヲ―已上八

○瀬　ア〱サ―　/ハ〱ヤ―　ク〱タリ　万ノ〱ホリ―　ヒ〱ラ―　万カ〱ミツ―　ヒ〱トツ―　万ノ〱チ―已上八

○磯　チ〱リテミノ俊抄　コ〱ユルキ是名所ナレト只磯惣名ニヨミ習ヘリ　ナ〱タト云モ磯也
今〱様ニ松モキケコイソモカタレト云異説ヲイソト云是磯也　海〱川池湖イツレニモヨメリ只
水キハ也已上八

(31丁ウ)

○滝　白〱糸俊抄　ヤ〱リ水ナトヲモ様ニヨリテ云ヘシ　且在二紫式部哥一白〱シラキヌニ岩
ヲ〱ツ、メランヤウニナン有ケル

○溝　/サ〱クタノウナテ田溝也ウナテトハ溝ノ名也　布引滝ノ事也伊勢物語

○浜　ヤホカユク八百日ユク　白シラ—　ナカ—已上八

○嶋　ヤソ—[redacted]ヤソ嶋ハサル所ノ名モアレト只嶋〻多也　—カクレ　千—エソ　百モヽ—モヽツトモ　小—
オホ—　浮—　オキツ—名所モアリ　ハナレ—已上八

（32丁オ）

○石　玉カシハ　イハトカシハ景行天皇ツチクモヲタツ時柏ノ如クアカル石也　サヽレ石万　アマ—　シラ—
シツク　チヒキノ石千人シテ引石也　ハナレ—　タマタテ—　カト—　ト—　枕—
—橋　オキノ白—名所也　ツホノ石フミ同　石ネ　石カ根　石フレ
トコノ水　石ノ名也但未決　タキノトコイハミ吉野ニアリホムシト云石也已上八

○沙　ミサコ　マサコ　シラスナコ　サヽレ石　サレ沙名也　玉シク庭ナトイヘルモ沙也
八日ユク浜ノマサコ　七日ユク浜ノマサコ已上八

○橋　ツギ—　カケ—　タナ—　石—イハ—　ヒトツ—　竹—階　長—同　玉—
打—アスカ川　ヒ—檜　シマノ御—是ハシマ宮ノ故郷也　浮—　ツナ—　ホソ—
紅葉—誠ニアルニアラスタトヘ也　雲ノカケハシ禁中カサヽキノワタセル已上八

（32丁ウ）

○柵シカラミ　井テノ—　水ノ—　瀬〻ノ—　波ノ—　心シカラミ　雲ノ—已上八

○井　山—　石—　イハ—　板イタ—　玉—　サラシ—　ハシリ—　アカ—已上八
玉—風前側ニ翠杯一

○水

山― 谷― 川― 池― 沼― 沢― 関― 玉―
下― 凍― 若― アハ― ミカハ―春宮ノ雅院ニテ梅ノ花ミカハ水ニチリテト云リ
不限禁中歟 マシ―出水ヲ云也 ヤリ― 軒ノ玉― ニコリ― ムレ―
ワスレ―チトアル水也 苗代― 心ノ― 法ノ― 水ノアヤハ浪ノ文也 庭タツミ
庭ニタマリタル水也 ウタカタアハ也 恋―万 ハシリヰ―万 イハフレ―水ノ石ニアタル心
苗代― ヨルヘノ―多子細在他巻 ヤリ―源 ヲモミ水トヨメリ イサラオ川ヤリ
水ナト也 雪ケノ―雪トケノ水也 ミカクル ミコモリ水ニカクレタル也已上八
東路ノミチノ冬草シケリアヒテ跡タニミエヌ忘水カナ新古

○凍

ウスラヒウスキ氷也 ツラヽ タルヒ ウス― ウハアサ 冬― 霜―霜ノ氷トモ
氷ノクサヒ凍トチタル也 川― 池― 瀬― 滝ヲモ猶コホルトヨム海ハ
コホラヌモノ也已上八

○泡

ミナハ ウタカタ

○浪

河― 水― サヽ―近江ナラテモ海池湖ナト也 海サヽ波貫(マヽ)貫難波ニヨメリ有難但今様多歟 夕―
ト― オキ― オキツ― 池―万 アヲ―万 浦― 浜―万 シキ―
アタ― ウハ―浅セニタツ 八重― ヘ―舟ノヘ也 アラ― 白― サ―好忠哥
石― サヽラ― 葦ヘ― イホヘ―五百重 チエ千重也 アトヰ― アサセ白― 藤―
水ソコノオキツ白― イサヽ―浅波也 イサ― 滝津 イサ波ノ心クタケテ
―シラユフ 花― シヽヨル― 皈ル― コス― 行― ウツ― 海波アラキ
ヲハナコロト云 カタヲ―カタノナキト云也近日人片ヲ浪ト心得タリ尤為愚

(33丁オ)

〳波〵ハチル空〵俊抄 已上八　浪〵カケ衣ヌル、衣ナリ　新古□

○塩

モ〵―藻ニカケタル、也　テ〵ホ―月ノ　入〵イリ―　朝〵アサ―　夕〵―　浦〵―　興津〵―

〳モチ〵―初学　カタ〵―堅　〳シホ〵ヒノ名残　―〵カレ　―〵風　〳―〵煙

―〵路　―〵ミチ　―〵ヒル　―〵ヒク已上八

（33丁ウ）

○潟

ヒ〵―

○土

ア〵ラカネトイヘルハ土也　泥〵ヒチ チリヒチ已上八

○田

秋〵―　サカ〵―　山〵―　苅〵―　穂〵ホ―万　ア〵ラ―アレトモ　〳シ〵ノヒ―忍テアル也

〳席〵―　〳桜〵―　シ〵鹿猪、神ヲワサハツノミ山ヲ山トモ　沢〵―　〳ミ〵ナト―　沼〵―

野〵―　ミ〵ソ門―　イ〵ホシロヲ田五百代　ヒ〵ツメ又生也　浮〵―　夜〵―

水〵―　ソ〵カ―　〳ニ〵ヰハリ也青キ田　〳ユ〵タネマク也田ノ種蒔　万〵ニ秋ノ田ノホタノ

カ〵リハカル心也　稲〵ノタネヲハイナクホト云古語拾遺　田〵モ田面也　ソ〵ホツ

ヲトロカシ也　ミ〵トシロ田秋　オ〵クテオソキ田也　ヲ〵シネヲソキ也　ワ〵サ―早キ也　〳田〵ニハ　田〵ウヘハテ

タルヲハサノホルト云　田〵ウヘハ〳ミ〵タヤモリ其中ノ主人也　タ〵コ女也　天〵アマノクヒ―素戔嗚ノ田

ホ〵ムケホノ間也　稲〵場ニヰイリ也春時　オ〵チホ　ハ〵ツホ　イ〵ナホ　ハ〵ヤワセ

門〵田ワセ　〳ト〵ミクサ田花也　ユ〵行キ合アヒノワセ万乙女子ニユキアヒノワセト云リ　ム〵ロノハヤワセ

ナ〵カヒコノ稲ニハナミ今年新シキ稲也神ニ奉ル也　万〵我カセコカワサト作レル秋ノ田ノワサ

ホクミイヘリ　〳ヤ〵ツカホノイネ大ナル稲ノヤホアル也　日本紀云稲ノ始也　已〵上八

（34丁オ）

△居所

○城　／＼久方ノミヤコトヨメリ 万 月ヲモ云両様也　花＼ノ国ノ―　フ＼ルキ―　竹＼ノ―　月＼ノ― 只都ニヨセテモヨム又
玉＼敷　平＼城ハアヲニヨシナラトイヘルアヲニト云ハ褒美辞也＼已上八

○宮　／＼ヲシテル―万難波　イ＼ハ―　カ＼ム―（神）　シ＼リヘノ―（後）　ア＼ハチハラノ―　イ＼ツキノ―
斎宮斎院　野＼ノ―斎宮　ト＼コ―常宮也　ア＼サ―　シ＼マ―万　オ＼ホ―万　ユ＼フ―万（夕）
此＼外代ゝ宮ハ有二名所部一＼已上八

△所

○殿　木＼ノ丸殿 昔ノ名ノリケル也天智御在所也筑紫也　タ＼マ―有憚　コ＼ノ―　ツ＼リ―　夜＼―　舞＼―
古＼語拾遺ニフトシキト云ハ神殿ノ柱也已上八

○楼　タ＼カトノ（ヾ）八

○家　ソ＼トモ 家外也　万＼鶉ナク人ノフル家ト云リ　故郷ノ心也已上八

○窓　窓＼コシ（越）ニ月ハテラシテト云 万八＼　緑＼窓
古＼歌　シケリタル峯ノカシハ木吹ワケテ風ノ入タル窓ノ月影

○戸　御＼―　石＼（イハ）―　天＼（アマ）ノ石（イハ）―　山＼桜―桜木ニテ造タル也　川＼―　柴＼ノ―　槇＼（マキ）ノ―
松＼ノ―　草＼ノ―　板＼―　関＼／―　ネ＼リノ―　村＼―　朝＼―　／ア＼ミ―竹ノ柴ノ

（34丁ウ）

（35丁オ）

イ（斎）ハヒ万　萩ノ—（禁中）　黒—（同）　竹ノ—　ヨ（万）ル—　妻—　葦垣ノ—（已上八）

○門　天（アマ）ノ石—　杉タテル—　御（ミ）—　石—（狭衣）　関ノ—　石カトハ非門石ノカトヲフミナラス也　小金（コカネ）—　天ノ川—　トコツミカト（帝御在所）　水門（ミカト）（ミカトナル葦ノ末葉ヲタレカ手折リシ）　蓬ノ—　葎ノ—　松ノ—　竹ノ—　杉ノ—（已上八）　玉—　龍—

○郷　山下（シタ）—（寛平后宮哥合）　故郷ヲハ鶉鳴ト云万ニモ鶉鳴人ノフル家ト云又浅茅原ニ鶉鳴ランナトイヘル也　経信云故郷トハフルクナレル家ヲハイハス今ハ住マヌ家ヲ云但故郷トフルキ家ヲヨメル哥多葎ノ門モサヽレサリケリトイヘルモ人ノ家也其外多（已上八）

○柱　宮—（神殿又諸官）　マロ—　マキ—（只ノ柱也又物ノユカリナトヲモマキ柱ト云　已上八）

○屋　アツマ—　マロ—　カヤ—　サヽ—　カリ—　トマ—　蘆（アシ）—　石—　フル—　関—　マセ—　シハ—　マヤ—　イソ—　旅—　フセ—　コヤ（明石津国）　ツマ—　シノ—　ネ—　ヒタキ—　鳥（ト）—　塩—　ヒラ—　ニヰ—　カタ—　ワラ—　賤（シツ）ノフセ—　スヽノシノ—　カ（形）タ—　アカシノコヤ　雨フルオハナサカフキ（黒木ニテ作レル宿尾花ヲサカサマニフケル也）　ナラノナカヤ（無憚トモ聞ニクシ日本）　コナ—（人ヲ籠ナリ）　ハニフノコヤ（アヤシキ家）　カヒヤ（コカフ所也）　コシノヒラヤ（元輔哥已上八）

（35丁ウ）

（36丁オ）

○垣

＼神｜ ＼イ｜ ＼玉｜ ＼真柴（マシハ）｜ ＼松｜ ＼竹｜ ＼アシ｜鞠カキ ＼瑞（ミツ）｜久キ事ニ
ヨム神殿也 ／＼サヽ｜ ＼ト｜ ＼中｜ ／関ノアラ｜源 ＼本アラノ｜
／＼八重ノクミカキ輔親歌 ／＼葦ノ八重｜ ／＼アケノ玉｜ ＼ヲ（小）｜万 ＼蓬ノ｜ ＼菊ノ｜
＼ストノ｜ ＼竹｜ ＼瑞（ミツ）ノ玉｜神也 ＼マセ｜ ＼マ｜ ＼霧ノ｜ ／＼夕カヒメ｜
＼此コノ｜海仙ニアリ ＼ヒホ[redacted]ロキノ｜神籬也 ＼荒｜
万＼忘草カキモシケ（森）ミニオフレトモ葛（クス）ハヒカヽル 松カキ＼已上八

○路

＼玉杵 ＼ナカテ ＼舟｜チミチニナカラ也 ＼山｜ ＼家｜ ＼苫｜ ＼カケ｜ ＼野｜
＼関｜ ＼浦｜ ＼浜｜ ＼浪｜ ＼雲｜ ＼歩（カチ）｜ ＼恋｜ ＼市｜
＼川｜ ＼トヲ｜ ＼通（カヨヘ）｜ ＼夢｜ ＼別｜ ＼フル｜ ＼中｜源 ＼下｜
＼上｜ ＼塩（チ）｜ ＼細｜ ＼アツマ｜ ＼コシ｜ ＼筑紫｜ ＼山ト｜太和ニモ筑紫ニモヤマト八有
＼播磨｜ ＼信濃｜ ＼近江｜ ＼伊勢｜ ＼奈良｜ ＼奈良ノオホチ ＼難波｜万
＼海｜ ＼川｜ ＼宮｜ ＼都｜ 三越三コシ越前越中越後 ＼トヲ｜貫之 ＼若狭｜
＼丹後｜ ＼紀伊｜ ＼伊賀｜ 万＼アヘノ市｜ ＼雲ヰチ ＼ヒナノ中｜ ＼カケフム｜
柳ナトノ下也 ＼ヰ手ノ中｜ ＼フルノ中｜ ＼フタ｜ 万＼オホノ｜太和也 ＼サホ｜
＼トヨハツセ｜ ＼タツタ｜ ＼木曽｜ ＼フタミ｜三川 ＼フスマ引テノ山トツヽケタリ
＼紅ノスソヒク道 ＼小野ノホソ｜ ＼岩ノカケ｜已上八

○井

＼御｜ ＼山｜ ＼ツヽ｜ ＼タナ｜ ＼イナ｜ ＼フル｜已上八

△国名

（36丁ウ）

○鄙　ヒ＼ナ（夷也）（ヰ中）　イ＼ナシキ（同）　サ＼、カリノヒ＼ナノ国ヘナト云リ　イナコキ＼（俊抄）（已上八）
○世界　／ク＼ルシキ海（八）
○仏所　霊＼鷲山ヲハワシノ山　仏＼滅ヲハツルノハヤシト云（鶴林ハ林皆枯テ白ク成タルカ鶴ニ似タル也已上八）
○冥途　コ＼、ノツノヨ　黄＼ナルイツミ　シ＼テノ山　ミ＼ツセ川　シ＼ホヒノ山（海ハシホヒ山ハカレタルナト云）　／フ＼タツノ海　ナ＼ラクノソコ（地獄名）　ヨ＼ミト（日本紀　已上八）
○極楽　弥＼陀ノ御国（俊成）　／ス＼、シキ道（源氏ウチノ八宮ノ事ヲ云ス、シキ道ニモオホシ立ヌヘキト云リ是極楽ニ不限惣ヨキ世界ノ事歟已上八）
○世　ト＼コヨ（万常世也雁ノクルニアラス）　ア＼タラ―（万ニ新世）　ヒ＼ト―　フ＼タ―（三―五―七―十―百―千―万―）　ウ＼ツセミノ―（已上八）

△草

○草　万＼葉秋七種花（荻ノ花　尾花　クス花　撫子　女郎花　藤袴　朝カホノ花）　カ＼ヤノヒメ　サイタツマ（草名也範兼説　春草云、）　カ＼ケロフ（是草ヲ云トイヘルハ異説也雪フクメヤモカケロフノモユルハルヒトナリニシ物ヲト云ハカケロフモユルトイヘル虫ノ事ニハアラス譬ハヒカレテモユルト云故人説也）　万＼ニタヲルトモ云リ有枝萩ナトハイワレアリ只草ヲイフヘキカ　／後＼撰ニ草ノ糸トイヘルハ詩ニ草縷（イトスチ）ト云モノ也　ア＼マノヲシ草ト云ハ神代ニ虫ノソンシタル田ヲ、シナヲスヲイヘリ（古語拾遺）　春＼―夏―秋―冬―　百＼―千―
下＼―　田＼―　水＼―　初（ハツ）＼―　ワ＼カ―　／ニ＼ヰ―（万新）　フ＼ル―
芝＼―　（万）ア＼ラ―　（万）庭＼―　（万）／ニ＼コ―（若キ草花ツ、マレタリト云リ）　夕＼カケ―　水＼―　ヤ＼チ―
カ＼リ―　ヒ＼ラ―　小＼―　真＼―　ミ＼マ―　シ＼ケ―　モ＼シホ―　又＼松枝ノ

（37丁オ）
（37丁ウ）

タムケクサ　イ〱ツマテ—　恋〱—非草寄恋　ヤ〱チ（八チ）　ミ〱ナ　万〱アカツキノメツラシ草

シ〱コ順長哥　コ〱トナシ—　ア〱ツカヒ—　カ〱コチ—

トコレヲタニ見ツ、イマシテワレヲシノカセ是非草　百〱廿チ、（父）ハ、（母）カ■トノ、

シモヘノモ、ヨ—（母ゝ余）是母ノ心也已上八　〱■已上八　闘〱草草ヲソロヘテ多ヲ勝トス　草〱茵

○竹

カ〱ハ—　ク〱レ—　村〱—　イ〱サ、サ〱、笛〱—　ヨ〱リ—　ナ〱ヨ—

／ナ〱ミ—　ワ〱カ源　ウ〱ヘ—万　ト〱ヨ—　マ〱ノ—　ヤ〱ハシ（八橋）ノシノ（万）　カ〱ラハシ竹名俊抄

ユ〱サ、—　チ〱イロ（千尋）ノ—　イ〱ホツ、ノタカ村籠（コ）ヲムスヒテツリハリ求シ竹也

ア〱ナサヨケ是ハ竹葉ノ上也見古語拾遺　環〱謂不然歟　／源〱氏ニムツカシキサ、■（ノクマ）

ヲ駒引トム■ル程モナクトイヘリサ、ノクマハ只竹ノ生タル所也　源〱氏ニ

呉竹ノワサトナク風ニコホレタル匂ト云リ雖非薫香物ノ色ニ付テ匂ト云リ竹ニモ云ヘシ　已上八

蒼〱竹竹涼ヲ云雪

○若菜　春部上ヘ入ヘシ

ナ〱ヘテハ野ニテツム又垣ネナトニテモツム　万〱ニ河上ニアラフ若菜ト云リ　十〱二種ニハ

有松七種ハ皆若菜ハカリ也　若〱菜ト云子日本也源氏四十賀時モ

ミエタリ已上八

○蕨　春部ニアリ

／紫〱ノチリ　ハ〱ツ—　サ〱—　下〱—　／蕨〱ヲハ折トヨメリ但源早蕨ノ巻ニ

蕨ヲツムト云リ　／時〱ナラヌ蕨ヲハイハシロト云一説也已上八

采〱薇伯夷叔斉

○荷　〵蓮葉（ハチスハ）　〳〵スノ浮葉　花〵（ハチス）—　濁〵ニシマヌ不染二世間法一心也　蓮〵（ハス）ノ糸已上八〵

○紫苑　ヲ〵ニノシコ草シホニト云心也　時〵平公哥合秋ノ野ニ色ナキ露ハヲキシ
カト■紫（ワカ）ニ花ハソミニキ此ナト読テハ心アルヘキ歟已上八〵

○葛　マ—　夕〵—　ク〵ス花　—〵カツラ已上八〵

○菅　イ〵ハコ—　イ〵ハホ（穂）—　白〵—　川〵—　小〵—　マ〵—　ア〵リマ—　シ〵ツ—万
万マ〵ロニ　水〵クサ三芳野ニアリ　ミ〵シマ—笠ニスル　ネ〵ヤハラコ—万十五　夕〵（立）ツミ（神）ハ
古コスケ万ニアリ　アサハ野　山〵—ミカケニ生　石〵モト—　〳〵シツヤノコ—　ミ〵ハコ—　〳〵スカノネ
長キ物ニイヘリ一向山スケ也ト云　公〵任卿説　山城ノイツミノコ—　カ〵（万）キツハタサカヌノ—
山〵スケハ実ナラスト云リ花ノミサキテト云又実ナルトモイヘリ已上八

○茅　浅〵—　浅〵茅チル花　チ〵ハラ　チ〵花已上八〵

○蓬　〳〵ヨモキカソマソマノヤウニ生タル也　〳〵サシモ草或非レ蓬似蓬トモ云リ已上八〵

○芹　根〵—　フ〵カ—　野〵—　エ〵クセリツム　又〵恋ノ心ニヨムハ有因縁
心ニ物ノカナハヌ也

○萍　サ〵月ノウキ草ト云五月物歟但暦ニハ三月ニ生ト注如何タネナシト云リ
ナ〵キモノ草浮草歟可尋　根〵ヲタエタルト云リ已上八

(38丁ウ)」

(39丁オ)」

○藻　イ〵ツモ川上ノイツモノ花ト云リ只ノモヲ云也　オキ〵ツ—　河〵—　玉〵—　カ〵ル—海士ノ也
タ〵クモ生(ヲフ)ト云リ　ツ〵ク—老タル女ノ髪ニヨス　ス〵クモ是ハ非藻馬牛ノ食物也　カ〵ル—是又猪シヽ
ノカク物也　已上八

○露草　鴨頭　ツ〵キ草ウツロフ物ト云リ　思〵ヒ草ト云ハ露草只通具卿説也

○葦　／乱〵レ—　／シ〵ホレ—　塩〵—　ナ〵カレ—　伊〵勢ニハ浜ヲキトモ云　ア〵シツヽ
／玉〵エノ—玉枝也非江但寄江多詠之　ア〵シカキマ近キトモ思乱トモ云　夏〵カリ夏苅タル也
一説雁ト云リ可笑之　已上八

○苔　サ〵カリ—　苔〵ムシロ八　却〵将二春色一寄二苔痕(ニ)一三

○麻　ア〵サテ　ア〵サヲ　／サ〵クラアサ麻ノ名也　ア〵サノ葉有祓具　／ナ〵ツソヒク(万麻)　已〵上八

○蘰(カツラ)　ヒ〵カケ—　マ〵サノハ—　マ〵サキ—ノ文字ナクテモヨムマサキノカツラ常　サ〵ネ—　山〵—暁ナラテモ　葉〵根—(万ハネ)
ト〵ミ—　ク〵ス—　ア〵マ—　イ〵ハヒ—　ユ〵フカツラ神社也非蘰　玉〵—実ナラヌ
木ニツクト万ニ云リ　玉〵—花サキテミナラヌ也　已〵上八

○紅　末〵ツム花ト云末摘ユヘ也八

○葎　／八〵重—荒廃所物也　葎〵ノ門ヲサシテト云リ葎ノ門モ閑居也　已上八

○白頭花　オ〵キナ草老人ニ寄テヨム

○浜木綿　浦〵ノハマユフ　モ〵ヽヘト云リ

○菜　磯〵—海辺草　若〵—春始草　ア〵サナ　夕〵ナ　浜〵ナ　ナ〵ツナ

（39丁ウ）

唐〵ナツナ

○荊　ヲ〵トロノ髪　〳ヲ〵トロノ道古郷荒タル所ニ生ル也

△木

○木　植〵一　若〵一　老〵一　クチ宮一造宮杣木也狭衣物語云時ワカヌ宮木トモ云リ是フルキ宮ハラノ

庭ナル木也宮中ヲモ可謂歟　深山〵一　杣〵一　マ〵ロ一　〳モ〵塩一　塩〵一　錦〵一

（40丁オ）

ヤ〵トリ一木ニヤトリタルヲモ云但源氏ノハツタノ紅葉ヨメリ　樹〵コノ立草ノカキ中臣祓天津彦アマ降ラサル時物イヒ

ケリ　サ〵フシ伏木景行■ノ御時九百七十丈ノ臥木也本ハアソノ山ヲカクシケリ是筑紫也　已〵上八

○松　玉〵一三吉野　ム〵スヒ一岩代　ヒ〵トツ一美濃ノヲ山又ナルヲ　老〵一北野　一〵夜同　村〵一

若〵一　ソ〵ナレ一　コ〵一　浪〵一　浦〵一　浜〵一　門〵一　姫〵一

石根〵一　海〵一源　ア〵ラ磯一須磨ノ入海　ワ〵タノカサ一　フ〵タキノ　タ〵ケク■マノ一陸ノ国名所

フ〵タハノ一　五〵イツハ葉ノ一　百〵枝ノ一神　万〵松桜ノサ栄カヘ　イ〵ハシロ一

斉明御宇ニ有間皇子ニ給也非吉事仍心モトケスト云　神〵ノ一上東住吉論伊世友輔哥　ア〵ヒオヒ一　或ハ

オヒアヒトモ其時生アフ心也已〵上八　琴有二風入松曲一

（40丁ウ）

○槇　タ〵ツヲタマキ　〳マ〵キタツソマ　マキノ木ニハアラヌ真木也已〵上八

○椿　玉〵一　浜〵一非此椿在浜物也　〳ヤ〵ツヲノ一山谷也　ツ〵ラ〳〵一　ハ〵タヤマ一アヲキ

ナヘニト云リ　白〵玉一已〵上八　清〵輔云徳是北辰椿葉影再改ト云文アリ

君カ代ハ限モアラシハマツハキニタヒ色ハ改マルトモ

○杉　フ〵ルノ神一　ア〵ヤ一カシヰノ宮　村〵一　神〵一　フ〵タモト伯瀬　〳玉〵一万已〵上八

○柏（カシハ） ナラ〵ノ葉　ア〵サ｜　玉〵｜　モ〵ト｜　ナ〵カメ｜初学抄　ア〵カラ｜　コ〵（万）ノ手｜
奈良山　葉〵モリノ神（此木生）　ヤ〵ヒラテ　イ〵ハト｜装束也　ア〵キ｜　ヤヲ｜已上〵八
古〵哥シケリタル峯ノカシハ木吹ワケテ風ノ入タル窓ノ月影

○楸　浜〵｜　万〵サキシ｜トイヘリ　〵｜オフルヲノ、アサチ　又〵ヒサキ
オフルキヨキカハラ　又〵片山カケトモ　ミ〵ユル小嶋ノ浜｜久ト云非説也　已上〵八

○桂　若〵（万）キ｜　月〵ノ｜桂ノ花八月ノ光也　ユ〵ツ（湯津）｜天稚彦ノ前桂也　已上〵八

○榁　ナラ〵ノ葉　ナ〵ラノ葉カシハ　納〵涼ノ景物已上〵八

○榊　伊〵勢ニハ玉クシノハト云　真〵サキ日本紀

○柴　/コ〵ノ市｜大原　シ〵ヰ｜　イ〵（五）ツ｜（万）　下〵カキ　/フ〵シ｜　ナ〵ラ｜　マ〵｜
ク〵リ｜　已上〵八

○枝　下｜　シ〵ツエ。（水ナトニヨセテシツエトハヨメトモ只下枝ヲ云也）　片〵｜　玉〵｜　立〵｜　ミ〵ツ｜　サ〵エタ菊　ワ〵カ｜
イ〵（五）ホエ（百枝）　千〵｜百｜　シ〵ケミ　サ〵キクサハ三枝也是檜ト云也　此〵（木ノコ）クレ木シケクテ下クラキ也
万〵ホツキ（保都枝）　ホ〵トキ枝也　ミ〵サエタ清抄抄（マヽ）　万〵コ（木）エタ　万〵モ（最）ス（末）エ（枝）タコレ木スエ也
万〵五ニ我宿ノ梅ノシツエトヨメリ　又源氏ニ梅ヲシツエヲシ折テトヨメリ　已上〵八

○梢　/ト〵フサ　コ〵スエ　ウ〵レ草木ノ末也已上八

○葉　青〵｜　紅〵葉｜　上〵｜下｜　若〵｜　モ〵トツ本也　オ〵チ｜　カ〵レ｜　末〵｜

ヒトツ＼｜ ウラ＼｜ モト＼｜ 竹＼｜ 松＼｜ 草＼｜ 杉ノモト＼｜源
ウキ＼｜蓮 葛＼｜ 杉＼｜ 椎＼｜ 稲＼｜ サヽ＼｜ サユリ＼｜ 一＼｜二｜三｜四｜
／ミタレ＼｜ シホレ＼｜ ウレ＼｜ クチ＼｜ タチ＼｜ コツミ＼｜是ハ木ノクツ木葉ナトノツモレル也
フシハ＼／モロ＼｜ 已上八＼

(41丁ウ)

○根
松カ＼｜ 竹＼｜ スカ＼｜ フル＼｜ 草＼｜ カヤ＼｜葦＼｜ 葦ノ若＼｜ 已上八＼

△鳥

○鳥
春＼万｜ サカス＼万海洲也 嶋＼｜ 朝＼｜ ／ハナチ＼放｜万有憚 村＼｜
オキツ＼｜ スカノ村＼｜初学 スカ＼｜ヒタノ細江 百＼モヽ｜ 百千鳥＼ 白＼シラ万｜ カホ｜同
水＼｜ 河＼｜ 大＼｜ 初＼ハツ｜ 花＼｜花ト鶯ト也但雅正タヽ花鳥ノ色ヲモ香ヲモト云桜郭公也何ノ花鳥ニモ可詠 已上八＼

○鶴ツル
タツ＼ マナ＼｜一説ニハ白鶴也 ヒナ＼｜ シラ＼｜ シラタツ＼ アシタツ＼ ／霜ノ＼｜
霜寒テ鳴ト云 クロ＼｜ 万十一タツノ所ト云＼是鳴声ヲヨソニ聞心也 タツカネ＼音
古哥ニ葦ノ葉ニヲク白露ヤサムカラン沢ヘノタツノ声ノキコユル＼
カケル＼ トフ＼ 已上八＼

(42丁オ)

○鶏
ユフツケ鳥＼付木綿相坂ニ祓故也 庭ツトリ＼ 八声ノ鳥＼ クタカケ＼゛伊勢物語 カケロ＼
カケノタレオノ乱レオト云＼ ／カケ鳥ノソラネ＼函谷関ニテ鳥ノマネヲシテ人ニ夜アケヌト思ハセタル事
／アケツケ＼゛鳥清少納言 暁ニ鳴ユフツケノワヒ声＼大和物語 已上八

塩〵ヒレハ蘆ヘニサハクシラタツノ妻ヨフ声ハミヤモト、ロニ

○烏

夏〵 友〵 ヤモメ〵 二ツ〵 ムレ〵 コモチ〵 朝(アサ)〵 夜〵

月夜〵 山〵 ミムレ〵稲荷 ヤタ〵神宮御使在天 モリシル(杜師留)在社由也

烏〵ノカシラ 白シ 燕ニ帰時 已上八

○鷹

ハシ〵 マシロノ〵 マシラフノ〵 シラフ〵 若〵 ヤハタオノ〵尾ノマタラナル也

カタカヘリ モロカヘリ 軒〵ハウツ羽ヲウツ也 トカヘリ トヤカヘリ 山カヘリ 右〵ノ羽ヲ

身〵ヨリト云 コ〵ヰ 木ニカヽル也 已上八

○山鳥

オ〵ロノハツオ只ノ尾也 ハ〵ツオノカヽミ有因縁 ヒ〵トリヌル夫妻山ノ尾ヲ隔テ

ヌル也サテ昼ハ行合也 万 山鳥コソハオノ上ニツマコヒステフ 不詳 家持短哥 已上八

○鵜

真(マ)〵トリ 嶋〵ツトリ也 鵜川〵ヲハタツト云暗夜ニツカフ事也

鵜〵川スル所多ケレト大井宇治 桂 ウサキ川 鵜〵ノヰル岩ト云ハ海ナトニアリ 已上八

○鷗(カモメ)

カ〵モメヰル也海鳥 藤〵エノ浦 已上八

○鴫

シ〵キタツ沢 鴫〵ノフス 〵ヰル 羽〵カキ百ハカクト云暁事也 朝〵ワヒシ 已上八

○鳰

浮〵巣ニウキテ巣ヲクフ也 玉〵モニアソフ 水〵ノ底ヲクヽル

(42丁ウ)

(43丁オ)

ユヘニ下道ト云　〵万ニ―鳥ノフタリナラヒテカタラヒシ已上八　〵鴫鳥ノ足ノイト
ナキ後撰

○都鳥　〵スミタ川ナラテモ只京チカキ川ニモアリ八〵

○鳩　〵鳩フク　〵恋ノ心ニ云ハマフシサスシツノヲノ身ニモタヘカネテト云
哥ノ心也已上八

○鶺鴒　〵イナオホセ鳥　（異説雀ヲ稲負鳥ト云非語也）　〵庭タヽキ
〵古今イナオホセ鳥ノ鳴ナヘニケサ吹風ニ雁ハキニケリ　〵ツヽナハセ
鳥日本紀

○皃鳥［カホ］　（春山ニヨメリカタ恋スルモノト云リ　夜昼［日］タエス恋スト云リ）　〵マナクシハナク春ノ野トイヘリ
源氏ニモアリ其鳥ト定歟　定家不知之只ウツクシキ鳥歟但未決之

△獣

○馬　〵ウカヘル雲　〵紫ノツハメ　〵手ナ［タ］レノ駒　〵春駒　〵ハナレ駒　〵ワカ駒
コ―　アシノハナケ　月ケノ駒　アシケ―　〵アヲ駒　〵黒駒　〵モチ月駒
〵キリハラ　〵タチノ　〵アタ［゛］チ　〵道シレル（老馬ノ智也）　〵トヲツヽハ十数也　〵雪ノウ
サキハ只兎也　〵タツノマ（早キ心也）　万云タツノマモ今モエテシカ青カリシ
奈良ノ都ニユキテミンタメ　駒ナヘテ［ナラヘテ］也　〵万ニアシハカリノ
馬ノ鳴声トヨメリ　〵ユフカミ（馬ノ髪ノ白キ也）　〵ツナカヌ駒（アレタルタトヘ）已上八

○犬　〵獣ノ雲ニ吠ケン（師子又犬也准南云）　〵里ノ―　〵村―

（43丁ウ）

ツ〱ナキ―　万〱犬ヨヒコス狩人ナトノ垣ヲヨヒコス也　已上八〱

○猪　/シ〱ナカトリ俊頼云雄略天皇ヰナ野ニテ狩リシ給ケルニ白鹿ノミアリテ猪ノナカリケレハシナカトリヰナノトハ云リ　/フ〱スヰカルモヲカキテヌル也

（44丁オ）

○羊　羊〱ノアユミハ物ヲ待タトヘ也イカ也トモ始終ハト云リ　已上八〱

○狐　老〱―　若〱―　ヒ〱ル―　小〱―　フ〱ル―　又〱キツトモ云キツニハメナテト云　已上八〱

△虫

○虫　松〱―　鈴〱―　ク〱ツワ―　ミ〱ノ―　火〱トリ―　玉〱―　夏〱―　/モ〱ニスム―　我カラ也　已上八〱　秋〱―　野〱―　螢〱ヲ夏虫ト云常ノ事也　/松〱虫ノ初声トヨメリ

○蜻蛉（カケロフ）　夕〱ニ軒ナトニ乱飛物也　夕〱暮ニ命カケ[redacted]ト云　/ク〱モノフルマイト云ハ待人ノクルニハ軒[redacted]サカリ又衣ニカヽリナト云　サ〱、カニ重之哥サヽカニノ雲ノ旗手ノ動カナ風コソクモノ命ナリケレ是クモノ死タル手ヲヨメル　ク〱モテトハ無風情クモ手ニ似也　ツ〱チクモ人ノ名也身短足長神武天皇御宇被誅　已上八〱

○蜴（イモリ）　/イ〱モリノシルシト云ハ是ヲ女ニツケテ陰陽ノシルシヲ見也　八〱

（44丁ウ）

○貝　〳〵梅花—　〳〵桜—　〳〵ワスレ—　〵アマ—　〳〵カタシ—　〵フト—　〵コロ—　〵イタヤ—
〵ホラ—　〵ミナシ—　〵イソ—　〵塩—　〳〵ウツセ—（也）（ミモナキ）　〵源氏イツレノ浦
ノウツセニカマシリケン　〵アワヒ—　〵スワフ—　〵コヤス—　〵イロ—（八）（已上）

△魚

○魚　〵水ノタミ　〵イサコ（万十七イサコトルヒ、キノナタニト云リ小魚也）　〵セハモノ（古哥ニウナ原ノ底マテスメル月影ニカソヘツクシヤ）
（カタノセハ物）　日本紀鰭ノ広鰭狭物　〵（万）ウエフセオキテ（取魚物）

○鯛　（赤女アカメ）　（鯛名也日本紀）　〵浦嶋ノ子モツルモノ也　〵酒ニエフト云（神功皇后ノ舟ニ群参酒ヲソ、キ給也）

○鮎　〵ワカ—　〵アユコサハシル　〵玉嶋川　須磨ノ入江ナトニヨメリ　〵マツラノ
アユハ神功皇后始テ釣給テサテメツラシト云今松浦也

○氷魚　〵十月ノ比ノ景物也　〵宇治ノ網代田上ナトニヨム

△人倫

○人　〵ヤソウチ人ハ只ノ人也宇治ニハアラス後撰ニモ源氏ニモ只ヨメリ
〵神—　〵諸（モロ）—　〵宮—　〵春ノ宮—　〵秋ノ宮—　〵ミコノ宮—　〵大（オホ）宮—
〵里—　〵浦—　〵浜—　〵山—（木コリ）　〵海士—　〵カリ—　〵カチ—　〵旅—
〵道行人　〵雲ノ上—　〵上—下（シモ）—　〵舟人　〵アミ—　〵嶋—　〵アキ人　〵イセ—（源）
〵カラ—（万）　〵遠ツ—　〵中—　〵ヨソ—　〵カリソメ—　〵トモ—　〵ナニハ—　アシロ—（宇治）
〵野宮—　〵国—　〵ワヒ—　〵杣—　〵家—　〵盗人　〵アツマ—　〵（本）モトツ—（源）

（45丁オ）」

アタ―　チハヤ―万（千早）　世―　スマ―　ナラ―（平城）　カタ―都ノ方人ト云リ　ハヤ―万
ハチ人末ノ世ノ人也　老（ヲヒ）―　田―ミ田ヤモリカ事也　スナトリ―源　ウツシ―
源手習ウツヽ人　神―源　ナヽノカシコキ―七賢也　スキニシ―逝去
海―アマノコツリスル　塩ヤク　塩クム　カツキスル　アサリスル　イサリスル
玉モカルアマヲトメカツキヌ
ヤツコ恋ノヤツコ　ユフト、ロキキサナキ物也　モノヽフ武士　ウミカクタ山伏也　童ウナヒコ
テワラハ（手童）

（45丁ウ）

雄ヲ

マスラヲ丈夫トカケリ又健男トモ　マスラ男トモ　シツヲシツヲトモ　ウハソク男　サツヲ山ノ狩人
弓ヲ（万雄）　アラヲ是ハシカノ海士也シカノアラヲトモヨメリ　筑紫ノ也　男海士也　タハレヲ
アラチヲカリナトスル物　ヤソノトモヲ（八十伴男）仕レ朝男也　ヤソノチマタ也是ハ只多ノ人

○男ヲトコ

イサヽ―　難波―　アツマ―　チヌノ―チヌノマスラヲ也　サヽタ―是モチヌノ男也　カコ舟サシ也
セナ　ミタミ（御民）　スコ（酢児）山田モル者　山カツ　セコ男女又子ヲモ云　山ヌシ山守ノヤウノ者也

○女メ

ヲトメ女　アツマヲト―東国者源ハ常陸女也　伊セノヲトメ　ハツセメ又ハツセヲトメ
シツノメ　ヤオトメ拾遺　ヤマトメ和太　カウチメ河内也　玉ヒメ松浦也サヨ姫同
アシノウナヒ乙（ヲト）メチヌノ女也　タヲヤメ日本紀ワカキ女也　コラ女オサナキ　サヲトメ田ウヘ
カヒメ是ハカイコスル女也　タヨハメ弱女トカケリ　マツラサヨ―　アマノサヽメ
岩舟ノヌシ　市メケス女源　ヲサメ下女　月ヨメ経信西行イホスマノ　ミトメラ未通女
ヲカヒメ五節舞　ニフコ女筑紫ノ　アマノ嶋ツメ伊勢ノ海　イモセ夫ヲモ云
ワカ草一説妻也　ヤツマ　イハヒツマ　タノヘノイモ　オモヒ妻（ツマ）　トヲツマ

（46丁オ）

〱タマカ[redacted]ツマ　〱ワカセコ男女共ニヨメリ
〱夫ソレヲモ妻ツマト云八雲委載

○子　〱ヤトセコ万八年　〱トモ―　〱フタ―　〱年―　〱桑―　〱ミナシ―　〱イハヒ―　〱イヤツマノ―
〱ミトリ―　〱シラ玉ノ吾カ―世俗玉ノヲノ子也　〱シノフトモ云リ是ハ子ヲ寄テ云也
〱ナテシコ子ニヨス

○兄弟　兄〱カミツ枝〱ツラナレル枝ナラヘル枝　〱腹カラ　〱兄ハイロヒト云妹ハイロネト云

○守モリ　〱カキ―又カシモリトモ　〱ヤト―源　〱橋―　〱山―　〱ミカサ―　〱関―　〱野―
〱嶋―　〱時―鼓ヲウツ　〱ミヤキ―　〱渡シ―　〱ミチ―関守ノヤウ□　〱関ノスキ―
〱オキツ嶋―　〱ニヰサキ―今カハルトヨメリ海中也

△人事　△付人躰

○心　〱人―　〱ウツシ―　〱花―　〱外ホカ―　〱フタ―　〱シタ―　〱アタシ―　〱モロ―源宿木
カクナワト云俊頼抄

○思　〱カタ―　〱ワクナミ俊成八

○恋　〱カタ―　〱モロ―源詞

○夢　〱ヌル玉俊抄　〱ヌハタマノ夢ハ只夜ノ心也ヌハムハ同　〱ユメチ夢路　〱夢ノ浮橋
〱夢ノタヽチ

（46丁ウ）」

○命　玉＼ノヲ　イ＼キノヲ　タ＼マキハル極心也

○寝　旅＼―　カ＼リ―　独＼―　ア＼（味）チ―　ウ＼タヽ―　昼＼―　マ＼ロ―　／帯＼トカヌ
旅ネ

（47丁オ）

○狩　夕＼―　朝＼―　桜＼―　鷹＼―　／ト＼（鳥）―　小＼鷹―　日＼ツキノミ　日＼ナミ
セシト云ハ狩事也　ハ＼ツト―清輔抄　カ＼（鹿猪）ヰフミオコシトヨメリ
万七マスラヲノ弓末（ユスヱ）フリタテカルタカノ野ヘサヘキヨクテル月夜カ[redacted]（モ）

○言　ミ＼（御）―　サ＼（逆）カ―万　マ＼（狂言）カ万　コ＼トノ葉　／ネ＼（練）リ―万調ラヌ事ヲ云　朝＼―　ヨ＼（横）コ―
／シ＼（万）ヒ―（強）　ア＼タ―　ヒ＼ト―　モ＼ロ―

○宣旨　ミ＼コトノリ　／テ＼ラスヒカリ　／ア＼マツ風基俊説

○歌　祝＼―　エ＼ヒス―　長＼―　ミ＼シカ―　カ＼ヘシ―　相＼模―　陸＼奥（ミチノク）―　常＼陸―
甲斐＼―　伊＼勢―　東＼―　田＼―

○学生　桂＼ヲル　雪＼ヲアツムル　螢＼ヲアツム　／ヒ＼ロクミル博覧也

○遊　ソ＼テシロト云一説也

（47丁ウ）

○舞　立＼―　袖＼フル　雪＼ヲメクラス　／山＼トヲトメ已上八

○無才　キ＼ノフノ木八

○祈　ミホキタマ（御祈玉）出雲ノ神ニタテマツル玉也ネクトモ云リ

○占　足（アシ）―　石―　ユフケトフ　心ノ―　歌―　炭―　亀ノ―
ユフケ―　門―　辻―　道―　道ユキ―

○祓　ミソキ　トヨノミソキ大嘗会ノ御祓也　夏ハラヘ　シカノハラヘ　名コシノハラヘ

○人形　ミクサ　ナテモノ（撫物）　不忘物　ウタカフ俊抄　ハラヘクサ已上八

○摺　道ユキスリ　アヲ―　モチ―　遠山―

○髪　朝ネ―　ツクモ―（老）　ウチタレ―　ヲチ―後撰　ネクタレ―　クロ―　白（シロ）―シラトモ
マシラカ（真白髪）　シラカ　フリワケ―　アマ―源　朝（アサ）―　ハナチ―（放）　イロ―　ミルフサ
ツルノ―　蓬ノ―　ミトリ　シキタヘノクロ髪シキテト云リ

○老　オヒサヒ　翁サヒ　老ラク

△衣食

○衣　蟬ノハ―有本文　アマノハ―天人侍臣　ハ―　サ―　毛―鶴ノトモテモ　鶴ナラ
サヨ―　ウス―　ヒトヘ―　夏―　秋サリ―七夕布也　[redacted]
ミノシロ―紫ノミノシロ衣狭衣ノ哥也所詮只衣也是ヲサ衣ニモ寄タル也雪ノフル時ニキルト云心也基俊露ニモヨメル同心也
花色―　磯―　ミナレ―源万　シタ―　唐―　麻―　カリ―
旅―　花スリ―俊頼基俊難之但花スリ衣露ニヌルトモ證哥　スリ―　カタ―

（48丁オ）

（48丁ウ）

花＼— ＼ヌレ— ＼染— ＼海士— ＼塩ヤキ—ナル、トヨメリ 万須磨ノ/アマノ塩ヤキ衣ナレナクニ

[redacted]ヨリ事起レリ 塩タレ フル—万 ＼ス(酢)— ＼ステ— 恋—

＼ナレ—ナレハフルキ/ナリ カタ(方)— ＼山ワケ— ＼露ワケ— ＼草分— ＼袖ツキ—

浪カケ— ＼紫ノ—四位已上 ＼ミトリノ—六位 ＼カチ— ＼スキ— ＼ヒノ—

ヲシノ毛— ＼カタシキ— ＼アケノ—五位 ＼オホヨソ(宮人)—有説 ＼キナラシ—定頼哥

アラハシ—源氏有/憚 ＼イロ—有/憚 ＼皮— ＼ウツフシ— ＼ソメ—有/憚 ＼白妙— ＼ニキタヘ(和)

—七夕ニ/ヲレル也 色トリ— ＼アサ、ノ— ＼コケ— ＼藤—万 ＼カハ(裘)— ＼山住— ＼ウス、ミ—

＼炭ヤキ— ＼コソメ— ＼紅ノヤシホノカラ— ＼アヰノヤシホノ— ＼シロ—

＼墨染—僧又有/憚 ＼シキタヘ— ＼鶉ノ—

凡キル物ヲハミソト云 ミケシトモ云ミケシトハ思ヒカケタル人ノ/キタル[redacted]トモ云リ 衣カヘスハ

夢ミンタメ也 ＼キヌカヘストモヨメリ ＼紫ノネスリノ衣ハ人トネテ

ウツリタル也

藻塩艸□ハ/出家ノ衣ト

○絹

是多ハ/衣也 ＼ユフ—幣絹也 ＼ニヰ桑マユノ(新)—新絹 ＼アカ— ＼アラ—

洗衣 ＼アサ— ＼タマ— ＼ヌノ— ＼ヌレ—ナキ/名也 ＼ヌノカタ—万 ＼キソノアサ

—アサヌノトモ/信濃ニヲレル ＼トキ(解)—万 ＼アマ—源 ＼塩ヤキ— ＼ワカハタモノ、白キアサ—

ツルハミノ—有憚四位已上/ニモ ＼アツマ—源東屋 ＼アシキ遺拾 ＼カタセキヌ

○袂

花ノ— ＼草ノ— ＼苔ノ—

○袖

アマツ—源 ＼アマノハ—同 ＼花ノ香— ＼マミ(真)— ＼ワカヒレト云ハ袖也 ＼ウスミノ— ＼墨染ノ—

花染ノ— ＼シヰシハノ— ＼山アヒノ— ＼白妙ノ— ＼老ノ—

(49丁オ)

○帯　〱カハノ　〱石―　〱布ノ―六位　〱ハナタノ―中絶ノ事ニヨム物也　〱カケ―女房　〱下ノ―下帯廻アヒテ結ハル、
物ト云リ　〱ヒタチ―鹿嶋ノ也　〱シツハタ―万　〱ヒトヘ　〱ユフ―　〱帯ヲミヘユヒ
クルシキニ在万　恋ニヤセタル心也　已上八　〱イハタ帯或云女ノ孕テハタニスル帯也　纐帯トカケリ

○錦　〱コマ―万　〱唐―　〱ヲクルマ伊勢ノ御帳ニマイルハ紺地也　〱チヘノ―万　〱アカチ―後白川御哥
〱トコ―　〱花ノ―　〱紅葉ノ―　〱ヨルノ―センナキ本文也

○綾　〱雲鳥文也太和物語　〱クレハトリ綾名

○糸　〱白―(シラ)　〱ウラ―　〱フシ―　〱シケ―　〱カタ―　〱夏引ノ―　〱シツノシケ―金
〱水ヒキノ―　〱アケノ―　〱ハクリノ―　〱マソヲノ―　〱手引ノ―　〱手染ノ―河内アリ　〱ミトリノ―
〱アサヒク―　〱ミノ、シラ―今様

○布　〱ケフノホソ―俊頼云鳥毛ニテヲリタルト云リ　サテセハクテ胸アハスト云リ　〱手クリノ―陸奥　[redacted]
〱サラステツクリ同　〱テコナル　〱サラシ　〱ワキ和□　〱タヘノ奉社也

○緒　〱玉ノ―命　〱イキノ―同　〱草ノ―　〱アハヲ(沫)玉ノヲ、アハヲニヨリテト云リ
〱ニノ―(荷)　〱ウミ―　〱ウチ―　〱アマ―

○酒　〱ミキ　〱トヨミキ(豊)　〱流ル、霞　〱竹ノ葉　〱カヘナシ(梨)　〱白キ―　〱黒キ―　〱シロミキ
〱クロミキ　〱ミワスエマツルトハ神ニ酒ヲマイラスル也　ワトハ酒ノ字也

(49丁ウ)
(50丁オ)

日＼アヒノ酒只其日ナト云心也　已上八

紅＼友酒名

○舟

△雑物

岩＼—万久方ノアマノサクメカ岩舟ノトメシタカツハアセニケルカモトヨメリ国見スルナト也　釣＼—　アマ—

イ＼サリ—　友＼—　唐＼—　ヲキツ—　橋—　□シ—（ラ）　片ワレ—　／千＼—／百—

／タ＼カセ—川舟也　柴＼—　夜＼—　泊—　浮＼—　川＼—　海＼—

モ＼カミ川　ツマ迎—七夕　／タナ、シ小—　／アケノソヲ—装束舟歟　ノ＼ホリ—

松＼浦—　イ＼ナ—川（モカミ）　サ＼ホ—　ヒ—万火ユタニトヨメリ　渡＼—　塩＼—　橋＼—

小＼—（ヲ）　ワ＼レ—　ヒキ—　ハ＼ヤ—　アサコク—　オ＼ホ—　アシカラ小—足柄ノ海舟

／ア＼シワケ小—　／葦＼苅小—　蘆苅小—　ヨ＼カリ—　ヨ＼ツノ—（四）唐使舟也　オ＼ホエ—

鵜＼—　ウ＼カヰ—　モ＼ロコシ—　嶋＼—　ア＼ヤ—（文）　イ＼ツテ—（ヅ）万伊豆ヨリ出舟也　足＼ハヤ小—（アシ）

カモトイフ舟カモニ似タリ云舟ト云リ　万オキツ鳥モト　ツ＼マヨフ　筑＼紫—　サ＼クラカハサキタル

舟桜ノ皮ヲマキタル也　ク＼ホ—七夕穂　ト＼ワタル—　ア＼シカラ—　鳥＼—　舟＼テトハ

出ル也

○船指

／河＼ヲサ　／棹＼ヲサ　カ＼コ　渡＼守　梶＼—　真＼梶（マ）　ヤ＼カチ　ト＼リ梶

ヲ＼モカチ　フ＼ナ　ミ＼、マ

○車

ヨ＼ツノ馬　ナ＼カル、水　小—　水＼—　柴＼—　カ＼—　柴＼ツミ—　牛＼ノ—

大白牛車　鹿＼ノ—（シカ）　羊＼—　カ＼サリ—　ス＼キ—　カ＼サ—　ヒ＼ナ—已上八

（50丁ウ）

〵指南―

○簾スタレ　〵玉―　〵イヨ―　ミス　〵葦―難波ノ外ハ憚　〵コス　〵シノ―　〵コスノスタレ
〵玉タレノアミメノマヨリ吹風後撰

○席　〵稲―　〵萱―　〵アヤ―　〵サ―　〵苫―　〵ナカ―拾遺　〵ウハ―有憚源氏ニイヘリ
〵唐―　〵スカ―

（51丁オ）

○畳　〵八重―　〵トフノスカコモトフニアミタル也サレト畳ニヨムモ苦カラス

○燈　コヽノツノ枝

○笠　〵花―　〵カラ―　〵松―　〵ソテ―　〵ヒチ―　〵ヒラ―　〵アミ―　〵小―
〵キヌ―　〵スケ―　〵スカ―　〵ミシマ―　〵難波―　〵スケノヲ―　〵梢ノ―　〵梅ノ花―
〵アヤヰ―　〵オホ―　〵竹―　〵カクレ―　〵シハ―

○床　〵マユカ　〵シキタヘ惣シテ家ヲモ床ヲモシキタヘト八云也　〵朝アサトコ　〵イハトコ　〵玉ユカ
〵荒アラトコアラトコノミ　〵ハマユカ　〵ミツノユカ海中

○枕　〵シキタヘ　コマキノタヘカタト云　袖ヲ枕ニスルト云一説アリ　〵ニヰ―
新枕也　〵サヨ―　〵草―　〵スカ―　〵旅―　〵磯―　〵カリ―　〵イハ―

（51丁ウ）

＼トモ―　＼サ、―　＼ツケ―初学抄　＼カチ―　＼ウキ―　＼フルキ―有憚
＼シロタヘノ―　＼トヨサカ―　＼コスケノ―　＼石―　＼タ―
＼草枕ハ山野旅宿ノミニアラスシキタヘハ枕ニカキラス

○釼　＼秋ノ霜　＼銀(シロカネ)ノメヌキノカネノス、メ焼　＼草ナキノ釼(ツルキ)　＼ハヘキリノタチ
＼天(アメ)ノ十握(トツカ)ノタチ　＼カヘコマツルキ　＼タマツルキ

○刀　＼ヒシカタナ垂仁御時后袖ニ入テ御門ヲ傾トス　＼アヲヒエ竹刀也ホソノヲ切也

○弓　＼チノワノユキヤナクヒ天照太神ノ也　＼アマノカコ―　＼マツヒラモタセル
＼真(マ)―　＼アツタ―　＼アツサ―　＼マ―　＼シラマ―　＼槻(ツキ)―　＼タツカ―一説タツカ弓ハ昔
女カナリケルト云　＼マツ初学　＼アツマ―同　＼アクシラママ―陸奥　＼陸奥シナノ、マ―タツマ弓
＼メルマ―　＼アマノイハ―　＼アマツハ―已上八
桑弓蓬矢

○矢　＼トモヤタハサミト云　＼ツルヤ拾　＼万ナル―　＼モロ―後撰　＼イル―　＼カル―　＼アハチノ
ヤヤハラノシノヲ矢ニハクト云リ　＼アマノカクヤ雉射矢　＼マカコノヤサキ綏靖天皇矢也　＼イタヤ
クシ流矢也天稚彦ノ矢也返矢ニ天稚彦ヲ射也　＼ヤツメノカフラ　＼アマツ―　＼アマノハ―

○釣針　＼新ニヰシキチ新シキツリハリ也　＼貧マチ、マツシキツリ　＼ウルケチ愚(ヲロカ)ナルツリ

（52丁オ）

○鐘　霜〵ノカネ霜ニヒヽク也　入合〵ノ―　ネ〵ヨトノ―（宿与殿）　花〵ノ―　カ〵モノ―　野〵寺ノ―

○綱（ツナ）　ア〵ミ―　イ〵ハ―　世大綱万云　イハツナノ又サカヘツヽアヲニヨシ奈良ノ都ヲ又ソ
ミンカモ　日〵ノミツナ神殿ニ引也　ヨ〵ソ―　（52丁ウ）

○縄（ナハ）　シ〵メ―　イ〵カリ―　ツ〵ナテ―　ツ〵リ―　タ〵ク―海人クル也　チ〵イロノタク―

○鏡　ナ〵（七）ヽツコ（子）ノ―百済（クタラ）ノ人ミコトニ献リシ鏡也　ヤ〵タ（八咫）―　マ〵ス―　ヒ〵カタノ―神鏡也　ヒ〵メ―
マ〵ト―　マ〵スミノ―　山〵鳥ノハツオノ　野〵モリノ―万水也

○箱（ハコ）　玉〵クシケ　カ〵ラクシケ後撰　ニ〵サキノ―清輔　浦〵嶋ノ子（コ）カ　玉〵ノ―源
手〵―

○櫛　ク〵ロ―釣針ウシナヒシ時竹原ニ成タルクシ也　ヲ〵―　マ〵―　玉〵―　サ〵シ―　ツ〵マ―
ツ〵クシ―　ツ〵ケノヲ―　ユ〵ツノ―　ユ〵ツノツマ―稲名姫ヲ櫛ニナシテ頭ニサス

○鬘（カツラ）　玉〵―　ユ〵フ―　柳〵ノ―　紫〵ノ―　色〵（万）ノ―　ア〵フヒ―　花〵―

○琵琶　ヨ〵ツノヲ　ナ〵カハナル月半月ヲ云　ト〵ヲ山未詠遠山也

○箏（コト）　手〵（テ）ナレノ―　コ〵トノシタヒ　松〵風　雪〵ノシラヘ　カ〵キナス―
紫〵式部歌ニモヨモキカ中ノ虫ノ音トヨメリ　琴〵ノヲニ柱（コトチ）ノアタル所ヲハ　（53丁オ）
岩コスト云　隠〵士絃ハ陶潜琴也カツラノヲトイヘリ已上八
無〵絃琴

○和琴　アマツコト（ツマ歟）（只アマツトモ）　ヤマトコト　煙ノ桐　玉ノヲー

○笛　オツル梅（曲也）　笛竹　横ー　コチク（胡竹）　源氏ニ秋ニカハラヌ虫ノ
声トイヘルハ笛ノ声也　チクサノ声トヨメリ（様〻ノ音也）

鼓　イサメノー　時（万）モリカー

幣　ミテ゛クラ（木ニ挿タル也五十ノ串トカケリ）　トヨミテクラ　シテ　ユフ　ヌサ　手向　イクシ（紙ヲ）
大ヌサ　ミヌサ　ユフキヌ　アラタヘ（木綿也）　ユフカツラ（ユフシテ也）
アヲニキテ゛（青和幣）　シラニキテ゛（白和幣）　ミシマユフ（ミシマノ木綿也）　榊カエニシラカツケ
（イヘルモユフ也）

○珠　白（シラ）ー　タケー　衣ノウラ（法華経事也）　カサシノー　露ノー　涙ノー　アコヤノー
塩ミツー　塩ヒノー　アラー　草ー　竹ー　クステー　シキー　タレー
ホコー　クシー　クシケー

○火　イサリー（イサリタク火トモ）　蚊遣ー（カヒトモ）　カヽリー　トフー（野焼）　アフラー　モクツー
トモシ　庭ー（神楽）　葦ー（難波）　野ー　アサモヒ（物スル火也）　衛士ノタクー
スクモ　ウツミー　アクター　ワラヒ　ウチー　切ー　イケー　走ー
ツケー

○色　ユルシー（紅紫）　今ヤウー　アラソメ　ウツシー　ニ（新）ヒー　カモノハー　クチナシー
桜ー　花ー　空ー　下ー　紅ー

○朱　マ〳〵（真朱）カニ　ア〳〵ケ　ク〳〵チハ　山〳〵アヰ
（54丁オ）
○帝王　〳ヤ〳〵（八角）スミシル（知）　ス〳〵ヘラキ（ゞ）皇キミコ（スヘラ）トモ　オ〳〵ホ君　大〳〵ヤケ　ヒ〳〵シリノ御世万
○御所　九〳〵重　モ〳〵（百）、シキ（城）又百寮トモ　雲〳〵井　大〳〵宮内裏ナラテ上皇御所ヲ大宮ノ内ニモトヨメリ　蓬〳〵カ洞（ホラ）
　大〳〵内山　玉〳〵シク庭玉シクハ只物ヲホムル心ナレハ只ノ所ニモ玉シカマシヲナトヨメル也　〳紫〳〵ノ庭　〳ミ〳〵カハ水
○院　ム〳〵ナシキ舟延久　院〳〵ヲモ御門ト云源氏ニハ山ノミカト又只御門トモアリ　御〳〵所ハハコヤノ山
○春宮　ハ〳〵ルノミヤ　ア〳〵ヲキ宮　ミ〳〵コノ宮　マ〳〵ウケノ宮
○斎宮　野〳〵ノ宮　タ〳〵ケノ宮伊勢御在所　イ〳〵ツキノ宮　イ〳〵ハ宮
○斎院　イ〳〵ツキノ宮同二斎宮一　ア〳〵リス川御所也本院名　カ〳〵モノイツキ
○后　紫〳〵ノ雲　シ〳〵リエノ宮　此〳〵内中宮ヲ秋ノ宮ト云但治安大宮上東門
　前裁哥時能信卿義忠　秋ノ宮トヨメリ　不限二中宮一歟
○国母　ハ〳〵、キ、
○親王　カ〳〵（雁）リノ池　ミ〳〵コ□ノ花　ア〳〵ツマ枝
○大臣　カ〳〵ケナヒク　ホ〳〵シノ階　オ〳〵ホヌシ　ミ〳〵カサ山　オ〳〵ト、
○神　〳ア〳〵（明）キ—（万）　〳モ〳〵（諸）ロ—　国〳〵ツ—　石〳〵—万　男〳〵—　女〳〵（ヲンナ）—　チ〳〵（千万）ヨロツ—　ヤ〳〵シリノ—
（54丁ウ）
　〳八〳〵嶋モル—　ア〳〵ラ人—　葉〳〵□ノ—柏木ニアリ葉ヲ守ル神也　ム〳〵スフノ—ウフノ神也
　ヒ〳〵モロキ神祭也或神籬ト云リ　神〳〵ノミサカ神ノ御サカヘ也　〳カ〳〵シハテ神膳
　神〳〵殿作ニハイハヒヲノ斎斧　イ〳〵ハヒスキ斎鋤　テ〳〵ルヒノミコ神宮ヲ申也万三ニアリ
　ト〳〵ヨヲカヒメ　夜〳〵ヤサムキ衣ヤウスキカタソキノ行アヒノマニ霜ヤヲクラン住吉明神
（55丁オ）

（白紙）
（55丁ウ）

（白紙）
（56丁オ）

（白紙）
（56丁ウ）

（白紙）
（57丁オ）

（白紙）
（57丁ウ）

（白紙）
（58丁オ）

（白紙）
（58丁ウ）

逢坂

〽鶯ノ鳴トモ未タフル雪ニ松ノ葉白キ逢坂ノ山　新古

〽逢坂ヤ梢ノ花ヲ吹カラニ嵐モ霞ム関ノ杉村　同

〽相坂ハ山郭公名ノル也関モル神ヤ空ニトフラン　千

逢坂ノ関シマサシキ物ナラハアカス別ル、君ヲト、メヨ　古

カツ越テ別モ行カ逢坂ハ人タノメナル名ニコソ有ケレ　古

難波

〽難波カタ霞（マ）ヌ浪モ霞ミケリウツルモクモル朧月夜ニ　新古具親

〽我恋ハイハヌハカリソ難波ナル葦ノシノヤノ下ニコソタケ　同

〽千代フヘキ難波ノ葦ノヨソカサネ露ノフルハノ露ノ毛衣　新勅

〽難波人スクモタク火ノ下コカレウヘハツレナキ我身也ケリ　千

〽ウツモレヌコレヤ難波ノ玉カシハモニアラハレテ飛螢カナ　如能

〽難波江ノモニウツモル、玉カシハアラハレテタニ人ヲ恋ハヤ　俊頼　金
（59丁オ）

〽フナ木ヲフ堀江ノ川ノミナキハニキヰツ、鳴ハ都鳥カモ　万

〽五月マツナニハノ浦ノ郭公アマノタクナハクリカヘシナケ　季通

〵難波カタ塩干ニアマルアシタツノ月カタムケハ声ウラム也　新古
〵浪カヘル難波ノ里ノアシ枕月ミントテヤムスヒソメケン

芳野

〵吉野山桜カ枝ニ雪チリテ花ヲソケナル年ニモ有カナ　新古
〵三吉野ノオホ川ノヘノフル柳陰コソミエネ春メキニケリ　同
〵吉野山コソノシホリノ路カエテマタミヌ方ノ花ヲ尋ネン　同
〵チリマカフ花ノヨソ目ハ吉野山嵐ニサハク嶺ノ白雲　同
〵芳野川■（岸）ノ山吹サキニケリ嶺ノ桜ハチリハテヌラン　同
〵吉野川岸ノ山吹サキヌレハ底ニソ深キ色ハミエケル　千
〵我恋ハ吉野ノ山ノ奥ナレヤ思ヒ入レトモアフ人モナシ　詞
〵故郷ハ吉野ノ山シ近ケレハヒトヒモミ雪フラヌ日ハナシ　同
〵白雲ニマカヒヤセマシ吉野山オチタル瀧ノヲトセサケ（マヽ）ケリ　千
〵三吉野ノタカネノ桜チリニケリ嵐モ白キ春ノ曙　新古
〵三吉野ハ春ノケシキニ霞メトモムスホヲレタル雪ノ下草　紫式部
〵吉野山月ハ高ネニカタムキテ嵐ニノコル鐘ノ一声　建仁哥合■
〵昔タレカヽル桜ヲタネヲウヘテ吉野ヲ春ノ山トナスラン　新勅
〵冬コモリ吉野ノ山ノ岩屋ニハ苔ノシツクモ春ヲ知ラン　頼政

宇治

〵暮テ行春ノミナトハ知ネトモ霞ニ落ル宇治ノ柴舟　新古
〵小莚ヤ待夜ノ秋ノ風フケテ月ヲカタシク宇治ノ橋（マヽ）　同
〵フモトヲハ宇治ノ川霧立コメテ雲井ニミユル朝日山カナ　同
〵アシロ木ニイサヨフ浪ノ音フケテ独ヤネヌル宇治ノ橋姫　同

（59丁ウ）」

橋姫ノカタシキ衣小莚ニマツ夜ムナシキ宇治ノ明ホノ　同
秋フカキ八十宇治川ノフカキ瀬ニ紅葉ヲクタスアケノソフ（マヽ）舟　順徳院
チハヤフル宇治ノ橋守ナレヲシソアハレト思フ年ノヘヌレハ　読人不知　古
村雨ニチリヤ過ナン山城ノ宇治ノ都ノ秋萩ノ花
朝日山フモトノ里ノ卯ノ花ヲサラセル布ト思ヒケルカナ　顕輔
尾花フクイホリノ露ヤフカヽラン宇治ノ都ニサヲ鹿ノ鳴　光明峯寺入道

伯瀬（マヽ）

初セ山雲井ニ花ノサキヌレハ天ノ川浪立カトソミル　■金
石ハシルハツセノ川ノ浪枕早クモ年ノクレニケルカナ　新古
伯（マヽ）瀬山夕越クレテ宿トヘハ三輪ノヒハラニ秋風ソ吹
カクラクノトナセノ山ニ霞タチタナヒク雲ハイモニカモアラシ　万七
伯（マヽ）瀬山峯ノトキハ木吹シホリ嵐ニクモル雪ノ山本　続古
（60丁オ）

須磨

播磨カタスマノ関屋ノ板ヒサシ月モレトテヤマハラナルラン　詞
ハリマ方スマノ月夜ニ空サエテエシマカ崎ニ雪フリニケリ　千
播磨方スマノ晴間ニ見ワタセハ浪ハ雲井ノ物ニソ有ケル　同
須磨ノ浦ニアマノコリツムモシホ木ノカラクモ下ニモエワタルカナ　新古

清見

清見カタ月ハツレナキ天ノ戸ヲマタテモシラム浪ノ上カナ　新古
（60丁ウ）
契ラネト一夜ハスキヌ清見カタ波ニナカル、暁ノ雲　同
清見カタ関ニトマラテ行舟ハ嵐ノサソフ木葉ナリケリ　千

竜田　\心トヤ紅葉ハスラン竜田山松ハ時雨ニヌレヌモノカハ　新古
\竜田山松ノ村タチナカリセハイツクカ残ルミトリナラマシ　千
\白雲ノタツ田ノ山ノ八重桜イツレヲ花トワキテ折ケン　新古
\白雲ノ春ハ重テ立田山ヲクラカ峯ニ花匂フラン　同
\タカミソキ木綿ツケ鳥カ唐衣竜田ノ山ニオリハヘテ鳴　古
\花ノチル事ヤカナシキ春霞竜田ノ山ノ鶯ノ声　古
\夏衣立田ノ山ノ郭公袖カタシキテ待タヌ日ソナ■　正家　良玉
（61丁オ）」
\立田山木ノ葉色付程ハカリ時雨ニソメヌ松風モカナ　続拾
\コレモ又神代ハシラヌ立田川月ノ氷ニ水ク、ルトハ　後京極　古来哥合
\神ナヒノ山ヲ過行秋ナレハ立田川ニソヌサハタムクル　深養父
\紅ノ八シホノ雨ソフリヌラシ立田ノ山ノ色付ミレハ

住吉　\月ハナヲモラヌ木ノ間モ住吉ノ松ヲツクシテ秋風ソ吹　新古
\住吉ノ恋忘草タネタエテナキ世ニアヘル我ソカナシキ　同
\住江ノ浜ノ真砂ヲフムタツハ久キ跡ヲトムル也ケリ　同
\我ミチヲマモラハ君ヲマモラナンヨハヒハユツレ住吉ノ松　同

宇津山　\旅ネスル夢路ハユルセ宇津ノ山関トハキカスモル人モナシ　新古
（61丁ウ）」
\都ニハ今ヤ衣ヲウツノ山夕霜ハラフツタノ下路　同
\袖ニシモ月ヤトレトハ契ヲカス涙ハシルヤ宇津ノ山越　同

片野　\又ヤミン片野ノミノ、桜カリ花ノ雪チル春ノ明ホノ　新古

〽逢コトハカタ野ノ里ノサヽノ庵シノニ露チル夜ハノ床カナ　同

（62丁オ）」

高砂　〽タカサコノ尾上ノ桜サキニケリ外山ノ霞タヽスモアラナン　後拾

サラシナ　〽月ミレハ遥ニ思フサラシナノ山モ心ノウチニソ有ケル　千

〽イツコニモ月ハワカシヲイカナレハサヤケカルランサラシナノ里　同

〽サラシナヤヲハステ山ノ在明ノツキセスモ物ヲ思フ比カナ　新古

〽サラシナノ山ヨリ外ニテル月モナクサメカネツ此比ノソラ　同

（62丁ウ）」

ヲシマ　〽行年ヲヲシマノアマノヌレ衣カサネテ袖ニ浪ヤカクラン　新古

三輪　〽別レニシ人ハ又モヤ三輪ノ山スキニシ方ヲ今ニナサハヤ　新古

〽我庵ハ三輪ノ山モト恋シクハトフラヒキマセ杉タテル門　読人不知

〽霰チル三輪ノ檜原ノ山風ニカサシノ玉ノカツ乱レツヽ　続拾

〽ハツセ山夕越クレテ宿問ヘハ三輪ノ檜原ニ秋風ソ吹　新古

〽五月雨ハフル野ノ小篠水越テ雲ニソラナキ三輪ノ山本　慈鎮

〽御ヌサトル三輪ノ祝ヤウヘヲキシ木綿シテ白クカ[redacted]ル卯花

（63丁オ）」

井手ノ玉川　〽駒トメテ猶水カハン山吹ノ花ノ露[redacted]ケフ（マヽ）井手ノ玉川　新古

〽春フカミ井手ノ川水影ソハヽ幾重カミエン山吹ノ花　千

〵水カクレニスタクカハツノモロ声ニサハキソワタル井手ノ浮草　良暹　続拾
〵山城ノ井手ノ下ヲヒイク代ヘテムスフ契ノアハレナルラン　現六
〵カヨヒコシ井手ノ岩橋タトリキテ心モサラスサケル山吹
〵アチキナク井手人モユカシ此里モ八重ヤハサカヌ山吹ノ花　伊勢家
玉モカル井手ノシカラミウスキカモ恋ノヨトメル我心カモ

筑波山　〵ツクハ山ハ山シケ山シケヽレト思ヒ入ニハサハラサリケリ　新古
〵我ナラヌ人ニ心ヲツクハ山シタニカヨハン道タニヤナキ　同

木幡　〵木幡山アルハサナカラクチナシノ宿カルトテモコタヘヤハセン　知事　新六
〵我駒ヲシハシトアラハ山城ノ木幡ノ里ニアリト答ヘン　俊頼　千

音羽山　〵音羽山夕イル雲ヲ吹風ニサクホトミスル花桜カナ　岩清水哥合
川　〵松虫ノ初音サソフ秋風ハ音羽山ヨリ吹ソメニケリ　読人不知　古
〵音羽山滝ノ水上雪消テ朝日ニ出ル水ノ白浪　光明峯寺入道　続古
〵音羽川秋□ク水ノシカラミニアマルモ山ノ木ノ葉也ケリ　順徳院　続古
〵山風ノ吹ヌルカラニ音羽川セキ入レヌ花モ滝ノ白糸　雅綱　千五百番
〵有トノミ音ニ聞ツル音羽川ワタラハ袖ニ影モミエナン　新古

(63丁ウ)

大原　〵アタニフク草ノイホリノアハレサニ袖モ露ヲク大原ノ里
山風ニ峯ノサヽクリハラ〳〵ト庭ニオチシク大原ノ里
〵大原ノコノ市柴ノイツレカモ我(カ)思フイモニコヨヒアヘルカモ　日原天皇　万
〵大原ヤマタ炭竈モナラハネハ我カ宿ノミソ煙ヘタツル　良暹　詞　新古

小野　〽妻木コル小野ノ山辺ハ霧コメテ柴ツミ車道ヤマトヘル■　堀百
〽初雪ハ真木ノ葉白クフリニケリコヤ小野山ノ冬ノサヒシサ　経信　金
大原ヤ小野ノ炭竈雪フリテ心ホソケニ立煙カナ　師頼　堀百
〽須磨ノ浦ニ塩ヤクアマノ煙カト見テマカヘツル小野ノ炭竈　河内　堀百
〽夕露ニアサノサ衣ソホチツヽ冬木コリオク小野ノ山人　師俊　良玉
〽雪ノ色ヲウハ□テサケル卯花ニ小野ノ里人冬コモリスル　公実　金
〽ヤミナレト月ノ光ソサシテクル卯花サケル小野ノホソ路　基俊　堀百
白露ニタヘヌ秋萩オリフレテ柴カル小野ノ道タニモナシ　経信　万代
〽夕サレハ霧立ソテニ雁鳴テ秋風サムシ小野ノ篠原　続拾

(64丁オ)

嵯峨　■〽嵯峨ノ山御幸タエニシ芹川ノ千代ノフル道跡ハ有ケリ　行平　後
〽小萩サク秋マテアラハ思ヒ出ンサカ野ヲヤキシ春ハ其日ト　後撰
嵯峨ノ山雲井ノ春ニ引ソメテタエスモ今ハワタルアヲ馬　現六

大沢池　〽一本ト思ヒシ菊ヲ大沢ノ池ノ底ニモタレカウヘケン　友則　菊
〽滝ノ音ハ絶テ久ク成行(マヽ)ト名コソ流レニナ(マヽ)ヲ聞ヘケレ　公保(マヽ)

(64丁ウ)

広沢池　〽サラシナモ明石モ此ニサソヒキテ月ノ光ハ広沢ノ池　慈鎮
〽風吹ハミサヒ浮草カタヨリテ月ニ成行広沢ノ池　季景 哥合　新宮
〽秋ノ夜ノ月ヲミニクル人タニモネヌ名ハタチヌ広沢ノ池　光俊 新六

大井河　＼大井川イク瀬鵜舟ノ過ヌランホノカニ成ヌカヽリ火ノカケ　雅定
＼大井川セヽニヒマナキ篝火ニミユルハスタク螢ナリケリ　顕季
＼大井川風ノシカラミカケテケリ紅葉ノ筏行ヤラヌマテ　後撰
＼水上ニ紅葉ナカレテ大井川ムラコニミユル滝ノ白糸　後拾
＼大井川イセキノ水ノナカリセハ紅葉ヲシケル渡トヤミン　金
＼大井川マレノ御幸ニ年ヘヌト紅葉ノ渕ト跡ハ有ケリ　続後
＼陰サヘニ今ハト菊ノウツロフハ浪ノ底ニモ霜ヤヲクラン　新古
＼大井川クタス筏ニヲトロキテイセキニキヰル千鳥鳴也　堀百
＼大井川カヽリサシ行ウカヒ舟イクセニ夏ノ夜ヲ明ラン　新古
（65丁オ）
桂川　＼久方ノ月ノ桂ノ近ケレハ星カトミユルカヽリ火ノカケ　良玉
＼桂野ヤ川ソヒ柳浪カケテ梅津ハハヤク春メキニケリ　詩哥合
＼久方ノ桂ノ里ニ小夜衣オリソヘ月ノ色ニウツ也　定家
嵐山　＼朝ホラケ嵐ノ山ハ峯ハレテ麓ニクタル秋ノ川霧　為家
＼朝嵐ノ山ノ陰ナル川ノセニナミヨル葦ノ音ノサムケサ　後嵯峨院
＼色ミエヌ冬ノ嵐ノ山カケニ松ノカレ葉ソ雨トフリヌル　定家
小倉山　＼小倉山フモトヲコムル夕霧ニ立チモラサルヽサホ鹿ノ声　西行　新勅
＼露霜ノ小倉ノ山ニスマヰシテホサテモ袖ノクチヌヘキカナ　定家
＼イカニセン小倉ノ山ノ郭公オホツカナシト音ヲノミソナク　三条左大臣
＼鳴雁ノ音ヲノミソキク小倉山霧立ハルヽ時シナケレハ　新古

〽ツヽシサク山ノ岩根ハタハヘテ小倉ハヨソノ名ノミナリケリ　西行

石上　〽イソノカミフルキ都ヲキテ見レハ昔カサセシ花サキニケリ　新古

（65丁ウ）」

イソノカミフル野ノ桜タレウヘテ春ハ忘レヌ形見ナルラン　新古

室ノ八嶋　〽朝霞フカクミユルヤ煙立ツムロノ八嶋ノワタリナルラン　新古

〽タエスタツ室ノ八嶋ノ煙カナイカニツキセヌ思ナルラン　千

ナコノ海　〽ナコノ海ノ霞ノ間ヨリナカムレハ入日ヲアラフ奥津白浪　新古

水無瀬　〽見ワタセハ山本カスム水無瀬川夕ハ秋トナニ思ヒケン　新古

〽思ヒアマリ人ニトハヽヤ水無瀬川ムスヘハ水ニ袖ハヌルヤト　千

三嶋江　〽三嶋江ヤ霜モマタヒヌ葦ノ葉ニ角クム程ノ春風ソ吹　新古

〽三嶋江ノ入江ノマコモ雨フレハイトヽシホレテカル人モナシ　新古

吉野　〽吉野山花ヤ盛ニ匂フラン古郷サラヌ峯ノ白雲　新古

〽ヲトニノミ有トキヽコシ三吉野ノ滝ハケフコソ袖ニ落ケレ　新古

（66丁オ）」

清滝川　〽フリツミシ高峰ノミ雪トケニケリ清滝川ノ水ノ白波　新古

〽岩根コス清滝川ノハヤケレハ浪ヲリカクル岸ノ山吹　新古

筏〵ヲロス清タキ川ニスム月ハ棹ニサハラヌ氷ナリケリ　千

末松山　霞〵タツ末ノ松山ホノ〳〵ト浪ニハナル、横雲ノソラ　新古

神ナヒ川　蛙鳴〵神ナヒ河ニ影ミエテ今カサクラン山吹ノ花　新古

神〵ナヒノ三室ノ山ノ葛（クス）〵カツラウラ吹カヘス秋ハキニケリ　新古

（66丁ウ）」

ケシキノ杜　秋〵近キケシキノ杜ニ鳴蟬ノ涙ノ露ヤ下葉染ラン　新古

秋〵ノクルケシキノ森ノ下風ニ立ソフモノハアハレナリケリ　千

深草　深〵草ノ露ノ夜スカヲ契ニテ里〵ヲハカレス秋ハ来ニケリ　新古

水クキノ岡　水〵クキノ岡ノ葛葉モ色付テ今朝ウラカナシ秋ノ初風　新古

伏見　雁〵ノクル伏見ノ小田ニ夢サメテネヌ夜ノイホニ月ヲミルカナ　新古

衣〵ウツヲトハ枕ニスカハラヤ伏見ノ夢ヲイクヨ残シツ　新古

伏見（スカハラ）　ナ〵ニトナク物ソカナシキ菅原ヤ伏見ノ里ノ秋ノ夕暮　千

（67丁オ）」

葛木　カ〵ツラキノ雲ノ梯秋クレテ夜ハニハ霜ヤサエワタルラン　新古

鈴鹿　鈴〵鹿川フカキ木ノ葉ニ日数ヘテ山田ノ原ノ時雨ヲソキク　新古

サホノ山　〽入日サスサホノ山ヘノハヽソ原雲ラヌ雨ト木ノ葉フリツヽ　新古

泉川　〽時ワカヌ浪サヘ色ニ泉川ハヽソノ森ニ嵐吹ラン　新古

飛鳥川　〽飛鳥川瀬〻ニ浪ヨル紅ヤ葛城山ノ木枯ノ風　新古

名取川　〽名取川ヤナセノ浪ソサハクナリ紅葉ヤイトヽヨリテセクラン　新古

（67丁ウ）

野田ノ玉川　〽夕サレハ塩風コシテミチノクノ野田ノ玉川千鳥鳴也　新古

吹上浜　〽浦風ニ吹上ノ浜ノハマ千鳥浪立クラシ夜ハニ鳴ナリ　新古

〽月ソスム誰カハ此ニ紀ノ国ヤ吹上ノ千鳥ヒトリ鳴也　新古

鳴海　〽サヨ千鳥声コソ近クナルミカタ傾ク月ニ塩ヤミツラン　新古

〽風吹ハヨソニ鳴海ノ片思ヒ思ハヌ浪ニ鳴千鳥カナ　新古

天香山　〽雪フレハ峯ノマサカキウツモレテ月ニミカケル天ノカク山　新古

フル野　〽石上フル野ノヲサヽ霜ヲヘテ一夜ハカリニ残ル年カナ　新古

（68丁オ）

和哥松原　〽イモニコヒ和歌ノ松原ミワタセハ塩ヒノカタニタツ鳴ワタル　新古

イナ野　〱　シナノナル（カ鳥）ヰナ野ヲユケハアリマ山夕霧立ヌ宿ハナクシテ　新古

松嶋　〱　立皈リ又モキテミン松嶋ヤヲシマノトマヤ浪ニアラスナ　新古

ミカノ原　〱　ミカノ原ワキテ流ル、イツミ川イツミキトテカ恋シカルラン　新古

クメチノ橋　〱　イカニセンクメチノ橋ノ中ソラニワタシモハテヌ身トヤ成ナン　新古

（紀国）ユラノト　〱　ユラノトヲワタル舟人カチヲタヘ行衛モシラヌ恋ノ道カモ　新古

カチヲタエユラノ湊ニヨル舟ノ便モ知ラヌ興津塩風　新古

紀ノ国ヤユラノ湊ニヒロフテフタマサカニタニ逢ミテシカナ　新古

名取川　〱　アリトテモアカヌタメシノ名取川朽（マヽ）ハテタエハテネ瀬〻ノ埋木　新古

ヲトナシ川　〱　ワクラハニナトカハ人ノ問ハサランヲトナシ川ニ住身ナレトモ　新古

フケヰノ浦　〱　アマツ風フケヰノ浦ニヰルタツノナトカ雲井ニ皈ラサルヘキ　新古　藤原清正

殿上ハナレテヨミ侍ケル

シノタノ森　〱　思フ事チエニヤシケキ呼子鳥シノタノ森ノ方ニ鳴也　千

過ニケリシノタノ森ノ郭公タエヌシツクヲ袖ニ残テ　新古

小野　〱　今夜ネテツミテ皈ラン菫（草イ）サク小野ノ芝生ハ露シケクトモ　千

（68丁ウ）」

宮城　〽トモシスル宮城カ原ノ下露ニシノフモチスリカハク夜ソナキ　千

(69丁オ)」

ウルマノ嶋　〽ヲホツカナウルマノ嶋ノ人ナレヤ我コトノハヲ知ラスカホナル　千

生田川　〽恋ワヒヌチヌノマスラヲナラナクニ生田ノ川ニ身ヲヤナケマシ　千

シカマノ市　〽恋ヲノミシカマノ市ニタツ民ノタヘヌ思ヒニ身ヲヤカヘナン　千

サノヽ中川　〽住ナレシサノヽ中川瀬タエシテ流レカハルハ涙ナリケリ　千

稲荷山　〽稲荷山シルシノ杉ノ年フリテミツノミ社神サヒニケリ　千

葦屋ノ里　〽イサリ火ノ昔ノ光ホノミエテ葦屋ノ里ニ飛螢カナ　新古

(69丁ウ)」

ヲシマ　〽心アルヲシマノアマノ袂カナ月ヤトレトハヌレヌ物カハ　新古

サノヽ渡　〽駒トメテ袖打ハラフカケモナシサノヽワタリノ雪ノ夕暮　新古

和歌ノ松原　〽イモニコヒ和哥ノ松原見ワタセハ塩ノヒカタニタツ鳴ワタル　新古

サヤノ中山　〽東路ノサヤノ中山サヤナニモミエヌ雲ヰニ世ヲヤツクサン　新古

（白紙）

（70丁オ）」

（70丁ウ）」

和歌会席

和歌会席　講師作法等

和歌会席事　和歌講師作法等

兼日題ニアツカル人〻モヨホシニヨリテ右其所ニ参シ集ル
也（和哥清書シテ懐中落サヽルヤウニ可加用意也）主人客亭ニイツ主人命ニ
ヨリテ其所ニシタカヒ可然家僕ニテモ文台ヲ置シム
ヘシ本儀硯ノ蓋（フタ）也アヲノケテ置ヘシ又内〻ニハ例式足ノ
付タル文台ヲモ置ナリ本式ニハ講師ノ円座ナトヲモシカ
シムル也其後哥人下臈ヨリモス、ミテ歌ヲ、ク也是モ本
式ニハ左右ノ手ニテ哥ヲ取テ（右手取頗横ナルヤウニ是ヲモツ左手聊加レ末也）
是ヲ置ヘシ但堅固内〻ノ時ハ懐紙ヲ右ノ袖ニ入テ懐中シ
シツカニ参進シテ文台ノ前ニ跪テイサヽカ膝行スルヤウニ
シテ右ノ袖ノ下ヨリ歌ヲトリ出シテ聊端ヲヒラキテ見テ
後本ノコトク能巻テ懐紙ノ上下ヲ能折付テ置也文台
ノ上下アリ下ノカタニ置ヘシ（文台ノ左方カ上ナリ）但最末ノ下臈□ト
文台ノキハ畳ノ上（ウヘ）ニモ置事アリ人〻ノ所存ニヨルヘシ
懐紙ノ下ノカタヲ文台ノムカヒヘナシテ置ヘシ右ノ哥ヲ」（1オ）

置オハリテ主人読師ニ気色読師坐シ寄テ（当座第一ノ人多勤之也）
（第二ノ人ハヲノツカラ文台ノ右方ニ有ヘシタヨリアル歟）文台ノ上ナル懐紙ヲトリテ可然
人ヲ召テ（近代是ヲ下読師ト号スルナリ）是ヲ給テ其人次第ニ和哥ヲ
カサネシムル也是モ本式ノ事也内〻ノ時ハ読師召ニ講師ニ其儀
例式内〻ノ時ハ其人ニ目スルナリ（兼テ其人ヲ定置ナリ）講師参進本儀
円座ヲマフクル時タヽシク円座ノウヘニハ座セスチトヒサヲ
カケテ居ヤウニスル也内〻ノ時ハ文台ノ前ニ跪テ居寄
ヤウニシテ即安座スル也文台ニ遠クハ座スヘカラスタシカニ
文字ヲミンカタメ也次ニ読師ノ気色ヲ請テ一首ノ時ハ端作
ヨリ作者歌マテヲヨミ上ル也文字ヲミル時ハウツフキアヲ
ノクヘカラス是ヲ額突講師トイヒテ見クルシキ事ニスル也
読師懐紙ヲ取テ文台ノ上ニヒロケテヲク後気色ヲ
請テ歌ヲハ読上ル也先一首ヲ見渡シテ大カタ哥ノ心ヲ
得テ後声ヲ出スヘキ也一句ツヽ切音ニコレヲ読アク次発声
ノ人五文字ヲ詠シ上ルトキ読師以下同音ニ詠吟スル也反」（1ウ）
数ノ事ハ人ニヨリ時ニヨルヘキ也一度講シ訖又読師次ノ
懐紙ヲ取テ初ノ懐紙ノ上テヒロケテ置、之（テ）講師ニ読
上サスル也講頌之儀前ノコトシ次第講シ畢最末ノ懐紙
ヨミハテヽ、（講）読師ハイソキ座ヲ立ヘキナリ（殊忽立故実也）コト〳〵ク
講シ畢テ人〻座ヲシリソクトイヘトモ読師ハ相居残テ懐
紙ヲ能トヽノヘテモトノコトク二ニ折テ文台ノ上ニ置テ退也
懐紙ヲ三ニ折テ置事アリ又本儀ノ時ハ懐紙ヲ懐中
シテ退ク事アリヨノツネ内〻ノ時ハ文台ノ上ニモトノコトク
オキテ退也是ハ先一首ノ懐紙ノ時ノ事也内〻披講ノ
時ハ文台ノ右ノカタヘ進寄テ講シ着座ノ後当座ノ

短冊アル時ハ先是ヲ取テ文台ノキハニタテサマニ置テ
次ニ懐紙ヲ取テ右ノ膝ノカトニ二ニ折テ置テ上ヨリ取テ
文台ノ上ニヒロケテヨマスル也懐紙披講ハテ、其懐紙
ヲトリノケテ初ノコトク二ニ折テ又膝ノキハニ置テ其後
短冊ヲトリテソハヲ能ツキソロヘテ文台ノ上ニヲキテ」（2オ）
ヨマスル也短冊ヲハ右手ニテ我前ノ方ヘ返ス也講シ訖後モ
相居残テ懐紙ヲ文台ノ上ニ置テ又懐紙ノ上ニ短冊ヲ置テ
退也凡読師講師ノ作法口伝故実等アリトイヘトモワサト
委クハ注ニ及ハサル也

一和哥披講之座席事

人麿影供ナトノ事ハ久中絶シテ今ノ世ニトリオコナフ事
稀也又公宴等ノ事各別タルウヘ注シ付ルニ及ス私様内〻
ハ人丸ノ影ナトカクル事常ノ事也若両社明神尊号ナト
双テカクル事アラハ座敷ノ右ノ方ニ明神ヲカケテ左ニ
人丸ヲカケヘシ其外高貴神号モシハ卅六人ノ影以下
凡其官位ニ随テ左右ニ可掛也但明神ニテモ人丸ニテモ
一幅ノ時ハ例式ノコトク中ニカケテ其前ニ香爐ヲ置ヘシ
花瓶ナトノ事ハ定タル法式有ヘカラサル歟常ノ座敷ニ相
替マシキ也アマタノ影ナトヲモカケハ押板ノ上ナト一対ノ花
瓶等時ニシカルヘキニヤヲシ板ナラスシテ本尊ノ前ナトニ」（2ウ）
文机ナトヲ置ハ其上ニ花瓶香爐等ノ有ヘキ也又読
師講師ノ座ハ本式晴会ニハ円座ヲマフクル事アレト
常ニハ其儀ナシ只其座ノホトラヒヲ能ハカラヒテ着ヘキ
ナリ此外コトナル儀有ヘカラサル歟

一講頌人数事

会衆アマタアリトイヘトモコト〳〵ク文台ノアタリニチカツク
事ナシ其中ニテ可然人次第ニ座ニ寄テ講スル也公宴
ナトモ講頌ノ人数ヲハ内〻ウカヽヒ定テ和哥奉行ノ
人カネテ其仁ニ示テ置也　内〻私様ニハ其儀ナシ
イツレニモ此人数規模スル事ナレハ自由ニハ有マシキ也多ト
イフトモ十人アマリニハ過ヘカラサル歟人数ノ外ニモ哥ヲヨク
キカンタメニ其席ニ望事ハクルシカルヘカラス是又恒ノ事也

一反数事

公宴儀　御製七反　関白　五反
女房典侍以下或ハ上臈 上ノ院ニアリ本ノマヽ 五反　大中納言二反但一位大納言 三度」（3オ）
参議以下　殿上人四位 五位ナトモハ皆一度也大概之儀如此但
事ニヨリ時ニシタカヒテ名哥秀逸ナトノ出来ノ時ハアマタ
タヒニ及テ講スル事上古已来其例多シ兼テ相定カタ
キ事歟況私様ナトニハ其人ニヨリ所ニ随テ故実オホ
カルヘキニヤ殊更児女房ナトノ哥ハアナカチ秀逸ナ
ラストモ当座ノ会釈モ有ヘキニコソ注シ付ルニハ及カタキ
事ナルヘシ

一発声事

是モ其座中可然カタ其仁ニアタル也公宴或ハ晴ノ会ナト
ニハ平調ナトシカルヘシ内〻無人数ノ時ナトハ一越調ノ下ナト
可宜ニヤ講師ノ声ヲウケテ発声スル事ナレト若其調
子ニノラサル事アラハ発声ノ人心中ニ能〻吟味シテ頌シ
上ヘキ也甲乙三重ナルヘシ哥数ノ中程ヨリ乙ニナシテ漸ハテ
時分ニハ三重ニナス也若其時ノ調子タカクテ三重ニハ声
ト、キカタキヤウナラハ三重ニナサスシテモハタス也軸哥」（3ウ）

講シオサムル時最結句ニハ初甲ノ声ニナス也但又三重ノ時ハ甲ニ返ス事ナケレトモ中音ニテモハタスヘキ也時ニヨルヘシ甲乙三重ニ講スヘキホトラヒノ事ハアナカチ定タルヤウ有ヘカラス懐紙短冊哥ノ数ヲハカラヒテ三段ニ講スヘキ也凡哥数三十首ハカリアラハ十首ハカリハ甲ニシテ十四五首ハ乙ニテ残五六首ノホトラヒ三重ニナスヘシ三重ハ声ノツヽカサル事アレハ前ヨリハ其数スクナカルヘシ又甲ヨリ乙ニウツリテヨリ三重ニナス所モ其中可然人ノ歌ヨリナシタルカヨキ也但哥ノ残リヤウノホトラヒヲハカラフ事ナレハ其時ハカナラスシモ主人ノ哥又ハ秀逸ナラストモ調子ヲ上ヘキ也大カタ甲乙三重ト次第シタレトモ其人ニヨリ或ハ名哥ナトノ有時ハ甲ノウチニテモ中音三重ニナシテ又モトノ甲ニ返シテ講スル事也常ニハセヌ事也一々口伝ニ有事ナレハ努々注シ付ヘキ事ナラネトサリカタキ所望ニヨリテ大概ハ書載所也道ノタメ可憚事ナリ又中音ノ時ハ第二ノ（4オ）」句ヨリハリ上ルヤウニ講スル事ハ講頌ノ曲ニテ細々ニハセヌ事也自然タマサカナトニハメツラシカルヘシ此段イツレモ殊ニ可秘事也努々外見有ヘカラス

一懐紙端作読様　内々私会等

春日（ハルノヒ）同詠（クヨメル）㆓庭梅（ノ）久芳（クカウハシトイヘルコトヲ）㆒和歌（ヤマトウタ）

官姓名

詠字読ヤウ説々多ト云々例式ヨメルトヨム可用之由俊成卿モ是ヲ申サルヽムネ定家卿シルシヲカルヽ者也清輔朝臣ナカムルト読ト云々又ノ説エイセルトヨム江帥以之為宜云々彼是三説歟カヤウノ事モアマタノ儀ヲ覚悟セヌ人ノ他説ヲ用ル時不審ノオコル事也

一和哥二字之読様（4ウ）」

ヤマトウタ　　二條家説

ヤマトウタ　　清輔朝臣説

一一首懐紙ノ時三行三字ヲ五字ニ是ヲカク門弟タリトイヘトモ他家ハ例式三字也凡一首ノ時ハ公私貴賤ヲ論セス三行三字ニカクヨロシキ也但上古ニハ此式ヲカナラス詞ノアマリホウタヒニ書タル懐紙モアリ自然ハ相意得ヘキ也

一二首三首ノ懐紙大概同之儀也但以後代定家卿シルシヲカルヽ分且又カクノコトシ是常説也

季字ハ其人其所ニヨリテ書トナレハ相定ルマシキナリ

二首哥常説

詠隔夜郭公和歌

官名

五　七

五　七

七（5オ）」

契不逢恋

五　七

五　七

七

詠二首和謌

官名

題
五　七　五
七　七
題
四五首以上多〇題続二枚書之
前ニ注シ付ルコトク此書様定家卿説也三首ノ哥ノ
字クハリ聊常ニアヒカハリタル歟證拠ノタメイマ本ノコトク」(5ウ)
ウツシト、ムル者也万カヤウノ事一篇ニモナキ事オホシ株(クイセ)ヲ
守ル事有マシキニヤ何事モ説々ヲ広ク勘ミテ例式ハ
常ノヤウニシタル可然ニヤ凡五首ノ懐紙(マ歟)サテハ紙二枚ヲ
続テ二行七字ニ是ヲカク七首ニ成ヌレハ三枚ヲツクトモ
イヘリ十首ノ懐紙ヨリハ紙数モサタマラサルカ哥ハ(本ノマヽ)扛二
行七字タルヘシトイヘリ二十首ニモ成ヌレハ二行カキ也百首
ヲツラヌルモ懐紙ノ心ナリ
一懐紙書様等之事
端作ヲハ口(クチ)六寸許ヲキテ書トモイヘリ或又手ノヒラヲ
アテタルホトヒロサヲヌクトモイヘリ懐紙ハアマリホウタヒ
ナルヘシ但哥ヲツメテサノミ紙ノアマリタランモ見苦カル
ヘシ殊ニ下臈ノ懐紙ハ奥ヲツメテカク故実也トイヘリ是ハ
懐紙ノトチ紙ニオクヲキラレシノタメ也又二首三首ノ哥
詠ノ字ト頭トノ間一寸也題ヲモ一字闕ニシテ詠ノ字ヨリ
一寸ハカリ引サケテ題ヲアツヘキ也哥ヲハ詠ノ字ト同シト」(6オ)
ヲリニ書トイヘリ但又是モ詠ノ字ヨリモ歌ヲハ(本ノマヽ)等分ハカリサ
ケテ書事アリ上古ニハカ様ノ定リタル様ナシ

古キ懐紙トモヲミルニ其程サマ〳〵也不審ニ及ヘカラス
一神社法楽并(ナラヒニ)私之山寺等会以下懐紙書様之事
定家卿被注置分少々書之
和謌
春日陪　賀茂社　斎(本ノマヽ)前同詠三首
侍従従五位下藤原朝臣定家
霞
秋日遊法輪寺同詠秋山日暮　和哥付小序
左近衛中将定家」(6ウ)
私山寺必毎人不書姓
右京極黄門定家卿注シヲカル、分カクノコトシ是ニ准拠シテ
自然神社法楽又ハ山寺等ニテノ会ナトニ端作等之儀アヒ
ハカラハルヘキ也凡神社法楽ニハ位署ナトハコト〳〵ク書載也
姓尸又勿論也私山寺会ナトニハカナラスシモ毎人姓ヲ
カ、サルヨシ定家卿注シヲカレ侍レトソレモ人カラニヨリテ姓ヲ
カ、ハ殊更書ヘキ也山寺ノ会ニカキラス例式モ私様ノ会
ニモ貴人アルトキハ慇懃ヲ存シテ書載事是又毎々儀也
況端作ナトモ厳重ノ時ハ人ニヨリテカナラス姓ヲ書載ヘキ
歟但尸マテ載ルホトノ事ハ又各別ノ事也凡如此之儀所ニ
ヨリ人ヨリ時ニ随テ用捨アル事ナレハ此道ノナラヒ万口伝
ヲ本トスル儀也カヤウニ注シ付タレハトテ一隅ヲ守ルヤウニテモ

中〳〵失礼モ多カルヘキニコソ返〻事ニフレテ用意有ヘシ
穴賢〻〻」(7オ)
抑中殿ヲハシメテ公宴ナトノ懐紙ノシタヽメヤウ
応　製臣上之字以下サマ〳〵ノ口伝故実際限ナキ事
ナルヘシ洞中并后宮親王家其外大臣家ニ至テモ或ハ
応令トカキ或応教ト書其カキヤウ一篇ナラス仍中〳〵
是ヲ漏シ尽期アルヘカラサル事也サレト凡儀　禁裏
仙洞ニハ応　製女院后宮東宮内親王斎院ナトニハ
応令ト書也摂政関白又ハ大臣家ニ至テハ応教ト書也
去ナカラ大臣家モ又其仁ニヨリテ或ハ書或ハカヽサル事是
アリ委注付ニ及ス時又其時ニ望テ佳節等之字ヲ
端作ニ書載事勿論也或ハ七夕トカキ或ハ重陽トカキ
又ハ春夜暮春夏夜秋夜初冬ナトモ書載ル也八月
十五夜常ノ事也
　初冬於大井河翫紅葉和哥
如此之類ナルヘシ或ハ其所ニ遊テナト書勿論也凡神社仏
寺或ハ勝地或ハ名所ナト於其所ト書事メツラシカラス」(7ウ)
或ハ所ニシタカヒテ主人ノ唐名ナトヲ載ル事モアリ
　八月十五夜於戸部大卿水閣――
カヤウノ類ナルヘシカ様ノ事能準拠シテ書侍ラハ今ノ世ニ
私様ニモ可書載事子細有ヘカラサルニヤ九月十三夜等
又勿論也
置二懐紙一作法事
本式ハ座ノカタハラニヲキテ懐紙ヲ懐中ヨリ取出シテ聊
座下ノカタニ向テ端作ヲ披見シテ座ヲ起テ御前ニ
スヽム也其時懐紙両ノ手ニテ是ヲモチ文台ノ上左ニアリ
前ノカタヲ揚(アケ)テ持也文台ノ前ニ跪テイサヽカ膝行スルヨシ
ニテ手ヲ及テ是ヲヲキ退也例式内〻私様ノ会ニハ兼テ
右ノ袖ニ入テ文台ノ前ニ跪テ右ノ袖ノ下ヨリトリ出テ聊
端作ヲヒラキミルヨシヽテ左右ノ手ヲ持テコレヲヽク懐
紙ノ下ノカタ御前ニ向テ置也進退事本式ヲ意得ツレハ
内〻時ハコト〳〵シカラヌヤウニ用捨シテフルマフヘキ也」(8オ)
一僧俗ノ懐紙カサヌル時ハ各別也但人数アマタノ時法中三人
ハカリノ時ハ緇素混合シテカサヌル事アリ内〻ノ儀各別ノ
時ハ先法中次俗中ノ講スル也
一歌不出来時懐紙ノ様ニコシラヘテ先白紙ヲヽク作法
アリ古来ヨリノ儀也但俊成卿ノ儀ニハ詠哥ノ人数ニ接
スルホトノ輩ハ何ノ善悪ヲ論セス書出サヽラムニモシ歌
イテキスシテ闕如ニ及事ナラハ其席ヲノカレ去ヘキ也アナ
カチ白紙ヲ置故実ニ及ヘカラサルヨシ是ヲ申サルヽト云〻
一懐紙ノトチヤウノ事
凡懐紙寸法人ニヨル事ナレハ不同也然トイヘトモ懐紙ノオクト
上ノカタヲヨクソロヘテカサヌル也端ト下ノカタハソロフマシキ也
トツルアナヲハ刀メヲ竪ニアクル也トチ紙ヲハ常ノ短尺ホトニ
引合ヲ切テタテサマニ二ニオリテ又三ニ折トチ紙ノワナヲ
上ニナシテ例式カタムスヒニトツル也トチ紙ノワナサカリハ刀メノ
ウチニ有ヘキ也本式ノ時ハ最末ノ下臈ノ懐紙ノオクヲキリテ」(8ウ)
トチ紙ニ用ル也此故ニ其時ノ下臈ノ懐紙ヲハ奥ヲツメテ
書故実也トイヘリ是キラレシノ類也凡懐紙ノトチヤウナト
ハ昔ヨリ口伝スル事也カ様ニカキシルス事ナシ大概ヲカキ

付也努〻外見有マシキ也穴賢〻〻
一本式之時公宴ナトノ懐紙ニハ題者読師講師月次ナトニハ
只年号月日月次会トハカリ書也下﨟ノ懐紙ノ端ノウヘニ
カク懐紙ノウラノカタ勿論也
一短冊トチヤウノ事
ムカシハ上ノ一方ノカトヲ中スミニ折合テソノカトノアタルホトニ穴
ヲアケテツナク也但定ナレハ題ノ中程ニ穴ノアリテアマリサカ
リタルヤウニテ却テミニクキヤウナル程ニ只一寸ハカリヲキテ
穴ヲアケテトツル也紙捻ハフトケレハ一スチ細ケレハ二スチハカリ
ニテヨシ昔ハ三スチ五スチ或ハ十筋ハカリニテモトチタル事
アリ今ノ世ニハサ様ノ儀不可然十四五首マテハ常ノ水ヒキ一
スチニテモクルシカラス廿首三十首ニ成ヌレハ二筋ハカリニテトツル」（9オ）
也此外口伝スル事ナレハコマカニハシルサス
一懐紙短冊掛テ置事殊ナル儀有ヘカラサル歟先懐紙ヲ例
式ノコトクカケテ聽テ其釘ニ当座ノ短冊ヲカケテ置也然ニ
懐紙ノ上ニ短冊ヲカケソフルナリカヤウノ事ハアナカチニ定
タル儀ニハアラス常ニ人ノシナラハシタルヤウヲ見及テトモカクモ
スヘキ也是マテ書載ルニ及ハヌ事ナレト問題ニツキテイサヽカ
シルシ付也
一兼日題ヲクハルヘキ事
是モ本式御遊ナトニハ御教書ナトニテフレモヨホサルヽ也其時ノ
和哥奉行ノ人書クハル也

鶴馴砌

右和歌題来何日可被披講凝風情可令予参
給之由　天気所候也仍言上如件

官名字奉」（9ウ）

進上　新大納言殿

或ハ院中ノ晴御会ナトニハ院　御気色所候也
ト書テコレヨリ下ツカタ親王大臣家ニイタリ各又文章聊
ツヽカハル也万本式ヲタニモ心得ツレハソレニシタカヒテ私様ニモ
アレリヤクシテ用捨スル事ノ有ニコソ堅固内〻ノ事ニハ折紙
ノ端ニ題ヲカキテ来何日ノ会ト其人数ヲコト〳〵クカキ
タテヽ相触事アリカリソメナルヤウナレト本式ニカハル事ナシ
又兼日ノ題ヲクハル事常ノ事也例式ノ短冊ニ題ヲカキテ引
合ニテモ杉原ニテモ上ヲツヽミテ（短尺ヲ必三ニ折也）柳筥ニスエテ柳筥
ヨリモ紙捻ヲヌキトヲシテツヽミタル紙ノウヘヲムスフ也ツヽミ
紙ノ上ニ其人ノ称号ヲカキテ下ニ我名乗ヲ書事モアリ只
又消息ナトニソヘテカヽサル事モアリ時ニヨルヘシ凡兼日ノ題
ニハカキラス自然諸社法楽ナトノ題ヲクハル時モ大略前ノ
コトクニシテツカハス也哥カキテ後ハ三ニ折タル短冊ノ下ノ」（10オ）
カタヲハ中ニナス也是ハ我名乗ノ題ノウヘニカサナルヲイサヽカ憚
心也一切当座ナトノ時モ同事也
一歌ノ中書人ニ見スル事
是モアナカチ法式ナラネト兼日ノ草　ハ引合杉原ニテタテ
紙ニシテ先題ヲカキテ其下ニ名乗ヲカキテ哥ヲハ大概
二行ニ書也哥ノ余慶アラハ何首モカキツラヌヘシ題二首三
首ニ及ハヽ懐紙ノコトク次第ニ書載ヘシ名乗ヲ哥ノ奥ニ
書事ハ已達（イタツ）花族ノ人ノスル事也但我ヨリ下ナル人ニミセアハ

センニハ奥ニ有テモクルシカルマシキ也又当座ノ詠草ヲハ
折紙ニシテ書ノスル也
歌ヲハ凡二行七字ハカリニ書タルカヨシ但懐紙ナトノコトクニ
字数ヲ定ル事ナラネハ只カキホウタイナルヘシ

一歌ヨミテ点トル間事
哥数ハ五十首百首十首廿首モ時ニシタカフ事ナルヘシ端作ノ
ヤウハ常ノ懐紙ノコトク詠何首和哥トカキテ点者ノホトラヒ」（10ウ）
ニヨリテ貴人ナトナレハ或ハ官姓名乗マテモノスル事有ヘシヨノ
ツネニハ只名乗ハカリヲモ前ニカク也事ニヨリ時宜ニシタカヒテ
用捨アルヘキニヤ若又我名ヲカクシテ点トル事アラハ名乗ノ
沙汰ニ及（ハ）ス勿論ノ事也又寄合テ読タル歌ニ点トル事アラハ
続十首和哥トカクヘシ凡一続ナトイフモ寄合テ哥ヨム事也

一五十首百首ナト哥ヨミテ奉ル事アマタノヤウ有ヘキニヤ凡撰
ナトノ時御百首トテ奉ルニモ懐紙ノウヘヲ紙ニテツヽミテ紙ヲ
別ニ細ク切テ常ノ文封スルコトクニヨク封シカタムル也封メニハ
我名乗ノ片字ヲチトスチカユルヤウニカキテ封スル也名乗ノ
片字モ人ノ家ニヨリテ或ハ上ノ一字ヲ書事モアリ又下ノ字
ヲカク事モアリ説ヽコレオホシ当家ナトニハ上ノ一字ヲカナ■（ラス）
哥ノ懐紙ナラネト一切物ヲヨク封スルニハ本式ノ時ヽノ定ナル
ヘシ或ハ又常ノ文ノコトク封ノ一字ヲ書事モ有ヘシ内ヽナトノ
時ニハ封字ヲ書タラン可然歟御百首ノ認様トイヒテ色〳〵
其家ヽニ口伝故実モ有事也ワサトクハシクハ是ヲシルサス」（11オ）

一木草ノ枝ニ短冊ヲムスヒ付ル事
当時宗匠家飛鳥井折ニハ先タテニ二ニオリテ又三ニ折テ
次ニ横様ニ二ニオリテ短冊ノ切目ノカタヲ上ノカタニナスヤウニ
ムスヒ付ル也又冷泉家ナトニハ先横ニ折テ其後タテニ折テ
ムスヒ付ル也或又短冊オラスシテソノマヽ紙捻ニテツナクヤウニ
シテ木ノ朶（エダ）ニ付ル事モアリ

一誹諧哥事
是ヲ滑稽ノコトヽイヘリ滑稽ハ唐ニモ有事也タハフレタル事ニテ
サルカラ又道ニモ叶ヤウナル儀也古今集ニ誹諧ノウタトテ
アマタ首アリ
梅花ミニコソキツレ鶯ノ人ク〳〵トイトヒシモオル
イクハクノ田ヲツクレハカ郭公シテノタヲサヲ朝ナ〳〵ヨフ
此タクヒ誹諧ノ部ニ多シコト〳〵クシルスニ及ハス
或説曰誹諧有二様ヽ一
一俳諧　二誹諧　三俳謔（キャク）　四滑稽　五誹諺」（11ウ）
六継子（マヽ）　七空戯（ケ）　八鄙諺（ヒケン）　九狂言云ヽ
此等子細未弁之由　順徳院御抄ニモノセラレタリタヤスク
人ノワキマヘ知ヘキニアラサルニヤ然トイヘトモカヤウノ名目アル
事ヲシラネハ時ニトリテハイマフノ事アルニヨリテイサヽカ事
次ヽニシルシツケ侍ルナルヘシ大カタ万（ヨロツ）ノ道ノ名目ヲナリトモセメテ
シリ侍ラテハ其道ニタツサハリヌル甲斐モ有マシキ歟サレトモ
此道ニヲキテモ更ニカキリ有マシキ事ナルヘキニヤ世間流布
セル諸抄ヲタニモ見ワタサテ哥道ノ有識アルヤウニ申侍ル事
返ヽ冥鑒恐アルヘシサリカタキ所望ニヨリテ事ノハシ〳〵ヲ
心得カホニ筆ニマカセ侍ル事厚顔キハマリナキ子細ニテ
迷惑シ侍リヌ

一狂哥事

是ハ誠ノタハフレ事ナレハ読ヤウナト、テ先達ノシルシヲキタル
物ナシ但戯咲ノ哥トイフ事アリ奥義抄ナトニモノセラレタル」(12オ)
歟カヤウナルヲ狂哥トイフヘキニヤ
一無心所着哥
是ハ無所、也、ワキモコカヒタヒニヲフルスクロクノコトヒノウラノ
クラノウヘノカサ
一廻文歌
ムラクサニクサノナハモシソナハラハナソシモハナノサクニサクラム
サカサマニヨムニオナシ哥ナルヲイフ也
此タクヒ集ナトニモアマタ入タル哥アリ
一歌合事
内裏哥合天徳四年永承四年承暦二年以此三ケ度為
例自余ハ菊合根合等又ハ卒爾密儀之由順徳院御抄
ニモノセラレタル歟兼日ニ先左右ノ題ヲ定ル也番ノ事合手ハ
人ホト哥ホトニ相応セン事尤アリカタキヨシ古来ノ沙汰也
少ミ哥ハ懸隔ナリトイヘトモ尤人程ヲ思フヘキヨシ順徳院
御抄ニモ載ラレタリ人程モアナカチ官位勝劣ニモヨラスフルキ」(12ウ)
哥人ナトヲハシカルヘキ人ニモ合スヘキヨシ沙汰フリタリ昔ヨリ合
手ヲ嫌事也サリナカラ歌人ト非哥人ト番事上古ニモ天
徳永承以来度ミ例コレアリ又貴程ト凡卑トヲツカフ
事天徳寛和以来ノ事タルヨシ彼御抄ニモ載ラレタリコマカニ
注ニ及ス又判者ノ事堪能重代ノ人其仁ニアタルナリ但常時
重臣ナトハアナカチ此道ニ長セストイヘトモ判者ヲ承ル事
其例モ侍ル也衆議判ヲ詞ヲ加ル事是又判者ノナラヒ
也タ、衆議判ハカリニテヲク事モアリ或又判者二人アル
事モ是アリ又無判哥合モアリソレハ諸社ニ奉ル法楽ナトノ
類ナリ又作者ヲカクシテ当座衆議判ニヲヨフ事常ノ
事也後日ニ更判者ヲ定テ左右ノ勝劣ヲ付ル事是
又メツラカラヌ事ニヤ抑哥合ニハ上古邂逅両方講師各
別也但一人ノ外哥ヲ読上ル事ハ邂逅ナル事ニヤ順徳院
御抄ニハ先左講師読哥次ミニハ先負方可読仮令左勝ハ
次番ニハ先右方ヲヨムヘシ時時ハ随前番勝負判負タリツル」(13オ)
カタヨリ読ヘキ也勝劣ニハアラスチカク負方ナリト云ミ穴賢ミミ
又ヨノツネ衆議判ノ哥合トイフハ先兼日左右ノ人数ヲサタ
メテヨセカキスル人ヲ兼テヨリ定置也サテ左右ノ人数無
名ニ哥ハカリヲカキテ左ハ左右ハ右トシルシ付テヒソカニヨセ
カキスル人ニ渡シツカハス時其人引合ヲタテニ三ハカリニ切テ
右ノ端ニ一字ホトサケテ左トカキテ其哥ヲ二行ニカキテ
ヲク也右又コレニ同シ中書ノ其人数サシツトヒテ左右ノ哥
ヲ能ミ見ハカラヒテ大カタ歌ノホトラヒヲトリ合番也其後
中書ノ紙ノ端ニ例式一番二番ト次第ニシルシ付テ題
ヲハ一番トアル下ニカキテ

一番　題
　　左
哥二行ニカキテ
二番　題同
　　右」(13ウ)
哥二行ニカキテ
　　自余可准知之

カヤウニ次第ニ左右ノ番ヲ相定テトリカサネテ置テ左右

ヲ分テ文台ノ両方ニ居寄テ読師講師ヲメス講師
座ニ着テ後読師一番ノ左ノ哥ヨリ
文台ノ上ニ左右ヲ相双テヲク時講師左ノ哥ヲヨム次ニ
右ヲヨム左右ノ哥ヲ講シ右ノ方ノ最末ヨリ左ノ哥ノ善
悪ニツキテ次第ニ所存ヲ申上也若哥ノ訛謬アル時ハ
左ノ最末ヨリ次第ニ或ハ陳申或又同心ニモ及也難陳事
訖テ左右ニ右ノ哥ヲ左末ヨリ前ノコトク所存ヲ申テ
或衆儀トシテ左右ノ勝負ヲサタムル事アリ只衆議判
ハカリニテ次第ツキノヘテノチ清書シテ又判者詞ヲコフ
事モ時ニヨリ事ニヨルヘシ又左右ニ筆者ヲ定テ両方
ノ申コト葉ヲ当座ニ哥ノ奥ニシルシツケテ置テソノマヽ
判者ノ許ヘツカハス事モ有ヘシ」(14オ)

本云
右一冊者亡父卿新作也仍更雖不出閫外
頻依或人所望早卒馳筆訖非無用捨
負及他見而已
鴇首尚書藤原在判

立春	竪五寸七分之中　横九分

堯孝法印以自筆写之畢
慈照院殿御張行一続也」(14ウ)
卒終書写之功而已
環翠軒（花押）」(原裏表紙見返)

『詞源要略』表出語句索引

※『詞源要略』の表出語句を歴史的仮名遣いに改めて五十音順に配列した。
※難読語については、その語句の下に読みをカッコで示した。
※漢数字は本書の翻刻の頁である。

解説

詞源要略

一　書誌

清原宣賢が編纂した歌語辞書『詞源要略』の現存本は他に類を見ることができない。本叢書に影印した宣賢自筆の龍谷大学図書館蔵船橋家旧蔵本〔〇二一・三四四〕が孤本である。

本書は、縦二七糎、横×二一・五糎、袋綴本一冊、表紙は無地の渋表紙である。表紙左上題簽に、

詞源要略環翠私集之

と外題がある。一丁表に「舩橋蔵書」の朱の蔵書印があり、奥書はない。一面行数はまちまちで、多い箇所では一八行書かれている。各部及び各表出語の上に朱点（◌̊、〇、△）を加え、さらに例語・例歌にも朱墨の合点を施してある、本書は、四季及び天象・時節等の一般語彙部と歌枕部とから成立している。前者は表出語の下に付注があり（但し、一部は付注を欠く）、その後には例歌を付している箇所も見られる。又、後者は「逢坂」の語から始まる表出語の下に、それぞれに相当する歌を例歌として列記している。しかし、その辞書としての組織や表記から考えれば、詠作するに非常に便利な引き易い辞書となっている。その各部における門数は、歌枕部を一門として考えれば二〇門となる。その門名及び順序・所収語彙数は次の如くである。

春　部（六〇）　夏　部（四九）　秋　部（六七）
冬　部（三四）　天象部（八）　時　節（六）
地儀部（三六）　所　部（一八）　国　名（六）
草　部（五）　虫　部（四）　魚　部（四）
人倫部（七）　人事付人躰部（二一）　衣食部（一一）
雑物部（四三）　歌　枕（七五）

引用書について、本書の中で典拠として引用している書籍は、『八雲御抄』の他、中国の書では『史記』『准南子』、陶淵明の詩、蘇東坡の詩、本朝のものでは『万葉集』『古今集』『拾遺集』『新古今集』の和歌集をはじめ、『伊勢物語』『後撰集注』『和歌初学抄』『河海抄』である。又、歌枕の例歌の出典は、各、私家集・歌合及び『万葉集』『古今集』『金葉集』などの歌も数首含んでいるが、主に『千載集』『新古今集』の歌を例歌として引用している。

二　一般語彙部について

『詞源要略』は、その表記の仕方及び表出語句を検討すると、『八雲御抄』(1)と多くの重複が見られる。その表記の一例を示すと次の如くである。

◌̊春　初＼　立＼　行＼　霞＼シク春名也　浅緑＼已上八　鴨ノ八色春山ノ色八＼

〇霞　朝＼(アサ)　夕―　薄＼　春―　八＼　八重―必非八重　七夕ニ霞ニタツトヨメリ　霞ノ衣本文也詩ニモ作　万＼ニ霞ヰル又霞ナカル、モスノ草クキハ霞ナリト俊頼云リ一定ケハナシ已上八
落＼　紫＼

この中で引用されている『八雲御抄』の春及び霞の項をあげると、

春　はつ。たつ。ゆく。霞しく（春名也。）あさみとり。

霞　あさ。夕。うす。春。やへ。〔八重霞は只深也必非二八重一。一切物重多限をとる。八重霜、八たびも物の限也。算術にも以二九九八十一一為二員限一云々。〕秘もよめり。万に、ほのうへきりあひといへり。夏もいつも風しづかなる朝によむべしと俊成いへり。七夕にも霞たつとよめり。霞の衣は本文也。詩にもあり。万に、霞ゐる、又霞ながる、、ながる、霞といへる也。しまひね。霞の名〔色〕也。万に、このはしのぎて霞たなびく。霞か、るといふ事、高陽院歌合に、頼綱〔卿歌〕を経信ふしんする也。もずの草ぐきは霞なりと俊成〔頼〕いへり。それも一定はなし。げにもそら事とおぼえたり。

両者を比較するに、典拠を示している「已上八」の箇所までの記述は、『八雲御抄』の抜書で、その部分は『八雲御抄』の記載のままであることが明らかである。又、詳細な説明的箇所は省略して、作歌に直接必要な事項を見易いように書き抜いているが、それは本書の『詞源要略』の書名とまさに呼応するものと言える。『八雲御抄』における春部の「鴨ノ八色（春山ノ色）八」「落―紫―」は、他の辞書からの補足かと思われる。『八雲御抄』は、その性格が多面に及んでおり、歌の百科辞典的なものであるが、その中、巻三の枝葉部が本書の天象・地儀等の一般語彙部と重複している。今ここで、その重複箇所を比較してみると、次の如くである（但し、（　）の数字は所収語彙数を表し、〔　〕内の数字は、注記の中に「八」及び「已上八」の出典を明記している語数を表わす）。

本書			『八雲御抄』	
天象	（八）	〔八〕	天象	（一七）
時節	（六）	〔六〕	時節	（二五）
地儀	（三四）	〔三〇〕	地儀	（四一）
居所	（二）	〔二〕	居所	（一九）
所	（一二）	〔一二〕		
国名	（六）	〔六〕	国名	（一一）
草	（二四）	〔一七〕	草	（六四）
木	（一五）	〔一四〕	木	（三九）
鳥	（一四）	〔一二〕	鳥	（三六）
獣	（五）	〔四〕	獣	（一五）
虫	（四）	〔四〕	虫	（一七）
魚	（四）	〔〇〕	魚	（一二）
人倫	（七）	〔〇〕	人倫	（一四）
人事付人躰	（二一）	〔三〕	人事付人躰	（四五）
衣食	（一一）	〔二〕	衣食	（二四）
雑物	（四三）	〔三〕	雑物	（七〇）
			異名	（四三）
			権化	（五）

右の対称表から、本書は『八雲御抄』にある雑物部と異名部と権化部とを雑物の中にまとめているが、その点を除いては、部名及び各部門の所収語の配列において『八雲御抄』とほぼ一致している。又、右表には、表出語句の注記に「八」及び「已上八」と出典を明記している。表出語句の注記は、全て『八雲御抄』からの抜き書きでありながら、後半になるにつれてその出典を明記しなくなっている。恐らく煩わしくなったのではないかと思われる。又、各部門の表出語句が、本書において相当数減少していることも明らかである。しかし、その減

少の理由は、例えば『八雲御抄』の鳥部三六語の中、本書が一四語について、ただ抜き書きしたということではない。本書の鳥部に取り入れなかった語の一部は、本書の四季の語の中に配列されている。その点について、鳥部に例をとって検討するなら次の如くである。

八雲御抄の鳥部	本書所収部門
鳥	鳥部
鶯	春部
郭公	夏部
鴈	春及び夏部
雉	春部
喚子鳥	春部
水鶏	夏部
雲雀	春部
千鳥	冬及び秋部
鶴	鳥部
鶏	鳥部
燕	秋部
雀	
烏	鳥部
鵄	
鷲	
鷹	鳥部
山鶏	鳥部

鷺	鳥部
鵜	
鵙	
鷗	鳥部及び冬部
鴨	冬部
鴛鴦	冬部
鸗	鳥部
安持	
秋沙	
鳰	鳥部
城鳥	鳥部
鳩	鳥部
鶉	秋部
鵐	
伯労鳥	
鶺鴒	鳥部
奴要	
臼鳥	鳥部

〔注〕本書所収部門の項に記載のない表出語は、四季部にも鳥部にも所収されなかった語である。

右の『八雲御抄』鳥部のうち、相当数が本書の四季部に配列されていることが知られるのである。その四季部に配列された語を見るに、それらは全て季節性の強い語であって、『八雲御抄』の記載中にもその語に相当する季節を明記しているものが多い。一例をあげると、

『八雲御抄』の「水鶏」は、

水鶏　たゝくは声の似也。又、誠にもたゝくと云、源氏曰、くひな〔の〕うちなきたると云。夏物也。

と記されている。右の如く、各部門の中で季節性の強い語が本書では四季の箇所に配列されているのである。本書の草部にある「若菜」と「蕨」の次にあげた二語の注記は、その過程を明らかに証明するものであろう。

○若菜（春部上ヘ入ヘシ）ナヘテハ野ニテツム又垣ネナトニテモツム　万ニ河上ニアラタ若菜ト云リ　十二種ニハ有松七種ハ皆若菜ハカリ也　若菜ト云子日本也源氏四十賀時モミエタリ已上八

○蕨（春部ニアリ）紫ノチリ　ハツ―　サ―　下―　蕨ヲハ折トヨメリ但源早蕨ノ巻ニ蕨ヲツムト云リ　時ナラヌ蕨ヲハイハシロト云一説也已上八

採薇（伯夷叔斉）

つまり、「若菜」は草部に入れたが、後から春部上に入れるべきであったことに気付いた例であり、「蕨」は草部に入れた後から春部に入れていたことに気付いた例である。又、本書四季部の付注のある表出語は、そのほとんどが『八雲御抄』の付注の抜き書きとなっていることを考え合わせると、四季部で付注のある表出語句は『八雲御抄』枝葉部から季節性の強い語を採り、それを主体として成立していると言えよう。しかし、四季部に関しては、付注のほとんどない表出語句もあり、それらは各季節の後半部にまとめられている。春部の相当箇所の一部を示すと次の如くである。

○年越　○親月　○改年（アラタマ）ノ年　○星ヲ唱ル正月朔　○白馬（アヲウマ）正月七日

○御薪（ミカマキ）正月十六　○踏歌（アラレハシリ）　○衣更衣（キサラキ）　○弥生　○巳（二）日祓　○県召三

○寒サヘ二カヘル　○東風春三月　○耕二三　○須磨御祓　○春日祭二
○南祭石清水　○野辺ノ下モエ正　○緑立若緑　○松花

その季節に相当する年中行事・異名なども記載されており、それは宣賢が『八雲御抄』以外から加筆した部分と考えられる。以上の諸点から本書『詞源要略』の一般語彙部の成立過程を整理するなら、まず『八雲御抄』の枝葉部の語を主体とし、年中行事等の表出語句を加え例歌をもあげて四季部をもうけた後、枝葉部に残った語から歌語としてより多く用いられる語を天象・時節等の部に配列したものである。つまり、『八雲御抄』の表出語句を主体とし、さらに他書から宣賢自身が加筆して成立したものと考えられる。しかし、その際、前例「若菜」の如きむしろ春部に入れるべき語を見出したり、又「蕨」の例の如く、一応草部にも記載して、後から春部に入れていたことに気付いた語も出てきたようである。この編纂過程を示す注記等から考えても本書は草稿本であったことが知られるのである。

一般語彙部の成立は、以上の過程を経ていると考えられるが、いま一度、『八雲御抄』の枝葉部にあって、本書に収録されなかった語の性質を検討してみる必要があろう。採られなかった語は、例えば鳥部では雀・鵐・鷲・鷺・安持・秋沙・鵄・伯労鳥・奴要の語である。歌語として比較的使用度の低い語ばかりであるが、その中でも「奴要」についての『八雲御抄』の記載は、

奴要　ぬえこどり。ぬえどりと云。又よみつ鳥是恠鳥也。歌などに不レ可レ詠。

とある。詠歌の用語辞書には当然省かれるべき語であろう。又、「鶚」は、

鶚　みさごゐるは海也。みさごゐるあらいそと云は水沙也。鳥にはあらず。海辺也。

とある。宣賢が鳥部に収録しなかったこともうなづけるのである。他の部で省略された語についても、歌語としての使用度が低いものや歌語として用いるべきでない語が一般に省かれていることが知られる。以上で『八雲御抄』との関係から、本書の一般語彙部についてその成立の概要を知り得たと思う。

三　歌枕部について

次に、『詞源要略』の分類で最後に位置する歌枕部について考察する。まず本書の見出し語としての歌枕は、逢坂・難波・芳野・宇治・伯瀬・須磨以下総数七五箇所をあげているが、その配列順序には一定の法則を見出し難い。各歌枕に対して、一～一四首の例歌があげられ、その数も一定していない。歌枕部は、『八雲御抄』では巻五に配されており、本書と比較するならその記載の仕方は大きく相違している。(2)

前節で考察したように、本書の一般語彙部が『八雲御抄』と密接な関係を示していたところから、当然、宣賢が『八雲御抄』の名所部も見ており、その名所部からの影響も考えるべきであるが、表記上では大きく相違している。名所歌枕については、『能因歌枕』や『五代集歌枕』『和歌初学抄』『八雲御抄』などにまとめて載せてあるが、本書もこれら先行の歌学書に基づいているものと思われる。まず此部における例歌の引用について、その注記により典拠を見ると、勅撰集のみならず、私撰集・歌合にも及んでいる。いま、本書に記載されている出典を分類して相当歌数をあげると次表の如くである（出典として歌集や歌合名を記す場合と、作者名を記す場合とがあり、ここでは、それを分けて表記した）。

同表では、『万葉集』『古今集』などの歌が例歌としてあげられているが、主に『千載集』『新古今集』の例歌が多い点を指摘できる。『万葉集』の他に勅撰和歌集から例歌をあげるというあり方は先行書から類推すると、藤原範兼の『五代集歌枕』を意識しての編纂ではないかと思われる。(3)『五代集歌枕』では、その例歌が『後拾遺集』までの五代集からとられているのに対して、宣賢は主にそれ以後の勅撰集・私撰集・私家集及び歌合から選んでいる点に宣賢の新しさと、その意欲が窺えるのである。『新古今集』を重んじることは、当時一般の傾向であったろうが、中でも冷泉家は特にこれを重視する傾向にあった。宣賢は、出家後間もなく上冷泉家所持本の『新古今注』を借用し書写しているが、これを考慮する時、『新古今集』に多く典拠のあることも首肯できる。ともあれ、歌枕部にあげられた例歌の選択は、宣賢の考えに基づくものであろうし、そこに宣賢の清新な編纂意欲が見られるのである。

撰集名・歌合名表記	相当歌数	作者名表記	相当歌数
万葉集	三首	深養父	一首
古今集	六首	反則	一首
後撰集	三首	公任	一首
後拾遺集	二首	紫式部	一首
金葉集	五首	雅定	一首
詞花集	四首	如能	一首
千載集	二五首	季通	一首
新古今集	九四首	顕季	一首
新勅撰集	三首	顕輔	一首
続後撰集	一首	光明峯入道	一首
続古今集	三首	伊勢	一首
続拾遺集	四首	頼政	一首
堀川百首	五首	西行	一首
建仁歌合	一首	慈鎮	二首
石清水歌合	一首	定家	三首
千五百番歌合	一首	為家	一首
詩歌合	一首	順徳院	一首
古来歌合	一首	後嵯峨院	一首
良玉集	三首	三条左大臣	一首
現存和歌六帖	二首	読人不知	一首
新撰和歌六帖	二首	無注記歌	八首
万代集	一首		

〔注〕右表の中、作者名を表記している場合には「顕輔」の歌は家集にあるが、「紫式部」の歌は家集にはなく、『後拾遺集』（新編国歌大観番号一〇一〇）に入っている。「順徳院」の歌も同じく家集になく、『玉葉集』（八二五）に入っている歌である。又、「季通」の歌は、能因法師の歌として『続拾遺集』（一七一）に収められている歌である。さらに、「無注記歌」の中、作者不明の歌と、「ミヌサトル三輪ノ祝ヤウヘヲキシ木綿シテ白クカクル卯花」の歌のように『拾遺愚草』（一〇四六七）の定家の歌とわかる場合もある。ここでは、本文にある注記によって表示した。

四　編纂態度について

以上『詞源要略』の各部について検討を加えてきたが、宣賢の本書の編纂態度について、その典拠表記と宣賢の加筆箇所の性格とから以下考察することにしたい。宣賢の典拠の示し方は、もう一つのイロハ引き歌語辞書の『詞源略注』の解説によると、(4)「注文には、宣賢が私見を加へている部分も少なからず見出され、それ等は、『環謂』『環老入』『私云』等と頭書して、先行諸書を援引して典故注解した部分と区別してゐる」とされている。その点、「環謂」の頭書は、本書では草部の「竹」の条に唯一箇所見られるのみである。本書では注解部分の先行書からの引用と、宣賢の注とは必ずしも区別されてはいない。また、そればかりでなく、その表記に左記の如くやや不審な点が見られる。

〔例一〕

露（八七）朝〃　夕〃　ウハ〃　シタ〃　白（シロ）〃　葉ノホル（地ヨリアカル也）　後撰〃
ニ野
〃へノ秋萩ミカク月夜トヨメル露ノ心也　露〃ノカコト（カコツト云心也）　露ケキ
〃シケキ也　シケ玉トモ　露霜〃フリナツム（万哥）
（六）露台〃

〔例二〕

春部ニアリ
○蕨〃紫ノチリ　ハツ〃　サ〃　下〃　蕨〃ヲハ折トヨメリ但源早
蕨ノ巻ニ蕨ヲツムト云リ　時〃ナラヌ蕨ヲハイハシロト云一説也〃（已上八）
采薇（伯夷叔斉）

右の例一は、本書の秋部に入っており、「已上八」の注記の見られない例である。その表記から宣賢が直接、『後撰集』『万葉集』に当たって例証しているかのように見られるが、実はそうではない。例一は、明らかに『八雲御抄』天象部にある「露」の付注の抜き書きである。それを示せば、次の通りである。

露　朝。夕日。うは。したばのぼる。（地よりあがる也。）万に〔は〕、ゆふべおきてつとめてきゆるとよめり。後撰にのべの秋萩みがく月夜とよめる、露の心也。露のかごとは、かこつといふ心也。露けきは、しげき也。しげたまと〔も〕云。後撰に、おきつめばといへり。露霜ふりなづむといへり。（万歌也。涙によする也。）春もよめど、夏秋の物なり。

右の『八御雲御抄』からの抜き書きでありながら、その典拠を明記していない。同様の例は、特に天象・時節以下の一般語彙部に多く、その点では用意周到で、文献に精緻な宣賢らしからぬ面が見られる。

例二は先にあげた草部の記事であるが、付注の「已上八」までが『八雲御抄』の注で、「采薇（伯夷叔斉）」は一見宣賢の加筆とみられる。しかし、この例も『八雲御抄』の次の本文を見ると、必ずしも宣賢の加筆とは認められない。

蕨　紫のちり。はつ。さ。下。伯夷之於二山中一食レ蕨也。猶王公〔の〕物とて不レ食。わらびを折とよめり。但、源氏〔の〕さわらびの巻に、わらびをつむと云り。ときならぬわらびをば、いはしろと云、一説也。

右の『八雲御抄』本文に指摘がある箇所を、宣賢がその出典をただしただけである。付注の中で出典を明記していない箇所は、少なからず例二の如きものが見られる。それを除く加筆部について、その引用は、『淮南子』、陶淵明の詩、蘇東坡の詩の漢籍、『万葉集』『古今集』『拾遺集』『新古今集』等の歌集、『俊秘抄』『和歌初学抄』『後撰集注』『河海抄』の歌学書・注釈書の類である。それらは、宣賢のもう一方の歌語辞書『詞源略注』に引用されている書名と多く重複しているのである。(5)

『詞源略注』では、宣賢の私見を加えている部分は「環謂」「環老入」「私云」と明記しているが、その付注から考えると、この場合も宣賢自身が実際にその典拠に当って注を施していることが認められる。本書には、その典拠表記に前記の如く曖昧な点が認められるが、そういった面をも含んで、本書の編纂態度を見ると、『八雲御抄』からの記事は、むしろ転写と思われるほど忠実に引用されており、その反面では加筆部や配列の上で、あるいは取捨選択している箇所に宣賢自身の工夫が凝らされているのである。

注

（1）以下、『八雲御抄』からの引用は、久曽神昇編『日本歌学大系別巻三』所収の本文によった。

（2）『八雲御抄』巻五の名所部は、山・嶺・嵩・根・岳などの分類の中で名所をあげ、そこで詠まれる景物と所在などについて付注が施されている。本書の場合は、名所を項目としてあげ、相当する歌を列記している点で相違している。

（3）範兼作の『五代集歌枕』は、『八雲御抄』巻一の学書の条に、「五代名所・範兼」とあり、また名所部には「範兼抄」「範兼卿類聚」といった範兼の他の著作の名が見られる。『五代集歌枕』は、鎌倉時代初期から重視されたものの一つであり、その組織は「山・嶺・岳・隈・杣・林・坂・野……」と、目録の順に配列されている。各項に属する名所を順次あげ、その名所を詠んだ歌を、万葉・古今・後撰・拾遺・後拾遺の順に掲載し、肩に撰集名とその巻名を略称で注記している。『八雲御抄』の中には、範兼の著作（『和歌童蒙抄』など）が多く引用されており、又、本書の前半部が主に『八雲御抄』によっているところから、宣賢が『五代集歌枕』にも注意したのは、むしろ当然であろう。本書で例歌を上げるに、五代集以後の歌を中心にしている点は範兼の歌枕を意識したものであろうし、また、その点にも宣賢の辞書編纂の意欲を窺うことができる。

（4）川瀬一馬著『増訂　古辞書の研究』（雄松堂出版刊、昭和六十一年）八八三～八八七頁参照。

（5）大取一馬編『詞源略注』（『古典文庫』四五四、昭和五十九年）に翻刻し、解説を付している。参照されたい。

（大取一馬）

和歌会席

一　書誌と奥書

本書の書誌と奥書について以下に記す。請求番号〇二一・三八〇・一。寸法は、縦二七・〇糎、横二一・〇糎。袋綴。一冊。現表紙は梔子色無地であるが、表裏ともに近代になって付せられたものであろうか。見返しは楮紙一枚を袋綴状に折ったものを貼付しているが、本文料紙とは別紙で、やはり現表紙と同様近代になってからのものであろう。なお、現表紙には子持枠刷り題簽を左上に貼付して「和歌会席」と墨書するが、題簽も近代のものであると思われる。現表紙を除くと、全十七丁あり、そのうちの一丁目と十七丁目が原表紙であったと思われる。原表紙は本文共紙で、左上端部に水濡れ跡があり、全丁に及んでいる。また、虫損痕も同一時に生じたと思われるものが全丁にわたってみられ、永らくこの十七丁が重ねられた状態で綴じられて保存されていたものと思われる。現表紙を付する際に、若干綴じ目が本文にかかっており、判読しづらい文字がある。たとえば、「株（クイセ）」（六オ）、「空戯（ケ）」「鄙諺（ヒケン）」（一二オ）の振り仮名などは今回影印に付するに当たって糸をはずして初めて判明した。現表紙は四箇所の穴をあけて糸綴にしてあるが、糸をはずした状態をみると、現在の四箇所の綴穴とは別箇所にやや大きめの三箇所の綴穴が確認され、原装丁はその三箇所を紙縒などで仮綴じにしていたものと思われる。本文料紙は楮紙。以

下、丁数を原装丁（現一丁表を表紙と考える）によって数えると、墨付十五丁、遊紙が前に一丁ある。裏表紙見返し（本文共紙）に清原宣賢の書写奥書と花押がある。一面十五行書。本文は墨付一丁オ～一四丁オまでで、一四丁ウは本奥書である。印記は、原表紙右下に「3868／昭和11・12・8」という図書整理のための印、前遊紙オ右下に「寫字臺藏書」の朱長方印がある。外題は、原表紙中央に「和歌会席講師作法等」と打付書にあり、本文と同筆であって宣賢筆と認められる。内題は、墨付一丁オに「和歌会席事　和歌講師作法等」とある。室町後期写。全丁宣賢筆とみられる。なお、本文は漢字片仮名交じりで、句読が朱点で示してある。

本書の伝本については未調査であるが、『国書総目録』には他に京都大学蔵本が掲載されている。京大本は、文学部蔵、請求番号「国文学・F1・3」。本文は、行数・一行文字数・墨付き丁数・宣賢筆の字形などほぼ完全に龍大本と一致し、虫損痕も龍大本と同箇所が墨線によって写し取られている。寸法は縦三二・六糎、横二三・三糎であるが、料紙の天地に墨罫が引かれ、親本の紙高が示されているが、全丁、二六・八糎から二七・二糎内に収まり、龍大本の紙高にほぼ合致する。奥書を記した丁に「大正三年十二月／佛教大學図書館所蔵原／本ヲ影写ス」と朱書された紙片が貼付されており、龍大本を大正三年十二月に書写したものと認められる（龍谷大学は、明治三十八年より大正十一年まで「仏教大学」と称されている）。ただし、宣賢の癖字が判読しづらかったものと見え、漢字に朱による訂正の傍記があり、また「カカ」「ヲカ」「?」などと朱書した紙片が本文行間に貼付されている。また、京大本には、先に龍大本の現装丁では綴じ目によって見えないと記した「株」「空戯」「鄙諺」の振り仮名は記されておらず、大正三年時点ですでに現龍大本の装丁がなされていたことが推測される。

次に、龍大本の奥書を記す。次の通りで、Ⅰ・Ⅱ・Ⅲの三つからなる（句読の朱点を「・」で示す）。

Ⅰ　本云
右一冊者・亡父卿新作也・仍更雖不出閫外・
頻依或人所望・早卒馳筆訖・非無用捨・
負及他見而已
鴾首尚書藤原在判

Ⅱ
立春　竪五寸七分之中　横九分
堯孝法印以自筆写之早
慈照院殿御張行一続也

Ⅲ
卒終書写之功而已
環翠軒（花押）

Ⅲは宣賢の書写奥書で、書写年次を記していないが、「環翠軒」を用いていることから享禄二年（一五二九）二月の剃髪以降の書写であろう。Ⅰ・Ⅱが本奥書である。Ⅰによると、当該『和歌会席』は、Ⅰの識語記主「鴾首尚書藤原」（未調査）の「亡父卿」による「新作」であり、門外不出としていたが、「或人」が頻りに所望したので筆を馳せたという。末尾に他見を禁じているが、その直前の「非無用捨」は、本書中の「読師講師ノ作法口伝故実等アリトイヘトモワサト委ク

ハ注ニ及ハサル也」（二ウ）、「一ミ口伝ニ有事ナレハ努ミ注シ付へキ事ナラネトサリカタキ所望ニヨリテ大概ハ書載所也道ノタメ可憚事ナリ……此段イツレモ殊ニ可秘事也努ミ外見有へカラス」（四オ・四ウ）、「凡懐紙ノトチヤウナトハ昔ヨリ口伝スル事也カ様ニカキシルス事ナシ大概ヲカキ付也努ミ外見有マシキ也穴賢ミミ」（九オ）などの記述から、識語記主が亡父新作本の記事を用捨しながら本書を書写したことを意味するものと思われる。おそらく、識語記主は「或人」の所望に応えて「亡父」著『和歌会席』を書き与えることにしたものの、口伝や秘事については記事を用捨しながら書写したのであろう。

Ⅱは、慈照院（足利義政）張行の歌会における堯孝自筆短冊の寸法の記載であるが、その歌会は、『公宴続歌』（平成一二・二、公宴続歌研究会、和泉書院）、井上宗雄氏『中世歌壇史の研究　室町前期〔改訂新版〕』（昭和五九・六、風間書房）の第五章6や「室町前期歌書伝本書目稿」によれば、宝徳三年（一四五一）五月の幕府月次会（「立春」題があり義政・堯孝が出詠）が可能性が高いかと思われる。その会でなくとも、義政の歌会始の文安四年（一四四七）から堯孝没の康正元年（一四五五）の間の会の短冊であることは間違いない（堯孝は義政幕府歌会の主要参加者であった。——井上氏前掲書）。よって、本書の成立の下限は一応康正元年（あるいは宝徳三年か）ということになる。ただし、Ⅱがここに記される理由は明らかではないが、あるいは本書の内容が飛鳥井流に近いものであり（後述）、堯孝と飛鳥井雅世が近い間柄にあったこと（井上氏前掲書）と関係するのかもしれない。

二　全体の構成

本書は、全体に一つ書きの体裁で次に掲げた二十八条に分かれ、②条等のように標題を示す条と、①条のように標題がなく文章が始まる条とがある。次にそれを示しておく（各条頭に番号を付し、その条の始まりの丁数を末尾括弧内に示した）。

①一兼日題ニアツカル人ミモヨホシニヨリテ右其所ニ参シ集ル也（一オ）
②一和哥披講之座席事（二ウ）
③一講頌人数事（三オ）
④一反数事（三オ）
⑤一発声事（三ウ）
⑥一懐紙端作読様　内ミ私会等（四ウ）
⑦一和哥二字之読様（四ウ）
⑧一一首懐紙ノ時三行三字ヲ五字ニ是ヲカク（五オ）
⑨一二首三首ノ懐紙大概同之儀也（五オ）
⑩一懐紙書様等之事（六オ）
⑪一神社法楽私之山寺等会以下懐紙書様之事（六ウ）
⑫一置懐紙作法事（八オ）
⑬一僧俗ノ懐紙カサヌル時ハ各別也（八ウ）
⑭一歌不出来時懐紙ノ様ニコシラヘテ先白紙ヲ、ク作法アリ（八ウ）
⑮一懐紙ノトチヤウノ事（八ウ）
⑯一本式之時公宴ナトノ懐紙ニハ題者読師講師月次ナトニハ只年号月日月次会トハカリ書也（九オ）
⑰一短冊トチヤウノ事（九オ）
⑱一懐紙短冊掛テ置事殊ナル儀有へカラサル歟（九ウ）
⑲一兼日題ヲクハルヘキ事（九ウ）
⑳一歌ノ中書人ニ見スル事（一〇ウ）
㉑一歌ヨミテ点トル間事（一〇ウ）

㉒一五十首百首ナト哥ヨミテ奉ル事アマタノヤウ有ヘキニヤ（一一オ）
㉓一木草ノ枝ニ短冊ヲムスヒ付ル事（一一ウ）
㉔一誹諧哥事（一一ウ）
㉕一狂哥事（一二オ）
㉖一無心所着哥（一二ウ）
㉗一廻文歌（一二ウ）
㉘一歌合事（一二ウ）

三　内容及び成立年次・著者の見通し

本書を通覧して明らかなことは、定家著『和歌書様』『和歌会次第』の引用が随所に見られることである。ただし、右に掲げた本書の条数番号で記すと、①⑥⑦⑨⑪⑭に引用がみられ、本書前半部に集中している。定家『和歌書様』『和歌会次第』は、川平ひとし氏によって四類に分類され、四類とも翻刻されているが（「定家著『和歌書様』『和歌会次第』について――付・本文翻刻」、跡見学園女子大学紀要第二十一号、昭和六三・三、のち本文翻訳を除いて『中世和歌論』所収、平成一五・三、笠間書院）、それによると、本書に引用されているのはⅠ類本であると思われる（なお時雨亭文庫蔵本が冷泉家時雨亭叢書『五代簡要・定家歌学』に影印され、上條彰次氏は同書解題で時雨亭文庫蔵本を第五類に立てられた）。また、川平氏は、冷泉為和改編本の定家『和歌会次第』についての考察もされているが（「冷泉為和改編本『和歌会次第』について――〈家説〉のゆくえ――」、跡見学園女子大学国文学科報第十二号、昭和五九・三、「清浄光寺蔵冷泉為和著『題会之庭訓并和歌会次第』について」、跡見学園女子大学紀要第二十三号、平成二・三）、それと比較すれば、本書の定家著引用条は、定家著の改編というよりやはり奥書Ⅰにいうように定家著を引用しての「新作」というべきものであろう。なお、⑪「神社法楽私之山寺等会以下懐紙書様之事」には、定家『和歌書様』を引用した後「……定家卿注シヲカレ侍レト、ソレモ人カラニヨリテ姓ヲカ、ハ殊更書ヘキ也」とあり、本書が定家著を絶対のものとはしていない姿勢は注意される。

もう一つ通覧して気づくのは、よく出てくる語彙に「本式」とそれに対する「内〻ノ時」があることである。たとえば、①条では、「其後哥人下臈ヨリモス、ミテ歌ヲ、ク也。是モ本式ニハ左右ノ手ニテ哥ヲ取テ（右手取頗横ナルヤウニ是ヲ／モツ左手聊加末也）是ヲ置ヘシ。但堅固内〻ノ時ハ懐紙ヲ右ノ袖ニ入テ懐中シシツカニ参進シテ……」「右ノ哥ヲ置オハリテ主人読師ニ気色読師坐シ寄テ（当座第一ノ人／多勤之也）（第二ノ人ハヲノツカラ文台ノ／右方ニ有ヘシタヨリアル歟）文台ノ上ナル懐紙ヲトリテ可然人ヲ召テ（近代是ヲ下読師／ト号スルナリ）是ヲ給テ其人次第ニ和哥ヲカサネシムル也。是モ本式ノ事也。内〻ノ時ハ読師召二講師一其儀例式内〻ノ時ハ其人ニ目スルナリ」（括弧内は原文二行割注）などとある。傍線部は定家『和歌会次第』からの引用で、ここではそれを「本式」といい、「内〻ノ時」と区別している。「本式」は「本式晴会ニハ」などともあって公式歌会の作法、「内〻ノ時」は私的歌会の作法といえよう。当時の作法書においては「本式」という言葉が珍しいわけではないが、本書においては特に目立ち、執筆意図の一つが当代における「本式」「内〻ノ時」それぞれの作法を示すことにあったかと思われる。

ところで、本書の成立時期、著者については、今後の検討を待たねばならないが、最後に、なんらかの見通しを得られそうな記事をいくつか挙げておく。

(1) ⑦「和哥二字之読様」条は、定家著『和歌会次第』の引用であるが、『和歌会次第』が「やまとうた家説／やまとうた清輔朝臣説云〻」とあるのに対して、本書では「ヤマトウタ二條家説／ヤマトウタ清輔朝臣説」とあり、「家説」という表記を「二條家説」と客観化した表記に改めている。あるいは本書著者が二条家以外の流れを汲むことを示すのであろうか。

(2) ⑧「一首懐紙ノ時三行三字ヲ五字ニ是ヲカク」条に次のようにある。

一一首懐紙ノ時、三行三字ヲ五字ニ是ヲカク、門弟タリトイヘトモ、他家ハ例式三字也。凡一首ノ時ハ、公私貴賤ヲ論セス、三行三字ニカクヨロシキ也。……

これは、一首懐紙の書式は、通常三行三字であるのを、三行五字に書くというのである。しかし、門弟といっても他家は通常三行三字であること、一般に公私貴賤の別なく三行三字がよいとしている。武井和人氏「一首懐紙書式雑纂」(『中世和歌の文献学的研究』、平成元・七、笠間書院)によると、三行三字が標準の書式で、三行五字が飛鳥井家の書式であることが確認されており、本書は飛鳥井流の作法書であることになる(なお右条もそうであるが、武井氏は、三行五字は飛鳥井家の「身内の書式」であって他流の人々に強要していないことを論証されている)。本書の成立下限を勘案した時、武井氏論文を参照して、右条に関して注意される飛鳥井家の人物は、雅縁(延文三＝一三五八〜正長元＝一四二八)・雅世(明徳元＝一三九〇〜享徳元＝一四五二)・雅親(応永二三＝一四一六〜延徳二＝一四九〇)あたりかと思われる。

(3) ㉓「木草ノ枝ニ短冊ヲムスヒ付ル事」条に次のようにある。

当時宗匠家飛鳥井、折ニハ先タテニ二ニオリテ、又三ニ折テ、次ニ横様ニ二ニオリテ、短冊ノ切目ノカタヲ上ノカタニナスヤウニムスヒ付ル也。又冷泉家ナトニハ、先横ニ折テ、其後タテニ折テムスヒ付ル也。……

ここから、「亡父卿」あるいは識語記主当時の宗匠家が飛鳥井家であること、その作法を代表的なものとして掲げていること、それに対立するものとして(ただし決して否定的ではなく)冷泉家の作法が記されていることが分かる。飛鳥井家に冷泉家を対立させる書き方から、雅縁、雅世(『東野州聞書』に「宗匠」と記される)、雅親あたりが本書成立の時代の可能性があろうか。

(4) ㉒「五十首百首ナト哥ヨミテ奉ル事」条に「当家」という言葉があり、著者の家が他とは異なる一流をなす家であるという意識を見ることができる。

一五十首百首ナト哥ヨミテ奉ル事、アマタノヤウ有ヘキニヤ。凡撰ナトノ時御百首トテ奉ルニモ、懐紙ノウヘヲ紙ニテツヽミテ、紙ヲ別ニ細ク切テ、常ノ文封スルコトクニヨク封シカタムル也。封メニハ、我名乗ノ片字ヲ、チトスチカユルヤウニカキテ、封スル也。名乗ノ片字モ人ノ家ニヨリテ、或ハ上ノ一字ヲ書事モアリ、又下ノ字ヲカク事モアリ、説〻コレオホシ。当家ナトニハ、上ノ一字ヲ、カナ■(ラス)哥ノ懐紙ナラネト、一切物ヲヨク封スルニハ、本式ノ時〻ノ定ナルヘシ。或ハ又常ノ文ノコトク封ノ一字ヲ書事モ有ヘシ。内〻ナトノ時ニハ封字ヲ書タラン、可然歟。御百首ノ認様トイヒテ、色〳〵其家〻ニ口伝故実モ有事也。ワサトクハシクハ是ヲシルサス。

懐紙の包紙の封じ目に名乗りの上の一字を書くか、下の一字を書くか、ということで、「当家」では上の一字を書くという。また「内〻」の会では「封」字を書くのがよいという。右に掲げた(2)(3)が飛鳥井流を

示唆したが、(4)の内容は、「《飛鳥井家説集成》の、極めて早い時期の一典型」（武井氏前掲書）とされる『飛鳥井家歌道秘伝書』（小高敏郎氏が共立女子大学短期大学部紀要一号に翻刻、昭和三二・一二）や龍谷大学蔵の飛鳥井流歌会作法書のいくつか（『和歌秘伝抄』〈九一一・二〇一、二九―W〉、『和歌会法式』〈九一一・二〇六、五一―W〉、『当流相伝短冊并色紙書様之事』〈九一一、二〇四・五四・一〉等）にはみられない記事である。しかし今後、他流の作法書をも含めて調査することで本書についての手がかりが得られる可能性もあろうかと思われる。

以上、本書は一四〇〇年前後に成立した飛鳥井流の作法書であることを示唆するが、(3)の項目に示した「当時宗匠家飛鳥井」という言い方は飛鳥井家の人物の著述とも思われない。『飛鳥井家歌道秘伝書』等には懐紙書様の例として栄雅ら飛鳥井家の人物のものが列挙されているが、本書は定家著書の引用で済ませている。また、奥書Ⅰの識語記主が「尚書」（弁官）であったが、飛鳥井家で弁官となった人物は少なくとも雅縁・雅世・雅親あたりの時代には見いだせない。かといって本書は(1)(3)の項目から二条派や冷泉家のものとも思われない。したがって、著者「亡父卿」は飛鳥井流を基としながらも定家著書をも参照し、いずれをも相対的に認識し得る立場にあった人物かと思われる。詳細な検討は今後を期したい。

（安井重雄）

龍谷大学善本叢書24
詞源要略・和歌会席

二〇〇四(平成十六)年三月三十一日　発行

定価：本体一九、〇〇〇円(税別)

編　集　龍谷大学仏教文化研究所
責任編集　大取一馬
発行者　田中周二
著作権者　龍谷大学

発行所　株式会社　思文閣出版
京都市左京区田中関田町二―七
電話(〇七五)七五一―一七八一㈹

ISBN4-7842-1196-9 C3391　© Printed in Japan

刊行の辞

龍谷大学図書館には、数多くの貴重書が収蔵されている。これらの資料は本学創設以来の永い伝統と多くの諸先学の努力によるものであって、研究資料としての価値は高く評価されている。これらの貴重書については、かねて国内外の諸学者より、広く公開することによって、斯学の進展に寄与することが望まれていた。

このたび、龍谷大学はその要望に答えて、また、資料の保存と利用の両面より勘案し、これらの貴重書を複製本として、それに研究と解説を付し、逐次刊行することを計画、ようやく実現の運びとなった。この計画は非常に膨大なものであるが、学界にはまことに意義深いものであると信ずる。

わが仏教文化研究所は、龍谷大学図書館より、昭和五十一年にこの研究と編集についての依頼をうけた。そこで当研究所では指定研究第一部門として、真宗、仏教、真宗史、東洋史、国文の五部門を設け、それぞれに学外からも専門研究者に客員研究員として応援を求め、国内外の関係諸資料の照合をふくめた研究を進めて来た。

爾来五ヵ年を閲して、その研究成果を年々刊行しうる事となったが、その間において研究と編集に従事された方々の尽力を深く多とすると共に、この出版が各分野の研究の進展に大きく貢献しうることを念願している。

本叢書が出版されるについて、題字をご染筆頂いた本願寺派前門主大谷光照師をはじめ、本学関係者の各般にわたってのご支援、さらに印刷出版をお引受け頂いた各出版社のご協力に厚く御礼申上げる次第である。

昭和五十五年三月二十七日

龍谷大学仏教文化研究所長

武内紹晃